魅丽文化 花火工作室

无法自拔

上

西方经济学 著

江苏凤凰文艺出版社
JIANGSU PHOENIX LITERATURE AND ART PUBLISHING, LTD

图书在版编目（CIP）数据

无法自拔. 上 / 西方经济学著. — 南京 ：江苏凤凰文艺出版社，2019.2
ISBN 978-7-5594-3210-0

Ⅰ. ①无… Ⅱ. ①西… Ⅲ. ①长篇小说－中国－当代
Ⅳ. ①I247.5

中国版本图书馆CIP数据核字(2019)第012411号

书　　名	无法自拔·上
作　　者	西方经济学
出版统筹	张在健　邹立勋
选题策划	丐小亥
责任编辑	蔡晓妮
文字编辑	狐小九
责任监制	刘　巍　江伟明
出版发行	江苏凤凰文艺出版社
出版社地址	南京市中央路165号，邮编：210009
出版社网址	http://www.jswenyi.com
印　　刷	湖南凌宇纸品有限公司
开　　本	880mm×1230mm 1/32
字　　数	270千字
印　　张	9.5
版　　次	2019年2月第1版，2019年2月第1次印刷
标准书号	ISBN 978-7-5594-3210-0
定　　价	36.80元

目录
CONTENTS

目录

CONTENTS

第一章

我去接你

七月份的夏季，最为潮热难耐，尤其是淮城这样的南方小城。就连夜晚也笼罩着层层水雾，像是被画进水墨画中，透不得半点气息。

许星空站在休息室，她拿着手机，正在和好友陈婉婉通话。

“出轨了？”陈婉婉惊讶地问。

“嗯，酒吧里兼职的大学生。”许星空倒是语气淡淡。

陈婉婉怒骂：“渣男！老牛吃嫩草啊！不过，大学生在酒吧做什么兼职啊？”

许星空回答道：“舞女。”

“哦……那怪不得。”陈婉婉语气中带着些了然。

许星空一愣：“嗯？”

“没什么，男人的劣根性，口味重。”陈婉婉说完，问道，“你准备怎么办？”

“已经离婚了。”许星空说。

陈婉婉一听，诧异了一下，没想到性格一向软糯的许星空，这次竟然这么决绝，倒省得她苦口婆心地劝了。

“王舜生有今天，可是多亏了你。财产分割上千万别心软，你们虽然没有孩子，但也要多要点钱。”

压抑了这么多天，终于有个人支持自己离婚，许星空也放松了些，她应了一声："好。"

陈婉婉问："你离婚后有什么打算？"

"没有。"许星空说。

离婚搞得她焦头烂额的，根本没有时间想以后的事情。

"来夏城吧。"陈婉婉发出了邀请，"我们公司最近和德国一家公司签了新单，翻译部扩张，需求挺大的，待遇也好。"

夏城在南方，是一座沿海城市，海风和煦，阳光柔软。想着那座城，许星空就想起了她在那儿读大学时无忧无虑的时光。

她和陈婉婉也是在夏城认识的，两人是同班同学，学的德语。四年同寝室，感情甚笃。毕业后，她回到家乡淮城嫁给了同城学长王舜生，王舜生研究生毕业后就开始做生意。他一开始的创业基金，都是许星空没日没夜地去辅导机构上课赚的。

这两年公司做大，王舜生出轨了。

而陈婉婉毕业后，待在夏城打拼数年，工作稳定后，结婚生子。

两人选择不同，数年后一对比，高下立现。

结束和陈婉婉的通话后，许星空回到了包厢。今天是许奶奶的八十岁大寿，许家人在淮城的五星级餐厅一海阁给老太太庆生。

许星空推开包厢的门，站在玄关处，还未往前走，就听到了一个女生的声音。这个声音许星空很熟悉，是她二叔家小女儿许明怡。

"你们又不是不知道她，保守古板，整天穿得严严实实，街上跳广场舞的老太太都比她开放。她平时也不收拾打扮，像个黄脸婆一样，也难为王舜生忍到现在才离婚。"

这话说的是她，许星空心下一窒，她侧眸看了一眼旁边，玄关处安着一面镜子。她站正了身体，端详了一下镜子里的自己。

她穿了一件红色长裙，从领口包裹到脚踝，妆也只画了眉毛、涂了唇膏，一张脸素净寡淡，没什么味道。

想到刚才陈婉婉说的"怪不得"，许星空没法否认她的老派作风。离婚不是一个人的事情，她也有一些就连陈婉婉也认为需要改变的地方。

许星空走进包厢。看到她，在座的人面色皆是一变。许明怡坐在老太太的下首，闭上嘴的同时，翻了个白眼。

“怎么这么长时间才回来？”许老太太问了一句。

“同学打电话，问近况，所以耽搁了些时间。”许星空回答道。

之所以问近况耽搁时间，是因为许星空的“近况”着实复杂。大家又是一阵静默。末了，几个人给老太太一个眼神，老太太又开了口：“离婚的事情，你真的考虑清楚了吗？男人在外面不过是逢场作戏，玩够了回来就好。古话说得好，二婚的男人是块宝，二婚的女人是根草。你想过离婚后，剩下的日子该怎么过吗？”

许家的亲戚，有不少在王舜生的舜星运输有限公司上班，若是她和王舜生离婚，他们几个在舜星公司肯定快活不了了。

不让她和王舜生离婚，是整个许家的意愿。

“她已经是根草了。”许明怡被老太太逗乐，笑嘻嘻地添了一嘴。

许星空抬眼看了看许老太太，又看了一眼许明怡，说：“我离婚分了两套房子、两辆车，还有两百万的离婚费，剩下的日子我能过得很好。”

这些事情，许星空先前从没提过，桌上的人都惊了一跳。

许明怡先是惊讶，后是生气，皱眉不服气地说：“真能吹牛。”

许老太太拽了她一把，骂道：“怎么和你姐姐说话的？”

一向偏向她的奶奶现在竟替许星空说话，许明怡一下气得脸都白了，刚要说话，许星空问道：“我妈和星远呢？”

许星空父亲去世得早，她一直和母亲林美慧还有弟弟许星远一起生活。进门就没见着他们俩，应该已经走了。

林美慧的性格比她还软，许星远却是个冲性子，两人走了，估计也是被人说话气走的。

房间里的人尴尬了一下。许星空起身，从钱包里抽了一千块钱出来，说：“这是我们三个人今晚吃饭的钱。没什么事的话，我先走了。”

后面有人叫，她也没理，出了包厢后直接去了停车场，准备驱车回家。

许星空家住老城区，建筑低矮破旧，路也狭窄。她虽然有驾照，但平时出行都有司机，倒没怎么开过车，车技十分一般。

一海阁在新城区，按照导航的测算，距离她家有十一公里的路程。这十一公里，许星空开得小心翼翼。最后，好歹到了离家不远的一个小路口。许星空停了车，安安静静地等绿灯。

老城区的生活气息很浓，路边都是大树，还有各种灌木丛。夏季虫鸣喧嚣，昏黄的路灯下，这么晚了，连个人影都没有。

天上不见星影，天气预报说这两天有雨，现下应该是阴了下来，所以才会这么闷热。

这个红灯时间挺长，许星空盯着红灯，脑子里想起了今天听到的话。

陈婉婉说男人都口味重，许明怡说她太保守，甚至在得知王舜生出轨时，王舜生也说她在床上还像两人结婚那一夜时那么拘谨放不开……

怎么样才不保守？学王舜生乱来吗？

老太太还说二婚女人是根草，上赶着都不会有男人要。

许星空凉凉地一笑。

这时，红灯变绿灯，许星空踩下油门往前开。这个小路口有些坡度，车是手动挡的，她现在还把握不了抬离合的时间，在上坡路启动时有时候车会憋死。

在踩油门时，许星空看了一眼身后，有一辆车开着灯。她稳住心神，踩下油门，车子一个趔趄憋死，她还没来得及踩刹车，车子便一个趔趄，车尾撞在了后面那辆车上。

“该死！”许星空慌张地说了一句，她刹车后赶紧开门下车，看到后面波尔多红的玛莎拉蒂，心里更慌乱了。

车子很贵，她是全责，要赔钱。

许星空脑中轰鸣一片，玛莎拉蒂车主没有下车的意思，她走到后方，敲了敲驾驶座边的车窗玻璃。中指叩到玻璃上，发出的声音比这空气还要沉闷。

“您好。”许星空提着心，声音不太稳，等待的时候，已经出了一身汗。

她并未等太久，玛莎拉蒂车窗下落，露出了一个男人的侧脸。

车上的男人并未回头，他神态慵懒地靠着座位，眉头微皱，浅褐色的眸子只侧看了过来。细碎的树影打在他棱角分明的脸上，青黑的树影和冷白的皮肤在他轮廓精致的脸上切割开了一条分界线。

“我……我撞了您的车，您下来看看，需要我怎么赔偿？我不知道撞成这样，需要多少修理费……”

许星空第一次处理这种事情，心里完全没底。

她话音一落，车上男人的眉梢一挑，转过头来。

许星空的瞳孔微微放大了。

她知道自己见识浅薄，但长得好看的男人，她在电视上也看了许多。而那些明星，竟没有一个比她面前这个来得惊艳。

在车内的时候，她没有看清，男人回过头时，许星空才看清楚男人的发色，是时下流行的奶奶灰。灯光下，冷白的发色衬得男人的五官越发精致。

他的肤色是透明的那种白，一双桃花眼眼梢上挑，高挺的鼻梁在一侧打了一半的剪影，双唇微微抿起，没被树影覆盖的下唇，薄而饱满。他浅褐色的双眸上下一动，似在打量许星空。

车外的女人肤色粉白，气质淡雅娴静，身着一袭红裙，密不透风地包裹着她的身体，只露出了一张柔和俏丽的脸蛋，头发简单地扎在脑后，鬓角的碎发被汗水黏在了脸颊边，倒给她添了些风情。

她微垂着头，心中不知在想着什么，白色的高跟鞋鞋尖小巧秀气，微微动了动，似乎有些怕。

男人没说话，他将手搭在方向盘上，食指微屈，指腹对着方向盘轻轻一敲。

许星空睫毛一颤，抬头看他，而这一看，却看到了他嘴角的笑。他周身散发着一种清冷的压迫感，但他这样笑着，又让他笼上一层雅痞的感觉，更让许星空心里没底。

“我不要钱。”怀荆眸色淡淡地说。

许星空的眼神动了动，她有些不明白，问道：“那要什么？”

男人一笑，身体前倾，高大身材带着压迫感让许星空身体略微后撤。他将手臂搭在车窗上，食指指腹轻敲了一下车门。细微的声音，让许星空把注意力转移到他的手指上。

真是只好看的手，手指骨节分明，手背筋络凸起，修长白皙。

“要人。”

他的手离了车门，捏住了许星空的下巴。许星空僵在原地，下巴上的指尖冰凉，男人笑得张扬轻佻。

怀荆说：“要你。”

语闭，怀荆松了手，兀自笑了起来。他不过是看她老实，想调戏一下，正待说话，面前的女人突然抬起了头。

她一双琥珀色的猫眼生得格外漂亮，眼神中带着强撑的镇定，说话时声音都在发抖。

“好。”许星空说。

这下，怀荆的双眸渐渐睁大了。

九月，夏城 IO 珠宝集团翻译部。

“今天怀总会带德国 TIE 集团的 Fynn 总监来我们翻译部视察，大家都打起精神来。”翻译部部长黄千松拍了拍手，给部门成员打气。

“好！”翻译部三十多名成员集体回应，颇有些气势。

士气鼓舞起来后，黄千松示意大家坐下。许星空拉了椅子坐下后，就开始着手整理手边的工作。

七月份的时候，IO 珠宝拿下了德国轻奢品牌 TIE 集团的单子，IO 对此十分上心，扩招了翻译人手，许星空就是这次扩招进来的。

IO 珠宝集团的待遇和福利都不错，因而竞争十分激烈。她多年不工作，能力有限，只进了初试，复试是陈婉婉帮她过的。

正因为如此，许星空工作格外卖力，她不想因为自己工作上的生疏，让大家对陈婉婉指指点点。

“怀总要来啦！啊啊啊，好激动啊！”

大家刚坐下工作，许星空旁边的三个小姑娘就围在了一起，其中一个手握拳放在嘴边，小声尖叫。她们是和许星空一起进来的，只在IO工作了一周，都没有见过今天要来视察的怀总。

“这么激动啊？”三人里有个小姑娘是外地的，跟不上她们的激动频率。

那个激动得握拳的女生似乎有些惊诧，道：“夏城四少没听说过？‘怀、何、梅、柳’里的怀荆怀少爷就是咱们怀总，他可是怀氏集团未来的掌门人啊！出身好也就罢了，偏偏能力还强。几年前，他从帝国理工学院医学硕士毕业后回国进了怀氏集团，将小小的珠宝公司经营成现在的上市集团，就是咱们现在的IO咯。”

另外一个姑娘狂点头，补充道：“最重要的是长得帅！我在财经杂志上看过他的专访，上面有他照片！”

“他真人比照片上还帅。”李妙雪拿着文件夹过来，淡笑着插了一句。

李妙雪是翻译部的元老，今年二十八岁，肤白如雪，五官精致出挑，打扮时髦，是个十足的大美女。

“真的啊？”女生一脸羡慕地说，“李姐你见过怀总？”

“先前陪黄部长出去和怀总一起吃过饭。”李妙雪是黄千松的助理，在翻译部很多年了，她的话可信度极高。

“哇！”女生们又是一阵低声尖叫。

每个女人，都有个灰姑娘的梦。

“许星空，把这个材料翻译一下，下班之前给我。”李妙雪收起笑容，将文件夹递给了许星空。

“好。”许星空接过来，着手开始翻译。

IO珠宝集团虽然挂名珠宝，但线下主攻的是原材料，如宝石彩宝、贵金属之类。而和TIE集团对接的是玉石和古董玉器类出口，所需的翻译工作量很大。

许星空是翻译部的小透明，做的是基础翻译，但基础翻译也有不少专业名词，许星空翻译得并不轻松。

“怀总到了。”翻译部正在忙碌的时候，外面有人推开玻璃门通知了一声。

整个翻译部一下热闹起来，黄千松和两个副部长从办公室里走了出来，提前到门口迎接。而许星空他们则从座位上站起来，守在自己的岗位上，等待公司最高领导者的入场。

门口传来说话声，用的德语，说话人的声音很好听，语气斯文内敛，德语腔调感很足。在大家都以为说话的是 Fynn 总监时，那个说话的男人走进了翻译部的大门。

男人一身剪裁得体的西装，身材颀长高大，厚青条纹的领带扎得十分得体，领口上是修长的脖颈和因说话而微动的喉结。

他发色纯黑，衬得他肤色更白，是那种透明的白。今天天气略阴，翻译部开着灯，灯光打在他的脸上，像是他的脸都隐入了灯光一般。一侧的一截灯影打在了他一边的脸上，被男人长长的睫毛切割开，隐入他浅褐色的眸中。

上挑的桃花眼，高挺的鼻梁，薄而饱满的双唇……甚至说话时伸出的双手，修长而骨节分明……

许星空站在自己的位置上，目光一时间忘了收回，她下巴微抖，后背出了些汗。

正说话的男人似乎察觉到了许星空的目光，上挑的眼微微往这边一看，浮着笑意的目光下隐藏着他的清冷，摄人心魄。

许星空一慌，在她收回目光前，男人提前将目光收回了。似乎刚刚那一眼，不过是浮皮潦草地一掠。

视察结束，男人彬彬有礼地带着德国一行人离开。他们刚刚离开翻译部，翻译部里少女们的尖叫就压制不住了。

“说话的就是怀总吧！啊啊啊啊，他说德语的时候好帅啊！”

“本人真的比杂志上还要帅！皮肤好白，五官好精致，造物主的恩宠啊！”

翻译部本就阴盛阳衰，这一下讨论起男人来，声音很久都歇不下来。

许星空呆呆地坐在自己的位置上，心中还留着刚刚男人的那个眼神，陌生、随意、冷漠……

她应该是认错人了吧？

许星空的心，渐渐放了下来。

李妙雪交给许星空的文件，是让许星空在她今天工作之余翻译的。她本就有些跟不上工作节奏，又加上这份附加工作，加班是肯定的了。

今天阴了一天，到下班的时候，天气倒放晴了。

陈婉婉拿着伞过来，看许星空工作得那么卖力，将文件拿起来看了一眼，说："这份资料要下周才用呢，不用非今天翻译出来。下班了，回家吧。"

"你先回去吧，我很快就翻译完了。"许星空抬头冲着陈婉婉一笑。

陈婉婉知道许星空的脾气，有些死拧，她没坚持，对许星空说："那我先走了，我婆婆今天不舒服，我老公又出差，我得去接儿子放学。我婆婆说今天有雨，伞留给你吧。"

"不用了。"许星空看着外面的夕阳，说，"我一会儿就走。"

"那我先走了。"陈婉婉伸手揉了揉许星空的头发，许星空的头发很软很细，摸着挺舒服。许星空人虽然保守，但特别爱干净，头发弄得清爽好闻。

"明天见。"许星空笑着和陈婉婉告别。

陈婉婉走后，许星空看向了李妙雪的位置，空空如也，她已经走了。许星空眨了眨眼，埋头继续工作。

等将那份资料翻译完，翻译部的人已经走光了。空荡荡的大办公室里，只剩了她。许星空抬头看向窗外，一道闪电劈开漆黑的天，轰隆隆的雷声响起，要下雨了。

许星空赶紧收拾了东西，打卡关门，急匆匆进了电梯。

等到了大厅，外面就传来了雨声，许星空折返回来，准备去前台借伞，还未走过去，就听到了一连串的脚步声和说话声。

为首的男人仍旧穿着得体的西装，一张脸如雕塑般精致，他声音低沉性感，谈吐斯文有礼，但是许星空还是心下一惊。

她匆忙转过身，朝着公司的偏门走了过去。

偏门只是一扇两人身宽的玻璃门，许星空慌张地将门打开，站在了门外的台阶上。屋檐拦住了大雨，雨滴落在了青石板台阶上。

IO 珠宝集团做珠宝生意，最不缺的就是原石类的原材料，整个 IO 珠宝集团大楼的设计也格外有底蕴。

外面雨太大了，伴随着风，将雨水刮了过来。许星空后退了两步，低头看着刚刚被雨水溅湿的丝袜，脚边雨滴密密麻麻。

正当许星空盘算着今天该怎么回家时，脚边的雨滴突然停了。她抬头望望天空，却看到了纯黑的伞布和金属的伞骨。

有人举着伞，替她把雨挡住了。

那人握着伞柄，冷白的肤色在黑夜中更为明晰。他的手指一根一根地包裹着伞柄，骨节微微泛白，似是颇为用力，包裹得许星空一瞬间透不过气来。

许星空目光一动，她抬头，对上了一双上挑的桃花眼和那张精致的脸。他右边的嘴角上挑，发色虽换回了稳重的黑色，却仍然有着不可一世的张扬和轻佻。

大雨依然簌簌，两人四目相对，男人眸中带笑，女人眼神躲闪。

许星空双唇微颤，喉头一动，刚要说些什么，男人却先她一步，将她的话堵了回去："好久不见。"

他的声音低沉磁性，在这样的夜晚，像是绵密的雨中刮过的一丝凉风。

他还记得她。

脑海中闪过一些画面，男人的牙齿在她的脖颈间流转，耳鬓厮磨留存在那个夜晚……

许星空的脸渐渐红了。

怀荆垂眸看着她，看着她粉白的皮肤渐渐笼上了红晕。她依然穿得很保守，只露出一截白嫩修长的脖颈。而现在，脖颈也红了。还有两颗小巧的耳垂，也红得诱人。

许星空低着头，抿抿唇，轻声说：“怀总，您认错人了。”

好看的眉梢略略一挑，怀荆目光中闪过一丝笑，他淡淡地“哦”了一声，尾音上扬：“你和你前夫，复婚了？”

许星空的心，像是狂风略过草原，霎时间喧嚣起来。

“没有。”许星空下颌微颤，否认了。

身边的男人轻笑出声。

雨夜的天漆黑厚重，男人微垂着眼睑，唇上带着笑。笑声虽隐入雨中，却能听得出那晚乖刺的味道。

“那看来我没认错。”怀荆说。

大雨滂沱，冰凉的空气钻在两人之间。许星空呆呆地看着面前雨滴打落在台阶，心乱如麻。

好在这种情况没持续很久，怀荆的手机铃声响了，他拿出手机接了电话。

“怀总，Fynn 总监还在等您。”

“嗯，马上到。”怀荆说。

在怀荆打电话时，许星空才敢抬起头，面前男人握住黑色的伞，尽管打着电话，倒没有耽搁给她打伞。

他想干什么？

许星空的脑子刚运行到这里，怀荆的电话就打完了。他挂了电话后，将手上的伞递了过来，一起递过来的，还有一张名片。

“我有些事要去处理一下，这是我的私人电话。”

许星空看着上面的那串数字，喉头一抖，摇头说：“不……不用了。”

怀荆目光一顿，看着低头看脚尖的许星空，眉梢略挑：“嗯？”

怀荆话音一落，身边女人小声说了一句“对不起”，然后背着包小跑着闯进了大雨之中。

许星空被淋了个透，她是看到有出租车过来才跑的。伸手拦住车，许星空心慌意乱地上了车，对司机说：“师傅，麻烦去禾枫公寓。”

十五分钟后，禾枫公寓到了，许星空下车，跑进了她所在的单元。

拿着钥匙开了门，许星空扶着玄关处的鞋柜，平复了一下心跳后，才换好鞋子，将客厅的灯打开了。

一个月前许星空来夏城，陈婉婉带着她租了这个地方。这是一室一厅的单身公寓，装潢得温馨淡雅，家具和家电一应俱全。

这套公寓的租金不低，许星空当时不太舍得，可陈婉婉说她离婚分的钱和房子与车够她后半辈子过得很滋润了，她又没什么压力，赚的钱就专门供她花就好。

家里有些凉，许星空脱掉湿漉漉的衣服，先去浴室冲了个澡。冲完澡后，她做了晚餐，吃完泡杯红茶，拿了本书去了客厅的沙发上。

书是玉石类德语专业书籍，平时就难看得很，许星空今天心思摇摆，更看不进去。

脑海中全是那个男人的影子，许星空觉得很羞耻，也很害怕。

她骨子里保守，但兔子急了也会咬人。那天她撞了怀荆的车，怀荆说要人，她竟头脑一热答应了。

那是她从未有过的经历，虽然愉悦，但羞耻感也在第二天早上醒来时被无限放大，许星空仓皇逃跑了。

她本就保守，而那一次的经历，像一根刺一样扎进了她的心里。

她为了躲避家里人安排的相亲和这件事，从淮城到了夏城，本以为这样就可以将那件事掩埋，没想到竟然在夏城遇到了他，而且他还是她的大老板。

许星空的心再次混乱起来，她将书盖在脸上，闭上了眼睛。

他为什么将私人号码给她？

许星空想起了男人的眼睛。

那双好看的眼睛，就算是在身体最动情的时候，依然埋着些清冷。

这种人薄情得很，她以后还是要离他远点。

好在两人职位悬殊，接下来几天，许星空都没有再遇到他，她的心也渐渐安稳下来。

周五下班比较早，为了节省时间，许星空没回家换衣服，直接去了公寓附近的菜市场。

许星空喜欢烹饪，平日都是自己做饭。周末时间充裕，她可以做一些费工夫的菜品，或者研究新菜品。

这算她为数不多的爱好之一。

周五晚下班高峰，菜市场也是人声鼎沸的时候。许星空今天上班穿了一身 OL 套装，是陈婉婉和她一起去买的。她先前上班穿的衣服，陈婉婉说既老气又保守，便带着她买了好几套。但江山易改本性难移，尽管是新的套装，裙子仍旧长到小腿。

这已经是进步了，本来她是想买裤子的，被陈婉婉拦住了。

许星空对自己的定位挺准确的，她今年二十八岁，而且前段时间刚离婚，在古代算是弃妇了。她现在穿衣服图的就是舒服自在，如果不舒服，穿得再好看，也没什么用。况且，她对自己的外形条件也不是很自信。

她把这个想法一说出来，就被陈婉婉骂了一顿。现在都什么年代了，她一个新时代女性竟然这样想自己！

陈婉婉嘴上虽骂，但更多的是对许星空温柔的引导。两人大学四年同寝室，对彼此脾性都清楚得很。许星空的思想确实是保守封建的，但这并不是她的本性。她之所以这样，也有一部分是因为淮城那边的习俗和教育方式。

这两天都下了雨，今天早上刚放晴，地上都是水洼，许星空小心翼翼地避开后，走进了菜市场。

这个菜市场很大，它负责满足周围三个小区居民的日常所需。许星空在这里住了一个月，对这个菜市场已经很熟悉了。她越过蔬菜区，先到了水产区，周末的时候她想做红烧鲤鱼。

所有的肉类里，许星空最喜欢吃鱼。

卖鲤鱼的是个光着膀子的大哥，正拿着刀飞速地处理着手上的黑鱼。

“下班了。”大哥看到许星空，热情地与她打招呼。

而许星空只是笑笑，眼睛瞥到一边的水池，不去看他光着的上身，说：

“我想买条鲤鱼。”

“好嘞。”卖鱼大哥手伸进鱼池，捞了一条大鲤鱼出来，问道，“这条怎么样？挺肥的，红烧清蒸都好。”

“好。”许星空点头，笑着说了声谢谢。

卖鱼大哥干净利落地将鱼处理好后，递给了许星空，许星空将钱递给大哥，大哥找钱给她。

在她接过零钱时，后面突然有人喊了一声“小心”，许星空回神，后面一辆小推车推着码得整整齐齐的塑料筐，筐里全是螃蟹。因为码得太多，推车的人有些控制不住力道，横冲直撞地就往许星空这边过来了。

许星空脚一动，身体朝着鱼池边倾斜了一下，她身体动得太快，脚腕“咯嘣”一声响，疼痛从脚腕传来。小推车过去后，许星空蹲下了身体。

菜市场人多，没人注意到她，而卖鱼大哥似乎看到了，有些关切地看着脸色煞白的许星空，问：“你没事吧？”

说完，他就要喊刚才推小车的那人，许星空赶紧摆手，说：“我没事。”

话虽这么说，但许星空右脚一动，钻心的疼痛便让她暗暗咬住了下唇，每走一步都是钻心地疼。

脚崴到了，许星空皱眉，这该怎么回家？

突然，手上拎着的鱼被拿走，许星空身体一个腾空，一股与菜市场格格不入的好闻的香水味道钻入鼻腔。

许星空心下一紧，她抬起头，看到了男人精致的下颌线和浅褐色的双眸。

怀荆公主抱着许星空，吸引了周围所有人的视线，许星空僵在当场。

但她很快反应过来，慌乱地挣扎了起来，边挣扎边压低声音说：“放我下去。”

头顶上，怀荆眼梢又是一挑，嘴角勾起个笑，随着许星空的挣扎，他反倒将她抱得更紧了些。男人仍然穿着西装，不过没打领带，白衬衫领口开了两个扣子，露出了一截好看的锁骨。

“更亲密的事情都做过了不是吗？”怀荆说。

许星空下颌一紧，像是过电一般想起了那一夜两人肌肤贴合的画面，她脸红得快要滴血，被怀荆抱出菜市场，上了他的车。

许星空觉得怀荆像是噩梦一样，在她快要遗忘他的时候，他又来了。

坐在副驾驶座上，许星空的脚舒服了不少，她拘谨地道了声谢，低头问了一句："怀总怎么在这儿？"

"我跟踪你。"怀荆靠在座位上，神态慵懒，语气淡淡。

女人眼睛一抬，目光中带着震惊，似乎没想到他不要脸也这么理直气壮。

女人一双猫眼中的不可思议让怀荆心情大好，他手指在方向盘上一敲，看着许星空肿起来的脚腕，说："去医院。"

"不用，不用……"许星空连忙摆手，在对上怀荆的目光后，她心下一怵，将目光别开，小声说，"扭到了而已，热敷一下就好了。"

副驾驶座上的女人，穿着一套保守的职业套装，浑身上下只露出白皙光洁的小腿和没被高跟鞋完全覆盖的脚面。

她微微低着头，脖颈白皙修长，下颌线温柔沉静，一侧的脸颊粉白透红，长而卷的睫毛上下颤动，出卖了她心中的不安。

"怕我？"怀荆嘴角夹了一丝笑，视线垂下，道，"那晚被我咬怕了？"

许星空身体一僵。

怀荆看着脸红到脖颈的许星空，又笑了起来，她这经不住调戏的模样倒是十足有趣。

许星空沉默半晌，最终问了出来："您到底想做什么？"

怀荆看着许星空，回答得很直接："我需要你。"

"我拒绝！"女人生气了，脸上的红晕也是因为愠怒。

她的反应，在怀荆的意料之中。男人的神情波澜不惊，只垂眸看了一眼她手上的鱼，不紧不慢地问道："你会做饭？"

她将鱼袋子往身边拉了拉，不冷不热地说："只会做些家常小菜。"

怀荆一笑，淡淡地说："好久没吃过家常小菜了。"

许星空算是明白了，他岔开话题的本事算是一流。

既然已经拒绝，就没有聊下去的必要，许星空低声说："怀总要没什么事的话，我先回家了。"

没有崴到的脚先下了车，许星空准备单脚蹦着回家。

"考虑一下。"怀荆并没有追上去，他侧眸看着许星空，以为她嫌恋爱麻烦，说，"不牵扯精神层面的交往。"

许星空是脾气好，但被侮辱那么一次也都急了，而怀荆又侮辱了她一次。她抬头看着怀荆，脸色十分不好看："我不缺钱。"

许星空生气的时候，一双眼睛水光潋滟的，白里透粉的脸上带着些嗔怒，格外有味道。她一说完，怀荆就笑了，笑得许星空心里更窝火了。

"但你需要知道怎么取悦男人。"怀荆眼梢都带着笑，不算嘲讽，算调戏。

许星空的怒火堵在了嗓子眼。怀荆这么说，也怪她那晚壮胆喝了点酒，然后把她和王舜生的事一股脑告诉了他。她说她保守无趣，王舜生才看上了那舞女。

许星空红着脸怔住，回过神后就想走，不想再搭理怀荆。

"换个方式考虑一下，就等于你不花钱便找了一个老师，我可以教给你所有需要的技巧。"怀荆的声音渐大。

许星空见他提高了声音，左右看了一眼，赶紧回来用目光盯住了他的嘴。男人看她慌张的模样，又笑了起来。

没有发火，许星空沉下性子，想了片刻："为什么选我？"

怀荆说："不为什么，我们比较适合。"

许星空摇摇头，说："我不同意，也希望怀总不要再来这种地方了。"

怀荆见她要走，伸手拦住，继续说道："你不喜欢这种关系的话，我们也可以和普通男女一样谈恋爱，你不考虑一下吗？"

"不必了。"许星空退后一步躲开他，走了。

其他菜也没买，许星空只拎着鲤鱼回了家。到家将鲤鱼放进冰箱，许星空将毛巾用开水烫了一下，然后敷在了脚腕上。

天已经晴了，阳光透过窗户投射进来。太阳光被窗上的玻璃框切割成一片一片倾洒在地上，地板上有几块不同颜色的瓷砖，和阳光汇合在了一起。

许星空看着地上的阳光，脚腕上敷着热毛巾，仍觉得不可思议。

休息了一天，周六陈婉婉通知许星空，她给她约了人，晚上七点在佳廷广场的星巴克相亲。

虽然定的是七点，下午陈婉婉就来找许星空，拖着她去买衣服。两人买了衣服后，陈婉婉就让许星空将裙子换上了，秋款的雪纺长裙，大红色。

许星空肤色粉白，皮肤又好，尤其适合这种艳色。刚一穿上，许星空就想脱下来，但被陈婉婉拉住了。

“别别别，这条要了。”陈婉婉说。

许星空看着镜子里胸口露了一片的自己，红着脸说：“这太……太暴露了。”

“哪儿暴露？”陈婉婉眼睛一斜，说，“就露了锁骨就暴露了？”

许星空别扭地往上拉了拉衣领，又被陈婉婉拉了下来。

付款后，许星空直接穿着这件连衣裙，别别扭扭地和陈婉婉继续逛街。逛街的时候，陈婉婉的嘴巴也没闲着，边逛边絮叨：“这次的可是青年才俊，做软件销售的，能说会道。你别太古板，多和人家说说话。”

她对陈婉婉说：“我来夏城就是为了躲避相亲，没想到到了这里，还要相亲。”

陈婉婉白了许星空一眼，问道：“你不相亲，难道要孤独终老啊？”

陈婉婉做这一切，都是为了她好。许星空心里的话没说出来，只是笑了笑，继续跟着她逛街。

晚上的星巴克人很少，陈婉婉约的那个人已经点好单在等她们了。初见许星空，那人眼睛一亮，笑着打过招呼后，便给许星空将椅子拉开了。

许星空有些紧张，低头道了声谢。

“那你俩聊，我去给我儿子买罐奶粉。”陈婉婉找了个借口就溜走了，临走时给许星空比了个“加油”的手势，许星空笑得有些无奈。

“你好，我叫黄鑫。”那人先自我介绍。

“我叫许星空。”许星空拘谨地说。

黄鑫一笑，夸奖道：“星空，这个名字真好听，挺有意境，像你的人一样。”

被他这么一夸，许星空有些不知道怎么回，只道了声谢。

黄鑫果然是做销售的，两人闲谈起来，许星空还是不怎么说话，但一来二去的竟然没冷场。

黄鑫穿着一身得体的西装，可见对今天的相亲挺重视。他中等身材，中等长相，谈吐也还不错，还挺绅士，比起许家先前硬塞给她的那些歪瓜裂枣的相亲对象要好了不知道多少。

说起来也够讽刺的，许家人认为离婚后她能配得上的也就是那些歪瓜裂枣，而陈婉婉给她介绍个相亲对象却要挑选很久。

中途的时候，许星空去了一趟卫生间。

许星空对黄鑫的感觉不错，而看黄鑫对待她的态度，应该对她印象也不差。她从洗手间出来，走到拐角处时，看到黄鑫正在那里打电话。

黄鑫站在一个角落，正在抽烟，似乎没有看到他，声音不大不小，许星空刚好能听到。偷听人打电话十分不礼貌，许星空刚准备走，结果听到黄鑫聊到了她。

“你说今天的相亲对象啊？这个最适合做老婆……长得是挺不错的，但太古板了，哈哈哈，就把她放在家里伺候我爸妈，至于玩嘛，就出去找咯……”

许星空没有回她的座位，陈婉婉给她发了消息，说自己买完奶粉先回去了。许星空出了佳廷广场，周末人正多，来来往往的人走过，许星空想起了黄鑫说的话。

她不是第一次遇到黄鑫这样的男人，因为她的前夫王舜生也是如此。她遇到的男人不多，两个人都是这样……

许星空拿着手机，输入了一个号码。号码拨通，电话那端一个好听的男声传了过来：“喂？”

握着手机的手指微微一抖，许星空喉咙一酸，她颤着声音说：“我……”

怀荆听得出她的声音，那边女人没了话，他便说：“我去接你。”

许星空抬头望着天空，星空璀璨，不似她心中那般荒芜。她被清冷的月光闪了眼，闭上眼睛：“好。”

或许从一开始，她就被男人的提议打动了。怀荆于她而言，更像是一个耻辱的诱惑。她躲闪不及，但又万分想念。

黄鑫的话让她想起了那晚她答应男人时的心境，第一，她并不是没人要，第二，她需要改变——

保守并不是什么褒义的人格。

她和怀荆的关系，只是两人互为对方现在最需要的那个人。

她有需求，她需要改变自己。

怀荆也有需求，他需要找个老实干净的女人。

何况他并非不尊重自己，他说两人可以和普通男女一样谈恋爱。尽管她自卑，觉得自己配不上天之骄子一样的怀荆，却着实心动了。

秋日清晨的阳光，比其他季节的更加耀眼明亮些，透过落地玻璃窗照耀进来，在洁白的墙壁上折射开来，房间内的明暗都变得有层次了许多。

上班的生物钟在周末仍然起作用，不过才八点，许星空就醒了。

睁开眼时，视线里是还在沉睡的怀荆。

他睡着时的神色，与醒着时不大一样。表情严肃，眼睛紧闭，闭成的那道线也是上挑的，长卷的睫毛在眼睑下形成半圆形的剪影。长而浓密的眉毛微蹙着，薄唇紧抿着，格外冷漠。

这才是他本来的样子，不是左右逢源、张扬轻佻的，而是慵懒疏离、事不关己的。

想到这里，许星空觉得有些好笑。她不过是第二次与他有接触，她怎么会了解他？

许星空觉得阳光让她无地自容，羞耻感像巨浪一般吞噬了她。

但她仍然记得自己昨日联系怀荆时的想法，虽然羞耻，可也没什么好后悔的。

他那么优秀，迟早会不喜欢她的吧？以后若是断了，男人能比她断得更加干净。

虽然这般安慰自己，许星空心里的羞耻感仍旧退不去。

许星空起了身。

怀荆家这个卧室很大很空，装修得比她家更为简洁明了，主要是白色和灰色的浅色调。大床正对着一面墙壁，墙壁上画着抽象油彩。在油彩和大床中间，有个沙发的卡座，卡座中间是一张石桌。桌上光洁如新，什么都没有。

整个卧室，没有丝毫生活气息。

许星空去浴室洗了个澡，脖子和锁骨上略微有点痒，她照了一下镜子，很红。是怀荆咬的。

看着看着，许星空的脸又红到了脖子根。她擦干身体，将自己昨天的裙子套上，出了卧室。

等一出卧室，许星空瞳孔一张。

卧室在二楼，出门即是扶梯。扶梯下是比卧室还要空旷的大客厅，客厅的装修和卧室相同，也是简洁现代。正中央是沙发和桌子，对面是大壁炉。

这套房子让许星空惊讶的是客厅外的景象。

客厅和阳台隔着落地窗，阳台上养着藤蔓类的绿植，倒是整套别墅最有生活气息的一个地方了。

阳台外连接着纯净的泳池，而再往远了去，则是碧蓝浩瀚的大海。

夏城本就发达，而沿海更是寸土寸金的地方，更何况这栋房子占据了沿海最好的视野。

有钱人的世界，穷人的想象力抵达不到。

许星空看着被风吹起的窗帘发呆，风簌簌吹过，轻而柔软，虽是秋风，但海边的风总是柔的，声音都好听许多。

海风之中，夹杂了一两声细微的喵呜声。

许星空回神，仔细听了一会儿，喵呜声更加清晰了。

视线随着声音过去，许星空眼睛微微一睁，看到了沙发上的一只猫。许星空心下一动，从楼梯上走了下去。

她走到沙发前，小猫似乎并不怕生，一双圆圆的蓝眼睛盯着许星空。头是楔形，眼睛圆且是蓝色，毛发半长浓密，眼角和额头有浅褐色的色块。

是一只布偶猫。

猫咪在看到许星空后，头微微上扬，脖子上的毛发比其他地方要厚实些，像是系了条围脖。它身体后仰，右前爪抬起，冲着许星空又叫了一声："喵呜～"

声音很温柔，带着些奶气。

许星空的心顿时软了。

她趴在沙发椅背上，手轻轻地伸到布偶猫面前，嘴角勾起个笑，声音小而柔，勾了勾手指说："过来。"

猫咪似乎听懂了，它迈着步子，优雅小巧，走到许星空的手边，抬眼看着许星空。

许星空先犹豫了一下，然后将手放在了猫咪的头顶，触手的柔软和温暖，让许星空的笑容更深了。她摸了两下，小猫的眼睛微微眯了起来，索性坐在了沙发的角落，抬头看着许星空让她摸。

怀荆醒来时，身边已经没了人。想起和女人第一次的经历，她也是在第二天早上不见了踪影。她很擅长逃跑，明明晚上在他的引导下可以那么开放，可激情退去后，她又变得保守，不敢面对这激情消失后的画面。

他随手套了一件睡衣，起身开了门。走到楼梯前时，怀荆的视线落在了楼下沙发上，那一抹红色让他眸色略微一沉，嘴角一扬。

海边的阳光往往比市内的澄澈明亮些。夹杂着海风的阳光，透过落地窗上的玻璃，光影因为各种阻隔，渗透得参差不齐，但切割面十分工整。

沙发上，女人背着阳光，像是被压弯身体一样，蜷曲着趴在沙发背上。身体的弯曲将后面的裙角提起了一部分，原本过膝的长裙，如今只盖在她膝盖窝上面一点。双腿修长笔直，肤色白皙透粉，女人神色温柔带着笑，逗弄着猫咪，丝毫不知自己是多么诱人。

怀荆喉头一动，起身下了楼。

男人虽穿了软底拖鞋，但许星空还是听到了他的脚步声。听着脚步声渐渐逼近，许星空脸上的笑容渐渐笼上了一层紧张。她的视线往脚步声那边看过去，见男人笑着走了过来。

许星空没有动，她感受着男人一步步靠近她，最后，站在了她的身后。

男人的气息在阳光下氤氲开来，一下将她笼罩住了，像他的身体一样。

女人并未有什么动作，她身体又压下去一点，一只手捂住了她的嘴巴，放在猫咪头顶的那只手渐渐下移，盖住了猫咪的眼睛……

许星空又洗了一遍澡，将衣服穿上后才出了浴室。她将领口往上拉了拉，但收效甚微，脖子上又被怀荆咬了两个红晕。

许星空出去的时候，怀荆已经换好衣服了。他穿着衬衫西裤，站在拉开窗帘的落地窗前。身材颀长，宽肩窄臀，一双长腿修长笔直像白杨。男人看着窗外，左手抬起，右手正在系着袖口。骨节分明的手指灵巧好看，在阳光下像是透明了一样。

听到后面的声音，怀荆回头。许星空的身体仍旧是软的，若不是长裙遮住，都能看得到她双腿在轻微发抖。

“洗完了？”怀荆语气轻松地问了一句，“我有事要出去一趟，你在这里休息，午餐阿姨会给你做。”

“不用了。”许星空拒绝，然后着手收拾自己的东西，边收拾边说，“我马上走。”

她不能在这里休息，更不能让他家的阿姨给她做饭。

在这段关系里，她绝对不能是弱势的一方。

怀荆倒并不在意这些，他系好袖口后，递给了许星空一粒药和一杯水。

“抱歉，事后避孕药挺伤身体，以后我会注意。”怀荆说，“至于安全方面……昨晚你看过我的体检报告了。”

许星空抬眼看着怀荆拿着的水和药，接过来后直接吞了下去。

其实她不需要吃避孕药，她和王舜生结婚这么多年都没怀上孩子，真能怀孕的话倒是奇迹了。

但她并没有多说，若是说了，倒搞得像是她想生下他的孩子一样。

许星空走下楼梯时，一抹白色渐渐走到了楼梯跟前，白团子仰起头，碧蓝色的眼睛盯着许星空看着，轻轻地叫了一声："喵呜～"

许星空心一软，嘴角扬起了一抹笑，她蹲下身体，伸手揉了揉小猫咪的脑袋。小猫咪似乎知道她要走，用侧脸和耳朵轻柔地蹭着她的掌心，眯着眼睛格外不舍。

"喜欢猫？"

声音是从楼梯上方传来的，许星空手一动，猫咪抬头看看她，最后和许星空的视线一起移到了楼梯上方。

怀荆看着一人一猫的目光，竟不觉得违和。他已经套上了西装外套，比刚才更添了一股雅痞的气质，边笑边走下楼来。

许星空回神，将视线收回来，她点了点头，从地上站起来，说："嗯，想有个活物陪着。"

许星空向来喜欢小动物，但王舜生的父母不太喜欢这些东西，所以她从来没有养过。

"抱回去吧。"怀荆盯着脚边的小猫，云淡风轻地说了一句。

许星空愣了一下，抬头看着怀荆。

怀荆靠在楼梯扶手上，冲许星空一笑，说："我养不了，平日都是阿姨照顾它。它跟我不亲，倒与你挺有缘的。"

看男人的神色，不像是随口说说或者是跟她开玩笑，许星空有些受宠若惊："谢谢。"

垂眸看着她颈边的几抹红色，怀荆一笑，说："不客气。"

养猫不是个轻松活，怀荆将猫送给她后，顺便将猫咪的用品也送给了她。她拎着大大的猫笼和一堆猫的日常用品，站在沿海公路的站牌边等公交。

太阳渐渐高了，日光却不灼热，吹着凉凉的海风，格外舒服。

怀荆看她拎着大包小包，提出要送她，被许星空拒绝了。

也是她提议不公开两人的关系，万一将来分手，她担心自己承受不住旁人的眼光。这样就很好，两个人谁也不依附谁，谁也不欠谁，关系干净利落，到时也能断得干净。

怀荆要的就是这样的，她能满足，因为她想要的和他想要的是一致的。

第二章

今晚来我家

周一一上班，陈婉婉就拉着许星空去了茶水间，刚要说话，陈婉婉打量了一眼许星空，恨铁不成钢地说："你怎么又包裹得这么严实？"

许星空穿着高领毛线衣，她将小外套裹了裹说："有点冷。"

"行吧行吧。"陈婉婉的重点不在这儿，她又高兴道，"周六跟你约会的那个，对方对你评价很高啊，你什么想法？喜欢的话我就跟那边人说了，不喜欢我帮你回绝掉。"

许星空想起黄鑫，抿了抿唇，说："回绝了吧。"

许星空拿了杯子去接热水，陈婉婉看着她心不在焉的模样，冷不丁问了一句："你是不是有男人了？"

热水差点洒到手上，许星空关掉热水，回头看着陈婉婉，说："没……没有啊。"

陈婉婉用食指敲了敲下巴，一脸探究地说："看你面色红润、容光焕发的，有男人了啊？"

"你瞎说什么啊？"许星空稳了稳心神，说，"没有。"

陈婉婉拍了她一巴掌，哈哈笑起来："你紧张什么，我开玩笑的。"

周日一天的疯狂，让许星空有些疲劳。正在翻译着一份资料，李妙雪走过来，将文件夹放在了她的桌子上。

许星空抬头，李妙雪的脸色并不好看，她指着文件夹，新做的美甲有些反光："为什么犯这么低级的错误？"

许星空将文件夹抽出来，翻看了两页，抬头和李妙雪解释道："这不是我翻译的。"

李妙雪听了解释，鼻间一声哼笑，问道："那你的意思是我错怪你了？"

许星空看看李妙雪，又看了看离她很远的陈婉婉，将文件夹往手边一收，说："我马上改。"

"下班前给我。"李妙雪说完，转身走了。

李妙雪找许星空的碴，其实是在找陈婉婉的碴。若许星空跟她闹起来，就陈婉婉的性格，肯定和她闹起来。许星空本就是靠着陈婉婉的关系进来的，李妙雪又是翻译部的老员工……吵起来的话，对陈婉婉和她都没有什么好处。

许星空看了一下文件，翻译的错误都很低级，但这份文件很长，要从头到尾改。她将手边的工作做完后，就着手修改。

晚上七点的时候，许星空的微信响了。她揉了揉脖子，抬眼看了一下办公室，只有几个员工还在加班。

将手机拿过来，许星空点开屏幕看了一眼，心下顿时一紧。

微信是怀荆发过来的，消息很简洁。

怀：今晚来我家。

将屏幕锁屏，黑色的屏幕上映出了她的脸。许星空重新将手机解锁，敲了几个字发了过去。

星空：不可以，今晚要加班。

许星空拒绝后，放下手机继续工作。错误改了一半了，不出意外的话，晚上九点之前她应该能回家。不知道今天要加班，早上临走时都没有给咪咪多放猫粮。

在许星空刚开始工作时，微信又震动了一下。许星空侧眸一看，屏幕只显示有一条微信，并没有显示内容。

怀荆是她的秘密，昨天回去后她把所有的手机提示都换成了"不显示内容”。

将手机打开，许星空看到了怀荆发来的微信。

怀：要不要尝试一下快餐？

这条消息，许星空不怎么明白。她抿了抿唇，敲了几个字。

星空：什么是快餐？

没等她锁屏，下一条消息就发了过来。

怀：来地下车库。

等上了怀荆的车，许星空才知道，怀荆说的快餐，与吃无关。

集团总裁的停车场，与普通的停车场是隔开的，两个停车场中间，有一个被圆形石墩隔开的通道。

现在，总裁停车场内的灯光全部是关闭的。只在夹角处，外面停车场漏进一丝光来。

劳斯莱斯幻影的空间很宽敞，许星空却觉得像是要窒息了一样。男人的唇落在她的脖颈间，许星空身体一个战栗，红着脸推开了怀荆："不行，我……我工作还没有做完。"

怀荆的唇在许星空的颊边擦过，他微抬头，眼尾看着许星空，轻笑一声，声线迷人低沉："所以是快餐。"

男人的声音带着压抑的沙哑，许星空的心悬空一滞，她将头扭开，说："可是，可是你再快也……"

许星空声音一顿，住了嘴。

男人一笑，眸中添了些玩味，热气暧昧地扑在她的耳后，他问："这是在夸奖我？"

灯光像是有了温度，将许星空的耳垂照成了红色。她声线不稳，咬着下唇说："没……我真的有工作需要快点做完。不然回去太晚，咪咪该饿了。"

在这方面，怀荆向来是尊重对方的。他身体离开了些，垂眸看着她，尾音上扬："咪咪？"

"嗯。"男人气息的远离，让许星空的呼吸也松了些，她解释道，"你给我的那只布偶猫。”

“哦。”怀荆淡淡地应了一声。

灯光和黑暗，将男人的脸分割成两边。亮光下的嘴角噙着丝笑，而黑暗中的眸子像是沉入深不见底的寒潭，看不透彻。

怀荆身体后靠，靠在了座位的椅背上，一双长腿慵懒地搭在一起，声音恢复了以往的低沉，语气却是轻佻张扬的：“你知不知道，还有其他的意思？”

“砰”的一声，许星空的脑袋碰到了车门上，她倒吸一口凉气，手足无措地打开车门，边下车边说：“我……我真的有工作，我先走了。”

许星空脸红得眼睛都有些发黑，她急匆匆地要走，却听到了车内男人放肆张扬的笑。

许星空走了两步，又折返回来，站在车门前。车内的男人止住笑，但嘴角仍然是弯起的。

“不好笑。”许星空说。

怀荆的身体微微下移，整张脸都透在了光中，帅得让人有些眼花。不光他嘴上笑着，眼中也浮了层笑意。

“我就笑。”怀荆说。

“你……”被男人的不要脸气急，许星空的脸更红了。

“除非，你亲住我的嘴，我就笑不出来了。”怀荆笑眯眯地看着许星空。

许星空：“……”

男人又笑了起来，许星空也无心去管了，她知道自己说不过他，红着脸赶紧走了。

有了怀荆那段小插曲，许星空回家时已经九点半了。拿着钥匙开门时，门内就有一声轻微的喵呜声，而当许星空走进去时，咪咪叫了一声，就将自己的脖子蹭了过来。

柔软的小家伙，一下将许星空的心蹭软了。她开了灯，柔和的灯光洒了一室。她蹲下身，拍了拍它的小脑袋。

许星空倒了猫粮给咪咪，就近坐在了咪咪旁边的地毯上看着它吃东西。咪咪长得可爱，也挺黏人的，为什么不和怀荆亲？

许星空想起自己被咬的那几口。

她又红了脸，伸手摸了摸咪咪头上的毛，自言自语道："怪不得你和他不亲，因为他是小狼狗，喜欢咬人。"

李妙雪找了一次碴，她没有反抗，自然会找第二次、第三次。这一周，许星空每天都忙到很晚才下班。

这周周五是下班最早的一天，虽是下班最早的一天，许星空从公交车上下来时，也已经晚上八点了。她下的站比较偏僻，可以走小路回家。四周静悄悄的，小区内的光透过栅栏上的爬山虎映到了她脸上。许星空裹了裹衣服，正准备走回家，谁料刚一转身，对面一辆酒红色的欧陆突然开了大灯。

大灯灯光耀眼，许星空被闪得眼前一花，她抬起手遮住了眼睛。大灯只闪烁了一下，随后就关上了。待眼睛适应了光亮后，许星空看向了那辆欧陆。

车内开着灯，男人的手臂搭在车窗上，正冲着她笑。

许星空上了车。

怀荆后背靠在车座上，侧眸看着许星空。车内开着灯，照亮了他半边侧脸，另外一半黑着，像是灯光下的雕塑。

"要不要回去喂咪咪？"怀荆问。

怀荆是来接她的。

许星空听了这话，将安全带系上了。她手指有些凉，往袖子里缩了缩，说："不用了，早上给它留了猫粮。"

眉梢一挑，怀荆问道："最近经常加班？"

公司现在应该不算很忙。

"嗯。"许星空淡淡地应了一声。

女人低着头，头发仍然全部扎在了后面，但比以前多了点小花样。颊边垂了一绺发丝，在她白皙透粉的脸上留了一小截淡褐色的阴影。

怀荆抿了抿唇，他将车子发动，说："若是有人对你不满，你可以跟你的上司提，但不能直接提，要委婉一点。”

双眸一睁，许星空回过头，怀荆正伸手关车内的灯，修长的手指抵在灯光按钮处，手指被灯光照得透亮，男人回头的一瞬间，将灯关上了。

他虽是她的男朋友，可她也不能忘了，他是IO珠宝集团的总裁。

他在帮她。

“谢谢。”许星空说。

怀荆一笑，掉转方向，淡淡地说：“不客气，我只是不想你将原本属于我的时间浪费在别的事情上。”

怀荆开得很稳，顺着沿海公路，一路开到了沿海别墅区后方的山顶，然后停下了。山上漆黑一片，车内播放着音乐，车窗前有些许光芒。

许星空看了怀荆一眼，怀荆笑着看她，起身下车后，给许星空开了车门。

刚下车，迎面就是夜间凉凉的山风，许星空的头发被吹乱了些。将耳边的碎发撩到耳后，她站在车门旁边，望向远处，眼睛渐渐睁大。

这是夏城的后山，站在山顶，可以俯瞰整个夏城。

夜晚的夏城被灯火覆盖住，像火山的熔岩，更像铺满了明星的星空。

登高远眺，最是令人心旷神怡。许星空这些日子的烦闷，也被冲淡了许多。男人站在车前方，背对着她，双手撑在车前盖上，似乎也在看这夜景。

灯影中，男人的背影像是镶嵌了金边，显得更加颀长伟岸。修长的双腿交叠在一起，姿势慵懒随意。

许星空的目光微微一动，车内正放到了一首歌，是她喜欢听的《旋涡》。

“来这里做什么？”许星空看着男人的背影问。

“嗯？”尾音上扬，他轻笑一声，转过身来。

怀荆看着站在车门边的许星空，嘴角微微一勾，笑着说：“吃‘快餐’啊。”

许星空目光一动，男人信步走来。

车内，彭羚正唱着：

来沉没，在我的深处吧……

等第二天醒来时，她已经在怀荆家的床上了。

外面阳光耀眼，许星空睫毛颤了两下，身体下意识地往身边能遮挡阳光的地方挪了挪。她刚睁开眼准备清醒一下时，头顶便传来男人带着笑意的声音：“醒了？”

许星空一个激灵，抬起头，对上了男人似笑非笑的眼睛。

她刚刚躲阳光的地方，是怀荆的胸膛。正面看着男人裸露的皮肤，和皮肤下的肌肉，许星空心脏猛地一跳，赶紧挪开了。

离开男人的怀抱后，许星空将怀中的被角往上拉了拉，然后应了一声：“嗯。”

声音带着些沙哑，嗓子也有些干涩，许星空说完后愣了一会儿，想起了昨晚。

许星空闭上眼睛，脸渐渐泛了红，红晕爬上了她的耳垂。

她缓了一会儿，说：“我该回家了，咪咪还没吃早饭。”

说完后，许星空准备起身。一个后扯的拉力，让她一下倒在了床上。

“哎……”许星空后背贴到了男人的身体，男人胸膛的热度让她的脸瞬间一热，她心下一跳，挣扎了起来，“你干什么？”

怀荆一只手抓住被角，将许星空包在被子里。女人的耳垂红得诱人，她焦急地望着他，一双圆圆的眼睛在阳光下透着清澈的光亮。

“我也没吃早饭。”怀荆垂眸看着她，轻笑着道。

许星空眉头微蹙：“你家阿姨会来做吧，或者你家里有什么材料我可以……”

剩下的话，被男人堵在了嘴里。怀荆欺身压了过来。

这时候，许星空才知道，原来怀荆的早餐和快餐一样，都是吃她。

李妙雪给的资料，大部分许星空需要加班才能完成，而翻译部最近不算特别忙，七点时办公室就没什么人了。

许星空正在整理手上的资料，办公室的电话响了，她拿过来接听，是前台打过来的。

“翻译部吗？请问你们部的钟副部长还在吗？前台这里有一个快递，需要他本人今天签收。”

“他已经下班了。”许星空抬眼看了看办公室内的挂钟，和前台说，“我帮忙联系一下吧。”

前台道谢后挂了电话，许星空用办公室的座机给钟俞军打了过去。

钟俞军就住在公司附近，许星空做完手上工作下楼的时候，刚好看到他在前台签收快递。

钟俞军是北方人，个子很高，也很胖，工作很负责任，是个不错的领导。

“一盒茶叶还得我当面签收？”钟俞军拿着盒子笑着说了一句。

快递小哥就站在旁边，看着钟俞军签字，说道：“客户要求当面签收，应该很贵吧。”

“哈哈，这我可不知道，不是我买的。”钟俞军签完字后将笔还给了快递小哥，道了声谢谢后，小哥便出了门。

钟俞军拿着快递盒子看了一会儿，直接将盒子拆开了。里面是一罐茶叶，包装挺精美的，可见并不便宜。

“钟大人。”许星空叫了钟俞军一声。

钟俞军性格爽朗豪放，为人亲和，大家平时开玩笑都直接叫他“钟大人”。

“哎，小许啊。”钟俞军看到许星空，眼神闪了闪，“我刚准备去办公室呢。”

“您现在要上去吗？”许星空问道。

“不了，既然你下来了，我就不上去了。”钟俞军说完，将茶叶放在了一边，和许星空边往外走边问道，“你最近下班都很晚啊，公司工作很多吗？”

九月的天气已经有了些凉意，推门时刮进来一阵凉风，许星空握紧了背包带，抿唇道：“不多。”

“那就是你效率的问题了。”钟俞军开玩笑道。

“嗯。”许星空点头承认。

随后，她像突然想起什么一样，从包里拿出了两份文件。许星空有些不好意思地笑笑，说：“李助理让我下班前把这两份材料交给她，但有些地方我不太会，所以想带回家慢慢做。既然碰到了您，我就偷个懒，直接请教您一下。”

“哈哈，行。”钟俞军笑起来，将文件接了过来。他看了一眼，半晌后蹙起眉。

“这个地方……”许星空拿出笔，勾画了一下。

钟俞军将资料翻看了一下，半晌后问道：“这是李妙雪让你翻译的？”

许星空一愣，点头说：“是的，有什么不对吗？”

将材料一拍，钟俞军笑着说：“资料我先拿着，你今晚不用加班了。”

“可是李助理……”许星空有些担心。

钟俞军笑起来，问许星空：“怎么？她比我官儿还大啦？”

“没有。”许星空一笑，最后说了一句，“谢谢钟大人。”

第二天一大早，许星空签卡上班，刚一进门，陈婉婉就贼兮兮地笑着跑了过来，一屁股坐在许星空的桌子上。陈婉婉嘴巴朝着钟俞军的办公室努了努，笑着说：“李妙雪被批了。”

许星空也是一笑，将包放下，整理了一下桌面，问道：“因为什么？”

“不知道。”陈婉婉好奇地摇了摇头，但随后一乐，“管她因为什么呢，反正她被批我就爽死了。哈哈哈，让她整天跟在老黄后面耀武扬威。活该！”

李妙雪和翻译部部长黄千松的关系，办公室的人私底下传得沸沸扬扬。黄千松去哪儿都带着李妙雪，李妙雪狐假虎威，把自己当腕儿了。本来她和陈婉婉差不多时间进的公司，陈婉婉兢兢业业，业务能力也比她强，但绩效向来不如她。因为这个，两人关系很不怎么样。

许星空倒没闲心思管这些八卦，她收了收心，开始做手上的工作。

钟俞军教训李妙雪也没教训多久，但李妙雪出来时脸色很不好看。陈婉婉还坐在许星空桌子上没走，一脸幸灾乐祸的笑。李妙雪气得踩着细高跟回了自己的位置，包臀的短裙，小短西装，背影风情万种。

“我平时骂她归骂她，但你也要多跟她学学。”陈婉婉低声说，“你看她，有好身材就秀出来，哪像你，捂得严严实实的。”

陈婉婉说着，抻了抻许星空的高领毛线衣。她速度太快，许星空一下没来得及拦住。陈婉婉抻起来后，被许星空一把抓了过去。

陈婉婉愣了三秒，边伸手边说：“哎，你脖子怎么了？”

许星空的脸一下红了，她抓住陈婉婉的手，边阻挡陈婉婉，边着急解释道：“咪咪抓的。”

见许星空抗拒，陈婉婉也没坚持，她不解道：“你家咪咪不是挺温顺的吗？”

手指捏住领口，许星空红着脸低下头，闷声闷气地说：“受刺激了。”

陈婉婉就被这么糊弄了过去，临走还跟她说了一句：“猫咪再干净也是猫咪，别忘了消毒啊。”

许星空想起男人从后面咬住她脖子时的画面，浑身一热，点点头说：“知道了。”

没了多余的工作，许星空这天下班很早，走出公司大门时，太阳斜斜照着，将凉意也照暖了些。

许星空坐上公交，在菜市场那个站下了车。菜市场外熙熙攘攘，充满了生活气息。许星空看着来来往往的人，笑了笑，她已经好久没有自己做饭了。

怀荆的电话打过来的时候，许星空正在水产区挑鱼。她垂眸看着水里活蹦乱跳的小鱼，卖鱼的大哥正准备给她捞。手机铃声一响，许星空掏出手机看了一眼，目光一动，对卖鱼大哥说了句抱歉后，退到一边将电话接了起来。

电话那端，怀荆的声音闲闲地传了过来：“很高兴？”

许星空不是个情绪鲜明的人，怀荆这么一问，让她有些惊讶。她拿着手机，低头看着水中的鱼，轻声说：“嗯，今天下班早。”

怀荆听着她刻意压下去的声音和电话那端嘈杂的人声，想着人群里她孤身站着，穿着红裙，红着脸……

怀荆轻声一笑，身体往后靠在椅背上，修长的手指沿着杯子转了一圈，语气轻佻："所以，你是在约我？"

许星空噎住了。

她急了，连忙说："没……没有。"

电话那端响起男人的轻笑声，笑声穿透耳膜，能想象得出男人笑起来时眼尾上挑的模样。

"在哪儿呢？"怀荆问许星空。

见他恢复正常，许星空的情绪也渐渐放下，她看着活蹦乱跳的鱼，抿了抿唇："菜市场。"

"哦？"尾音上扬，怀荆笑着问，"今晚做什么菜？"

许星空攥紧了手中装着豆腐的塑料袋，淡淡地回道："黄骨鱼豆腐汤。"

怀荆目光一顿，办公室窗帘大开，夕阳越过几栋高耸的大厦照射了进来。阳光如线，像是缠绕在他的手指上。怀荆想起他第一次去菜市场，许星空也是买了一条鱼。

"你喜欢吃鱼？"怀荆问道，"和咪咪一样。"

后一句带了些笑，男人的笑容意味不明，许星空却渐渐红了脸。

"嗯。"

"我也喜欢。"怀荆说。

双唇微微一张，许星空的目光停在水池中。池中的黄骨鱼鱼尾一扫，扫起了几滴水花。

"要一起吃晚饭吗？"许星空问。

男人那端没了声音，一会儿传来了一阵笑声。

怀荆说："好。"

挂了电话，许星空加快了速度。卖鱼大哥将黄骨鱼收拾齐整，许星空交钱道谢后，拎着鱼去了菜品区。

菜品区多是些大妈们在卖菜，许星空来买菜的次数多了，知道哪家更新鲜便宜，现在基本上固定在一家买。

那家卖菜的是个四十多岁的大姐，胖乎乎的，操着北方口音，脸上还有两抹高原红，说话十分爽利。

“来啦。”卖菜大姐也认得她，刚给人削完莴苣，擦着手过来和许星空打招呼。

“嗯。”许星空笑了笑，拿了塑料袋，开始挑菜。

许星空挑好菜，卖菜大姐边称重边和她闲聊：“好几天没来买菜了。”

食指和中指对着拇指擦了擦，上面有刚拿土豆沾上的泥，许星空笑了笑，解释说：“最近工作有点忙。”

“那是，工作忙就没什么时间做饭了。”大姐深表理解，低头看着电子秤上的重量，漫不经心地问了一句，“你们两口子工作都挺忙吧？”

大姐这话一出来，许星空一愣，以为她不是和她说话。

见许星空半晌没应，大姐将头抬起来，目光里盛着笑容看着她，说：“上次在水产区那边抱着你的不是你老公吗？”

一瞬间，许星空身上起了一层冷汗。

她动了动双唇，刚要说话，大姐将菜称好，还给塞了一把小葱，笑眯眯地说：“你俩真般配啊，长得都好看。看你老公的模样，特别斯文，平时肯定待你特别好。”

“哦。”许星空拎着菜，没再说话，转身走了。

一出菜市场，外面的阳光让许星空回了神。她想着刚才大姐说的话，凉凉地叹了口气，朝着自己家走去。

大姐都误会了她和怀荆的关系，更何况其他人。怀荆只来过一次，就让大姐有了那样的误会。若是来她家里，碰到了邻居，那更是说不清楚。

以后，还是不让他来为好。两人虽是情侣，她却一直都在担心两人不能长久。若以后分开，有人再问起来，也能避免尴尬。

禾枫公寓的门口是个小高坡，许星空刚要往上走，一抬头，看到了公寓门口停着一辆欧陆。

男人只穿了浅灰色的衬衫和西裤，剪裁得体地包裹着他高大颀长的身体。他仍旧有些慵懒地靠在车上，长腿交叠，低头看着手机。领带早不知道去了哪里，领口开了两个扣，露出的皮肤在穿透树叶的斑驳树影下，白到透明。

似乎察觉到她的视线，怀荆侧头垂眸，在看到她时，原本紧抿的唇线上挑，就连清冷的目光在树影下也变得柔和了。

他将手机收起来，起身走了过来。

男人腿长，几步的工夫已经走到了许星空身边。许星空的心渐渐收紧，男人冲她一笑，仍旧是右边嘴角略高，坏而轻佻，丝毫没有卖菜大姐说的斯文模样。

“我帮你拿。”怀荆将许星空手里的东西全部接了过去。

两人手一碰触，许星空手一抖，将东西握紧，说：“没关系，我自己能拿。”

“给我吧。”怀荆坚持道，接了许星空手里的东西后笑着说，“你得空出手来，拿我送给你的东西。”

动了动被塑料袋勒到的手指，许星空愣了一下，问道：“什么？”

怀荆舌尖压着下唇，漫不经心地一笑，说：“去开一下车门。”

“不了吧。”许星空有些抗拒。

“哎。”怀荆用手腕推了她一下，说，“去啊。”

许星空抿抿唇，抬腿往上面走，等到了车子前，回头看怀荆，怀荆站在阳光下，冲着她笑着。

许星空沉了下气，将车门打开了。

车门打开的一瞬间，许星空的瞳孔收缩了一下。

车内的后座上，安安静静地放着一束白玫瑰，用报纸色花皮包着，一大束，数不清有多少朵。

许星空双眸微动，这是她第一次收到花，而且还是她最喜欢的白玫瑰。

她手指动了动，弯腰进车里，迎面而来的香气让她心里空了一下，像是做梦一样。待将玫瑰抱满怀，许星空回头看向怀荆，感觉才渐渐变得真切了。

怀荆并不知道许星空喜欢什么花，他开车路过花店，觉得许星空适合白玫瑰，所以就买了一束。

可没想到，竟然这么适合。

女人抱着白色的玫瑰站在酒红色的车前，她神情里带着些惊喜，但是很淡，只有白中透粉的脸颊和斑驳树影下透亮清澈的双眸，才能透露出那么一点点。

花太大一束了，她有些抱不过来，吃力地将花束往怀里拢了拢，袖口往上一拉，露出了两截鼓着小骨头的白皙手腕。

怀荆静静看着她手忙脚乱的样子，看了一会儿，笑了笑，走到了她身边。

“谢谢。”女人抬眼看着他，淡淡地笑着说。

男人将花束一拢，又塞进了她的怀里。将车门关好后，怀荆说：“走吧，我饿了。”

这是怀荆第一次来许星空家，房间就是普通公寓的模样，很小，但装修得挺温馨。

他刚一进门，就看到了门口放着的猫窝。猫窝周边收拾得干净整洁，猫窝内空空如也，怀荆侧眸看了一眼，许星空察觉到，解释说：“咪咪有些不舒服，被我送去宠物医院了。”

怀荆一听，笑了笑说：“今晚还回来吗？”

“不回来了。”许星空接过怀荆手上的东西，准备去厨房做菜，她随口问了句，“你问这个做什么？”

“因为大人晚上会做一些事情，小孩子还是不要看的好。”怀荆说。

耳根悄悄泛了红，许星空拿了东西，转身去了厨房。

平日经常做饭，所以许星空做饭的速度挺快。不到一个小时，餐桌上就摆了四菜一汤，许星空盛了米饭出来，把筷子摆放整齐了。

餐桌不大，两人一人坐一边，许星空递了一碗汤给怀荆。刚做完饭，她身上起了一层汗，脸也有些红，声音淡淡地说：“不知道你喜欢什么口味，随便做的。”

怀荆正抬着手腕，手指在袖口处挽了两下。他垂眸看着面前的饭菜，确实是家常小菜，比高档餐厅的中餐少了一层滤镜，但单单这么看着，就是有一种独特的味道在里面。

怀荆说："挺好的，这样吃饭倒有些家的感觉。"

他话音一落，两个人同时愣了一下。

许星空抬头看着他，目光动了动，有什么话想说，但是忍住了。她将筷子拿过来，对怀荆说："吃饭吧。"

这顿饭吃得平静无比，怀荆不是个沉默的人，但在餐桌上不怎么说话。这是他的教养，许星空挺欣赏的。

两人吃饭虽吃得沉默，可也没觉得尴尬，就觉得桌子对面的那个人，熟悉到没有什么可以尴尬的。

许星空想着怀荆说的话，吃得并不怎么痛快。

吃过饭，怀荆没有走的意思，许星空收拾了餐桌，便去了厨房洗碗。

水柱浇在手上，白瓷碰撞的清脆声音，混合着哗啦啦的水声，许星空心里在想事情。

他不可以在这里留宿。

"你平时就看这些书吗？"许星空正走神，外面男人突然问了一句。

许星空回神，将水龙头关掉，走了出去。怀荆坐在沙发上，手肘微微撑在沙发背上，正看着她看的那本《玉石详解》。

看到许星空出来，怀荆双眸一抬，看着她一笑，说："要不要前辈给你推荐几本？"

怀荆是做宝石生意的，德语更是说得十分流利，他说一声前辈，许星空还真得认下。

难得有人指导，许星空自然同意。她擦了擦手，从沙发前的小茶几里掏出了一个便利本和一支笔，蹲在沙发跟前，抬眼望着怀荆。

看着她认真好学的模样，怀荆又是一笑，说道："《古玉图考》《古玉图》……"

许星空按部就班地记下了。

她写字的时候，低着头，怀荆刚好能看到她的耳垂和耳后那软软的一片。他咬过那里，知道那里的口感，这么一看，怀荆竟觉得心里一痒。

“像个小学生一样。”怀荆说着，看了一眼许星空的字，一笔一画，工工整整。

他笑了笑，说：“字也像。”

被他这么说，许星空的脸渐渐有些热。她抬眼看着他，没有说话。

似是被他说得不高兴了，她眼睛里竟有些不悦。怀荆垂眸对上她的视线，伸出手指捏住她的下巴，俯身吻了上去。

许星空目光一动。

刚开始男人的吻很轻，不一会儿就变成了狂风骤雨。许星空身体一轻，被男人抱住压在了身下。她急促地喘息着，望着男人的眼睛。

“我今晚在这里住下好不好？”怀荆嗓音低沉。

男人的唇又落了下来，润而柔软，穿透了她的舌尖，攥住了她的心。

男人的吻顺着她的下颌到了脖颈，许星空渐渐闭上了眼睛。

“好。”

卧室的灯没来得及打开，黑暗的空气里弥散着未散的激情。

怀荆抽身而起，身下女人的手却牢牢地抓住了他的肩膀。窗外不知谁家阳台的灯光照射进来，切割了一片照射在床前的衣柜上。

怀荆眸色微动，没有继续起身，双臂撑在女人身体的两侧，看着她呼吸渐渐平稳，迷离的圆眸也重归清澈。

散落的发丝因为汗，濡湿地贴在白中透红的颊边。许星空的视线不太稳，稍微躲闪了一下，望向了略有光亮的阳台。

“以后……不要来我家了。”沙哑柔弱的女声在黑暗中响起。

一层淡薄的清冷渐渐掠上了未退去情欲的浅褐色双眸，怀荆轻声一笑，答应了。

“好。”

临近十月，天气转凉的同时，国庆和中秋假期也快到了。办公室里，闲聊的话题也从今天买什么衣服，变成中秋节回家买什么礼品。

中秋节网上搞的活动力度比实体店要大，陈婉婉成家后深谙精打细算之道，所以都是在网上买东西。她买的时候看着划算，就拉着许星空一起买。放假前几天，每天中午许星空都要去公司的前台拿快递。

公司中午休息的时间是一个小时，许星空吃过午餐后才下的楼。前台人不算多，从前台小姐手里接过快递，许星空道了谢，准备回办公室。

她还未走，就听身后一个女人低呼了一声："快看，是怀总，在大门口呢。"

许星空心下一动，视线就飘了过去。

旋转门那里，呼啦啦来了一群西装革履的男人，为首的正是怀荆。尽管都是穿着西装，但他永远是最显眼的那一个。

男人背光而来，细碎的阳光围着他的身体四散而开，颀长高大的身材在地上拉了一道长长的影子。

他身边站着一个男人，那人中上的长相，正语速急促地和他说着话。他长眉微蹙，薄唇紧抿，深邃的浅褐色双眸中装着些许严肃，似在考虑着些什么。

待那人说完，他开了口，细小低沉的声音在空旷明亮的大厅里四散开来，似乎是在说着什么重要的安排，表情严肃认真。

带着工作中那严肃认真的表情，男人的视线平平地朝着前台这边一掠，恰好对上了许星空的目光。

许星空目光一动。

在她反应的瞬间，男人的视线已经收回。他说话的动作仍旧未停，但在收回视线的那一瞬，他脸上的严肃认真同时一收。

微抿的右嘴角略微一扬，似乎是笑了笑。

他的表情变化太过迅速，以至于许星空没有发现。在她想仔细看时，男人已经和一行人边讨论着事情边进了电梯。

许星空的心跳得有些快，脑海里闪过刚刚男人那一笑，她脸微微一红，拿着快递准备回办公室。

电梯刚刚载着公司的高层上行了，许星空也没再等。她到了楼道，准备爬楼梯回去，顺便锻炼下身体。

抬脚刚迈上台阶，就听到二楼也有人在爬楼梯，爬楼梯的同时，还在聊着八卦。

上面两个女人似乎还没从刚刚见到怀荆的激动中回过神来，感慨了好几句怀少真帅之类的话后，凉凉地叹了口气。

“你知道刚才和咱怀总说话的那个男人是谁吗？是他哥。”

“亲哥？”另外一个人惊讶了一下。

“堂哥，怀氏集团现任总裁怀昌朝的长子怀阳平。说是长子，其实不过是个私生子。”那人神秘兮兮地说道。

“这关系也太复杂了。”另外一个人说出了许星空的感叹。

“唉，说起来咱们怀总也挺可怜的，怀氏集团先前的总裁是他父亲怀昌卓，本来他是怀氏集团的下任总裁。谁想到怀昌卓十几年前去世了，后来集团总裁就成了怀昌朝。怀总父亲去世后，他母亲就出家了，就只有一个亲妹妹，还在国外读书。”那人说道，“怀总真的挺惨，不然现在他已经是怀氏集团总裁的接班人了，怎么轮到只管着一个珠宝集团。他们说怀少的奶奶是怀氏集团的主心骨，这两年有意将公司全权交给怀昌朝。她和怀少毕竟是隔辈，不如自己亲儿子来得实在。”

“那怀总现在不就孤苦伶仃一个人啊？”那人心酸道，“我不介意他孤身一人，让我来陪他吧。”

那人说完，两人一起哈哈大笑起来，说八卦的妹子拍了那人一下说：“你想得美。”

两人到了办公室所在楼层，说说笑笑地走了。许星空停下脚步，想了一会儿两人说的话。富贵人家的关系向来是复杂的，只是表面上看着和气。

许星空迈上台阶，楼道里响起高跟鞋清脆的回响。

她想起了他说过的一句话："好久没吃过家常菜了。"

许星空有点心酸，她说不让怀荆去她家，只在乎了她的名声。而怀荆喜欢去她家，是在乎什么呢？

许星空想了一路，回到办公室时还是一副若有所思的样子。陈婉婉见她进来，走到她旁边，拿着她的快递说："同时下单的，你的怎么比我早到啊？"

"不知道。"许星空回过神，和陈婉婉闲聊，"你拆开看看吧。"

陈婉婉嘿嘿一笑，将快递拆开，边拆边问道："国庆小长假你打算怎么过啊？"

"回老家待着。"许星空说。

陈婉婉眼皮一翻，无奈道："中秋回家待一天就行了，其他时间出去玩啊。你现在可是单身，就该做点单身女性该做的事。要是国庆天天在家待着，肯定会被逼着去相亲。"

许星空听陈婉婉说着，渐渐笑开了。

她始终没有那么潇洒，她心里最牵挂的永远都是家人，出去玩还不如回家帮着母亲摆两天小吃摊来得安定。

海边不光白日的阳光透彻，就连夜晚的圆月也比其他地方的皎洁。

怀荆似乎喜欢上了这种半亮的朦胧，夜晚也只是拉开纱窗。临近八月十五的圆月透亮，透着玻璃投射进光芒，洒了一地的银辉。

许星空盯着地面上的月光，轻声说："中秋节放假我要回家了。"

女人的嗓音透着特有的性感沙哑，像是一层薄纱被风轻轻拉过心头，格外撩人。

许星空这句话的言外之意是中秋假期这几天，不能和怀荆见面了。而怀荆，自然也体会到了这层意思。

"淮城？"怀荆问道。

两人的第一次就是在淮城，他记得她开了一辆淮城车牌的车。

"嗯。"许星空轻轻应声。

"几天？"怀荆视线上移到女人的后颈间，那里有几处新种的红色。

困倦让许星空跟不上怀荆的思路，她已经算不清楚是几天了。她闭上眼睛又半睁开，说道："放几天假就回家待几天。"

怀荆目光一垂，嘴角一扬："那明天集团开会，将公司的假期定得短一些。"

快要睡着的许星空彻底被怀荆这句话吓醒了，她身体一转，眼睛里闪过一丝焦急和不确定："真……真的？"

她受惊的模样，倒真是像极了小动物。

眸色一软，怀荆低头过去，在女人红粉色的耳垂上轻咬了一下。男人轻声一笑，声音和热气一同传入许星空的耳间。

心中窜过一丝热流，许星空脸红得更厉害了。她将头略略一撇，自言自语地嘟囔道："就知道你是开玩笑的。"

怀荆又是一笑。

许星空盯着窗外的圆月，想起今天听到的八卦来："你中秋去哪儿？"

对于怀荆的事，许星空倒是第一次过问，他略微挑了挑眼尾，懒懒地说："回家。"

"回家？"

这个回答，倒让许星空一惊，她侧过头，有些不相信一样地看着怀荆。

怀荆被她的反应弄得一愣，轻笑一声后，哭笑不得地道："不然呢？你以为我是从石头缝里蹦出来的？"

"没……没有。"许星空连忙摇头，果然八卦不可信。

她摇头摇得急，脖颈间也渐渐红了。怀荆看着女人一点点转身，闭上眼睛准备睡觉。平静的月光照着她的睫毛，在眼睑下留了半圈黑影。

"你问我这个干什么？"怀荆突然问了一句。

许星空的眼睛瞬间睁开。

他笑着看她，眸中像是覆盖了一层月光。

"难道，你想和我一起过中秋？"

下午两点钟，许星空从淮城高铁站出来，弟弟许星远已经在出站口等着了。淮城是座小城，车子没那么规矩，一片乱停的车辆中间，许星远笑着叫了许星空一声："姐。"

听到熟悉的声音，许星空先是一笑，抬头望过去，见许星远站在一辆白色的大众 Polo 跟前，便冲他挥挥手。

她今年二十八岁，许星远比她小了五岁，今年二十三岁。他们姐弟俩的长相都不算差，许星远长得也挺白净，中等的个头，站在阳光下像是日系小帅哥。

他笑起来的时候，眼睛弯成月牙，左眼明亮清澈，右眼却黯淡无光。

许星远有残疾，一只眼睛是坏的。

许星空笑着走过去，端详着自己的弟弟。淮城比夏城要靠南，气候也热些。许星远只穿了一件运动衫，上面还有些黑色的油渍。

许星远上学时成绩一般，初中毕业后上了技校，现在在一家汽车修理厂工作。

见姐姐过来，许星远将她手里的行李箱接了过来。许星空打开车门，看着他将行李放在后备厢，笑着说："变帅了。"

像姐姐一样，许星远害羞时也极易脸红，他上了驾驶座，只是笑了笑，便发动了车子。

将安全带系好后，许星空问了一句："妈怎么样？"

"挺好的。"许星远开着车，说道，"前些天手腕疼，带她去医院看了看，现在已经好了。"

林美慧开了个卖灌汤包和馄饨的早餐铺，她平时不舍得雇人，自己顶一个劳力，早上忙起来，一直包包子和馄饨。

"许家有来吗？"许星空问道。

自从许星空的父亲许世华去世后，许家亲戚与他们家就没什么联系了。后来王舜生的生意做大，他们才渐渐有了联系。许星空上次说了自己离婚后的情况，许家就没停过给她介绍对象，许星空不胜其烦。

“没来。”许星远冷嗤一声，“不过这几天给你安排了相亲。”

“嗯。”许星空淡淡地应了一声，并没有放在心上。

她侧眸看着自己的弟弟，笑着问道：“你呢？”

正开着车的许星远，脸又微微红了红，方向盘打了个转。

“姐，我谈恋爱了。”许星远说。

许星空目光一动，微微张了张嘴。

车站离老城区挺远，到家的时候，林美慧已经在小区门口等着了。他们家所在的小区很老，里面拥挤不堪，车子根本进不去。许星远将车子停在外面的马路边，拉着行李箱下来，和许星空一起朝着小区走去。

林美慧大老远就看到了自己的一双儿女，她先笑了笑，待看清许星空后，发现女儿有说有笑的，似乎开朗了不少，她的心也渐渐放下了些。

“妈。”许星空走近，笑着叫了一声。

林美慧拉着许星空的手，笑了笑说：“回家吧。”

秋高气爽的午后，小区的人大多凑在楼下打牌聊天。许星空一家人过去，碰到几个熟人，打了招呼。待许星空他们走过去后，有人语气惊讶地问道：“许家大女儿离婚后不打算找了？就这么单过啊？”

“相了不少，都没被看上。听说是因为她生不了孩子，人家王家才不要的。”

“啧啧，可惜老许了，做了一辈子警察，造的什么孽，儿子眼睛不好，女儿成了下堂妇。”

小区的大妈聊天时大多是不知道自己的声音有多大的，被这样戳着脊梁骨，许星远有些忍不住。林美慧看了他一眼，许星远这才没发作。

许星空家是简单的两室一厅，很狭窄，但住得挺舒服。一进家门，所有的不快似乎都不见了。许星空将行李放进她的卧室，出来后将头发挽起来扎了个马尾。

“星远叫了他女朋友来吃饭，哎，你还没见过他女朋友吧？”林美慧系上围裙，开始做晚饭。

“我来吧。”许星空接了围裙过来，“你手腕刚好，还是别太累了。我让同事从国外带了些膏药回来，你疼的时候就贴一片。”

许星空笑着看了一眼许星远，说：“星远刚跟我说，今晚刚好见见。”

“哎，就普通女孩子，没什么好见的。”许星远被说得脸红，但眼睛里闪着光。恋爱都写在脸上，看得出他挺喜欢他女朋友的。

许星空心里挺高兴，一般女孩子都不会喜欢许星远，毕竟他一只眼睛残疾。有小姑娘看上他，说明小姑娘心地挺善良的。

五点的时候，许星远开车去接了他女朋友过来。

小姑娘名叫周童童，是许星远在技校的同学，长得胖乎乎的，个头不高，但笑起来有两个小酒窝，特别甜。叫星远的时候，“远”字拉得很长，里面有着说不尽的喜欢。

见了许星空，周童童还挺害羞，吃饭的时候，她和许星远坐在一起，说着笑着，就渐渐放开了。性格还是挺活泼开朗的，刚好和许星远互补。

小姑娘性格好，也勤快。吃过饭后，许星空收拾餐桌，她端着收拾好的碗筷就去了厨房，准备刷碗。

“我来吧。”许星空过去帮忙。

周童童赶紧说：“我帮你。”

许星空笑了笑，看了她一眼。周童童对上她的视线，也笑了笑，她挺喜欢这个姐姐的。

“你在技校里学什么专业？”许星空和周童童闲聊。

“会计。我现在在城乐汇服饰广场做会计。”周童童说。

“那挺好。”许星空说道。

她还未继续说话，周童童的手机突然响了。周童童赶紧冲了下手，就势在身上擦了擦，然后去了厨房的角落，接了电话。

“喂，爸爸，啊，我和同事在外面吃饭，没有，我没有在许星远家……”

小姑娘尽量压低了声音，眼睛还往许星空这边偷瞄着。许星空视线没变，认认真真地洗着碗，似乎并没有听到她说话。洗完碗后，许星空擦了擦手，出了厨房。

周童童打完电话就急匆匆地走了，许星远要开车送她，她也没让。许星远叮嘱她路上注意安全，小姑娘笑出两个小酒窝说知道了。待关上门，许星远回了自己的小房间。

林美慧坐在沙发上，揉捏着自己的手腕，夕阳垂洒进这个小屋子，照亮了她头上的白发。

许星空也进了自己的房间。

晚上一起看过新闻联播和天气预报后，许星空吃了点水果就回了自己房间。她进门不久，门口就响起了敲门声。许星空从行李箱旁边抬头，喊了一声进来。

林美慧打开了门，许星空看到她，笑了笑，叫了一声："妈。"

许星空和母亲林美慧的关系不算十分亲昵，却是十分亲近的。两人虽没有过多的身体上的亲昵接触，但心里都知道对方在自己心中的地位。

"还没收拾好吗？"林美慧将门关上，进门坐下后问了一句。她嘴角是带着笑的，因为她感觉得到许星空与离开淮城时不一样了。

她现在打扮得时髦了，比以前看着要年轻漂亮，最重要的是笑得开心，眼睛也比以前有神多了。

她经历了一次婚姻，也算是长大成人了。既然是大人，她做长辈的就不会管太多。只要许星空开心就好，又何必去管别人的指指点点。

"收拾好了。"许星空将衣服放进小木柜。她的卧室很小，只有一张床、一张靠墙的书桌和一个小木柜。小木柜紧挨着书桌，还是父亲许世华在世的时候给她打的。当时他笑着说是给她打的嫁妆，她都离过一次婚了，小木柜也还在她房间。

"星远没提前和我说他谈恋爱的事情，我也没给童童买礼物。明天有时间的话，我去商厦给她买套护肤品吧。"许星空说。

提起周童童，林美慧的笑容淡去了些，她问许星空："你觉得童童怎么样？”

聊起周童童，许星空认真了些，她点了点头，说：“不错，看得出她是真喜欢星远，而且小姑娘性格好，人也老实。”

“嗯。”林美慧点了点头，低头盯着自己外套边上磨开的衣角。看了一会儿，她把头抬起来，看着许星空。

林美慧年轻时长得挺美的，但现在她看上去比同龄人要老一些。父亲去世早，她辛辛苦苦将许星空拉扯大，还送她读了大学。操劳了一辈子，想保持年轻也难。

林美慧动了动唇，看着许星空笑了笑，拍了拍大腿后就要起身。

“童童她家看不上星远吗？”许星空低声问了一句。

听了这句话，林美慧的动作一顿。她看着许星空，眼睛里有着复杂的情绪，多种情绪交织在一起，最终却是认命一样叹了口气。

“不太同意。”林美慧说，“眼睛倒是其次，就是……”

听林美慧这么一说，许星空倒是松了一口气。既然不嫌弃星远的眼睛，其他的事情她都能努力一下。

“他们俩要是真成了的话，我这个当姐姐的也没有什么好给的。”许星空顿了一下，又继续道，“当时王舜生给了我两套房子，把大点的那套给星远吧，反正我也不住。”

许星空话说得挺随意的，而林美慧却听得有些激动。她从床上站起来，眼神抖动了一下，叫了一声：“星空啊……”

许星空知道自己的母亲想说什么，她平视着她，笑了起来：“我现在最亲的就是你和星远了，只要你们好，我就好。”

和林美慧商议好后，许星空把这件事告诉了许星远。许星远听了，当即表示不同意。

“那是你的房子，干吗给我。我有手有脚，能赚得来，我不要！”许星远坐在沙发上，将帽子摘掉扔到了桌子上。

他知道王舜生给了他姐姐两套房子，可那两套房子是用什么换来的，对许星空意味着什么，他心知肚明。许星空现在要把房子给他，就等于他在喝她的血。

“算我卖给你的。”许星空对许星远说，“只是不收首付，也不用贷款利息，你每个月给我打一部分钱，行吧？”

两人多年姐弟，许星空最懂得许星远的脾气。她知道他不会要，所以一开始就想好了法子。

许星远还要说什么，许星空将脸色一摆，问道：“我的话你也不听了？”

看着许星空，许星远眼眶一红，坐在沙发上没再说话。

房子的事情商量好后，许星远就和周童童说了。周家一开始不同意，许星远的眼疾倒是其次，主要是寻思着他们家穷，连套房子都没有。而且他家就两室一厅，还有个离了婚嫁不出去的姐姐，到时候他们小两口住哪里？

既然房子的事情解决了，两家人也就见了面吃了顿饭。周家有两个孩子，周童童有个大哥，已经成家立业了。周童童是小女儿，周家人平时把她保护得挺好的。

许星空对周家的印象挺不错，虽然要房子才同意自己女儿和许星远交往，但也是为了他们的女儿着想，这是无可厚非的。

两家吃饭的时候，许星空说国庆假期后就去办房子过户手续。周家人也没有催，他们也认得许星空，知道她是王舜生的前妻，房子的事情肯定没有唬他们。

吃过饭，许星空一家人准备回家。星远不喝酒，回去仍旧他开车。许星空坐在副驾驶座上，和坐在后面的林美慧聊周家人。

“挺朴实的，看童童也能看得出她家人不错……”许星空正说着，她包里的手机突然响了。和林美慧说着话，许星空将手机拿了出来。在看到手机屏幕上显示的人名时，许星空闲闲的眼神突然一紧。

第三章

我不怕吃亏

心跳骤快，许星空将电话掐断，重新放进了包里。

“谁啊？”许星远开着车，往许星空的方向瞟了瞟。

将车窗渐渐放下，凉风吹进来，许星空脸上的温度才降下去了些。

“同事。”许星空淡淡地回了一句，转头看向窗外，只留了耳后一片红晕。

回到家后，许星空就回了自己房间。她将门关好，拿出手机，点开了刚才的电话。

今天十月六号，八号上班，原定七号是返程的日子，男人才打了电话过来。

许星空咬了咬唇，走到书桌边坐下，外面天色将黑，室内不算明亮，也不算黑。

她听着外面许星远和母亲的说话声，好像在讨论事情。许星空将手机屏幕打开，拨了刚才她拒接的那个电话。

电话很快接通，那边传来了男人低沉的声音：“喂？”

放假这几天，两人没有通过电话。再听到男人的声音，许星空有种恍如隔世感，像是第一次听到这个声音，她甚至微微红了脸。

“喂。”许星空没了话。

电话那端有了些声音，似乎是他从椅子上起来，男人听到许星空的声音后，沉沉地笑了笑，随后问道：“几点回来？我去车站接你。”

“我……我有事情要办，要请假，明天不回去。”许星空声音发颤，轻而柔。

“哦？”熟悉的尾音上扬。

许星空心下一紧。

“我不太想准假。”男人情绪平平地说。

许星空被他说得心里有些没底，犹豫一下后，轻轻地问了一句：“为什么呀？”

南方的女人，平日说话都自带了些娇嗲，而声音一放轻，这种感觉就会放大无数倍。

让人心痒难耐。

电话那边，男人似乎笑了笑。

“为什么……你不知道吗？”怀荆说。

不准假，自然是怀荆骗她的，可偏偏有人笨得当了真。

许星空将声音压低，认真地同怀荆讲道理：“我是正常请假，公司不发我工资的，而且我请假这几天，全勤奖也会被扣掉。”

女人声音一压低，显得声线更加柔软了。她说得认真，怀荆却听得扬起了嘴角：“那也不行。”

许星空：“……”

他应该管不到这么细致吧？在IO集团，像她这种底层小员工的请假条，应该到不了总裁的手里。

许星空心中惶惶，刚要说话，对方却先说了一句：“除非……”

似乎是有转机的，许星空一听，握紧手机问道：“除非什么？”

男人沉沉一笑，懒懒地说：“除非你做顿饭给我吃。”

原本以为他会提什么过分的要求，听了他的话，许星空的情绪倒是渐渐松了下来。她盯着窗台上用透明器皿养着的绿萝，答应了。

“你想吃什么？”许星空问道。

电话那端是沙沙的响声，像是他在翻阅文件。他并没有马上回答，似乎真的在想。许星空等待了一会儿，男人才给了回复：“想了半天，最想吃的好像还是你。”

许星空：“……”

耳垂渐渐泛红，许星空看着格子窗外渐渐失色的晚霞，心中像是被撩拨了一下，身体也泛了层热。

“你人还没回来，急什么？回来再联系你。”怀荆调戏完，低沉的声音里夹着笑意，说完后，就和许星空告别，然后挂掉了电话。

许星空将电话挂断，耳边男人的声音却像是在回放，她垂眸看着手机，抿了抿唇。

怀荆挂了电话后，从办公室椅子上起身。空旷而精致的办公室内，已经开了灯。灯光透过落地窗的玻璃照射了出去，外面黑暗的天空让落地窗的玻璃变成了一面天然的镜子。

他站在落地窗前俯瞰着燃起灯火的夏城，车水马龙如流星一般，近了些看，倒也有些星空的模样。

他嘴角略微一扬，修长好看的手指勾住脖子上的领结，头略微一歪，伸手一扯，领带打开。骨节分明的手指微微发力，将领带扯下，扔到桌子上，怀荆拿起椅子上的外套出了门。

何遇和他约在了夏城郊外的一家中餐厅——湘竹轩。

像夏城这种发达城市，真正有钱的地方往往分散在郊区这种人迹罕至的地带。划一片地，请设计师设计老式建筑，从大门进去，就是小桥流水，亭台楼阁。走过长长的亭台小桥，进入一个包间，里面的摆设也是中国古代的风格。来这里消费的人大多非富即贵，也正是如此，餐厅的装修极为考究。细看下来，也没有一点违和感，倒真像是一脚踏过了穿越门，进入了古代一般。

怀荆进了一间别厅，换了鞋后上了别厅的高台，穿过走廊后，一转弯，视线一片开阔。

这是餐厅的 VIP 包厢，立在高山之上，装修雅致经典，十分有古代田园诗歌里写的那种抛却尘世的悠闲。

何遇席地而坐，面前的长桌上已经摆满了菜肴，怀荆来晚了些。他大步流星地走了过去，何遇回头，冲他一笑。

两人同为“夏城四少”，然而却又大不相同。与怀荆的雅痞慵懒相比，何遇的气质是温润如玉，优雅内敛。

“怎么才来？”何遇倒了杯茶给怀荆，在他坐下时，一股淡淡的桂花香气弥散开来。

金秋十月，桂花飘香的季节，这桂花茶也是十分应景。

何遇和怀荆都是中餐的爱好者，两人经常一起找中餐厅约饭。

“接了个电话。”怀荆手肘撑在桌上，依然懒懒的，将筷子拿了起来。

两人作为好友，吃饭没那么多讲究，既然都来了，也就一起吃了起来。吃东西的时候，偶尔闲聊两句。

“姑妈最近怎么样？”何遇问道。

何遇口中的姑妈，正是怀荆的母亲何清如。怀荆父亲怀昌卓去世后，何清如就去清九山上的卿平寺出了家。

“中秋节刚去看了她，挺好的。”怀荆语气淡淡地说，“众多尼姑中，她是最时尚的那一个。”

何清如虽然出了家，但对于时尚潮品的喜爱没有消减，各大奢侈品牌出了什么新品，怀荆都会给她买一份送过去。

算起来，何清如也不算是出家，顶多算是清修。

听到这里，何遇笑了笑，抽了纸巾擦了擦嘴，问道：“你们和TIE集团合作的新系列，代言人确定了吗？”

“没呢。”怀荆挑着鱼刺，渐渐吃得有些兴味索然，这鱼是十分名贵的海鱼，然而却始终差了那么一些味道，“不过，怀阳平推荐了个女明星。”

手上的动作一顿，何遇抬眼看他，问道：“你用？”

怀荆轻哼一声，笑起来，说：“用啊，干吗不用。”

何遇不知道怀荆在想什么。

两人虽然同为商人，但怀荆更具有开拓精神，所以他才能在十年的时间内将IO这个小公司发展壮大成上市公司，并且在怀氏集团占据一片席地。

既然他有想法，何遇也没再多过问，安心吃着他的东西。

他吃得安静不慌忙，而对面的怀荆却吃得越来越急躁，眉头蹙得越来越紧，最后索性将筷子放下了。

“怎么？”何遇看着他，问道。

怀荆伸手抽了纸巾，灯光下，他的手指被照得透明。

“这些菜都挺好看的，但尝着总是缺了些味道，尤其这鱼，换个人烹饪味道会更好。”

何遇看了一眼鱼，起了兴趣，他问：“你吃过更好吃的？”

“嗯。”怀荆将纸巾放在一边，闲闲地应了一声，“一个女人做的。”

何遇眼梢微挑，笑道：“你的？”

右边嘴角一扬，怀荆抬眼看向何遇，眼神笃定：“我的。”

何遇也吃了个七七八八，他将筷子放下，笑着说道：“这就有点羡慕了。”

“你们家秋子不会做饭？”怀荆被说得起了层虚荣心。

何遇拿了茶壶给自己倒茶，听了怀荆的话，他似是想起了什么，眼神中的柔软氤氲进灯光之中。

“我不太敢让她进厨房。”

“怎么？”怀荆笑起来，“怕她把厨房烧了啊？”

“不。”何遇摇了摇头，抬眼笑看着好友，语气平平道，“怕她做饭的时候伤着自己。”

办完过户手续后，许星空便回了夏城。从车站打车回家后，她简单地将东西收拾了一下。从狭窄的家中回到精致的公寓，地点的转换让她心里有些空。

将行李放好后，许星空倒了杯茶，坐在了沙发上。

她坐的是下午的高铁，到家收拾好后已经五点多，该吃晚饭了。

夕阳透过窗户照射进来，在地上投下几个五彩斑斓的方块光芒，许星空拿起手机，犹豫着该不该给怀荆打电话。而他却像是心有灵犀一般，将电话给她打了过来。

再次听到他的声音，她依然觉得恍然，像是隔了一层薄膜，能看得见，却听得不太真切。

“回来了？”男人问了一句，他那边有点嘈杂，还有碰杯的声音。

“嗯。”许星空应了一声，她沉了沉气，问道，“你想吃……”

“吃”字后面的话戛然而止，许星空想起了上次他的话。耳根泛了红，许星空轻声问道：“想让我做什么吃？”

怀荆似乎是听出了她突然转换问法的深层意思，电话那端传来了他沉沉的低笑声。男人的声线真好，低沉磁性，慵懒勾人。

“我现在在外地，明天才回去。等到了的时候，给你打电话。”

听了他的话，许星空脑海中的菜谱不见了。她坐在沙发上，咪咪还在宠物寄养中心，小小的公寓内因为一个星期的空荡显得冷清寂静。

眼睛微微一眨，许星空应了一声：“好，要是没什么事，我先挂了。”

她要去接咪咪回来陪她。

“等会儿。”怀荆叫住了她。

许星空将手机重新放在耳边，问道：“什么事？”

怀荆似乎是想了一会儿，并没有马上说话。待许星空又问了一遍时，他才问了一句：“你做饭时受过伤吗？”

许星空的思绪一顿，回答道：“没有。”

“那就好。”怀荆说完，有人过来敬酒，他碰杯后，和许星空说了一句，“先挂了。”

许星空的假期比其他同事晚结束两天，她带了些特产分给了她座位周围的同事。陈婉婉走过来，拉着她问道：“你请两天假干什么了？不会是被押在家里相亲了吧？”

递了一块糖给陈婉婉，许星空笑了笑，说：“不是，给房子办理过户，假期管委会不上班。”

将糖放进嘴里，陈婉婉问：“什么房子？”

“就我离婚分的那两套，我把大的那一套给了星远。”许星空说到这里，脸上带了些喜气，“星远谈恋爱了，他对象那边要求他要有套房子。”

陈婉婉和许星空是大学好友，对于许星空家中的情况，她也是知道些的。许星空将房子过户给许星远，她倒是没什么好劝她的。毕竟，她那个弟弟是真的不错。

“他对象靠谱吗？别再是为了房子……”陈婉婉向来比许星空多一些心思，她也是为许星空着想才这么问的。

“都见过对方的父母了，挺好的。”许星空说。

听到这里，陈婉婉也很开心，笑嘻嘻地说：“哎呀，小星远都要成家立业了。准备什么时候结婚？”

许星空刚要说话，有个同事叫了她一声：“许星空，钟大人找你。”

“现在商量的是春节前，还没确定。”许星空简短地说了两句后，“我先过去了。”

陈婉婉拍了拍她的肩膀，回了自己的位置。

钟俞军找许星空，是要出一个现场。翻译部的出现场，就是随着公司的高层，去和德国那边公司洽谈项目。这件事情是钟俞军突然决定的，他告诉许星空时，许星空心里格外没底。

简单地收拾收拾东西，许星空跟上了钟俞军，两人要去项目洽谈的酒店，钟俞军开车过去。

钟俞军带过无数新人，看见许星空的神色就知道她心里在担心什么。他出了电梯，边朝着自己的车子走，边笑着安慰许星空：“你虽然没有现场翻译的经验，但办事稳重，和那些刚毕业的小姑娘不一样。所谓的现场，你第一次来，不过是做做笔录之类的，不用太担心。”

钟俞军对她的评价极高，这让许星空有些受宠若惊。但上司既然这么说，她也不能太过怯场。许星空感激一笑，说了一声：“谢谢钟大人。”

“对了。”钟俞军看到自己的车，用车钥匙开了车锁，手放在门把手上，

“上次的那盒茶叶不错，谢谢啊。”

许星空握住门把手的手指一僵。

上次的那盒茶叶，钟俞军知道是她买的了。因为那盒茶叶，她和钟俞军在前台“偶遇”，并且问了她一些工作上的事情，这才结束了李妙雪对她的工作安排。

双唇微微一抿，许星空眼神飘动了两下。钟俞军在职场身经百战，她的那点小心思，他要看破很容易。

许星空微微垂下头，诚恳地道歉：“抱歉，大人，我……”

许星空心中是有些惧惮他的，钟俞军倒不以为意，相较于她利用他，他倒是挺欣赏她这点小聪明。

“你道什么歉啊？”钟俞军笑了笑，说，“我在跟你道谢呢。”

额间出了层细汗，许星空微微动了动喉头，刚要说话，只听“扑通”一声，许星空猛一抬头，对面没了人。

心骤然一紧，许星空叫了一声“钟大人”，赶紧跑了过去。看到地上的一幕，许星空牙齿一颤。

钟俞军平躺在地上，脸色煞白，紧闭着双眼，好像已经没了知觉。

许星空立马蹲下，她手指发抖地推了钟俞军一把，叫了一声：“钟大人？”

钟俞军肥胖的身体一动不动，许星空喉头一紧，她探了一下鼻息，先稳定了心神，然后拨打了急救电话。

在救护车来之前，许星空先将钟俞军的衬衫扣子解开，以免他呼吸不畅。救护车很快来了，许星空给黄千松打了个电话，就随着救护车一同去了医院。

车上随行的有两个医生，在钟俞军被抬上车的一瞬间就开始抢救。许星空浑身起了一层凉汗，这时候她才知道，钟俞军的情况不容乐观。

救护车到了医院后，钟俞军当即被推入了抢救室，抢救室门口上方的红灯一亮，许星空心中“啪”的一声，头重脚轻地站在门口看着，像是在做梦。

她通知黄千松后，黄千松就通知了公司的人资部。人资部员工关系组里来了人，许星空和他一同去办理了手续。

员工关系组里来的人是一个中年男人，戴着眼镜，斯斯文文的，边签字边说：“突发性脑溢血，这下可真是……”

钟俞军一直有着很严重的肥胖，但他平日很少生病。而平日不发病，这次一发，很有可能就再也爬不起来了。

人资部的那人通知了钟俞军的家属，许星空也被黄千松安排在医院照看。翻译部现在也忙得人仰马翻的，钟俞军病倒，但公司的项目还要继续，只能黄千松和另外一个副部长颜嘉琳先过去了。

钟俞军的家人很快到了，他母亲在前面小跑着，妻子抱着他的小女儿跟在后面。两个女人脸上都满是焦急，一路狂奔过来，满头大汗。

“现在正在抢救。”许星空过去接了三人，说了大致的情况，“是突发性脑溢血。阿姨、嫂子，你们先坐下休息一会儿吧。”

钟俞军的母亲是个矮瘦的女人，满脸的沧桑，黑发中掺杂了些许白发，眼眶凹陷。

一瞬间，让许星空想起了林美慧。

她握着许星空的手，手心全是汗，手指冰凉。

“谢谢你啊，谢谢你。”钟母感谢着许星空。

许星空被她握着手，心也像是被攥住了一样，她有些喘不上气来，只是安慰钟母不要担心。

但儿子在抢救室生死未卜，母亲不担心是不可能的。钟母最后终究还是松开了许星空的手，偷偷抹了抹眼角后，将孙女从儿媳妇手中接了过来。

钟俞军不是夏城人，从夏城的大学毕业后就留在了这里。听说他的家庭情况并不太好，家里是农村的，妻子现在是全职主妇，母亲也被从老家接了过来。一家老小，全靠着他的工资养活。

相较钟母，钟妻要冷静些。她发呆地看着抢救室的红灯，杂乱的刘海下，一双眼睛有些无神。

小女儿被钟母抱着，却看着自己的母亲，看出气氛有些不对，便小声地问：“爸爸怎么了？”

听着小女孩一遍一遍地问爸爸怎么了，许星空站直身体，看向窗外。

随着抢救时间的推移，夜色渐渐笼罩下来，像是蒙了一层细腻的黑纱，以往的温柔也全然不见，在医院的灯光下显得冰冷僵硬。

许星空站在一边，看着钟母和钟妻，心中对于生离死别的感触越发鲜活。

她母亲也不再年轻，星远也要成家立业。她不孕不育，连借精生子都没有可能。未来的她，注定是要一个人的。

夜色中的凉风，像是孤独感，渐渐侵染进了身体。许星空抬头望着窗外还未残缺的月亮，皎洁的月光像是洒在了心上，徒增一抹悲凉。

抢救室的红灯突然灭了，许星空目光一抬，和人资部的同事一同围了过去。医生先走了出来，找到病人家属后，对病人家属说了一句："人救回来了。"

许星空心一坠，站在她旁边的钟妻一下坐在了地上，她赶紧扶她起来，连声说："没事了，嫂子，没事了。"

钟妻抱着她的胳膊，小声地哭了起来。

听着女人小小的哭声，许星空的心口像是被撒上了柠檬汁，酸涩让她拧紧了眉头。

虽然手术结束，保住了一条命，但钟俞军还要留在观察室观察。但对许星空来说，她的任务已经完成了。人资部的人在这里接洽，剩下就没有她什么事情了。

和钟母、钟妻告别后，许星空走出了观察室所在的走廊。这个病区鲜少有人，许星空慢慢走着，高跟鞋踩在空旷楼道的地板上，发出声声回响。

她还未走出这条走廊，手机突然震动起来。许星空停住脚步，将手机拿了出来，看着来电显示的名字，她目光微动，往走廊的窗边走了走。

走廊里开着灯，亮如白昼，四周空旷寂寥，显得更加冰冷。

许星空将手机接了起来，轻轻地说了一句："我在医院。"

电话那端，男人沉默半晌，问了一句："没事吧？"

他声音很低，沉声中带着淡淡的磁性，像是唱着情歌的碟片，有种戳人的柔软。

许星空愣了一下，她站了一天，僵硬渐渐从内而外消失，浑身的血液也重新流通了起来。

许星空说："没事。"

男人突然一笑，说："我在你身后。"

许星空眨了眨眼，顿了半晌，心里也不知道在想什么。然后她转过身，看了一眼身后。本以为对方是开玩笑，而看到身后的怀荆时，她双唇微微一张。

男人穿着一身休闲装，毛衣和休闲裤，外面是一件米色风衣。高大颀长的身体，在地上拉了一条长影。他的肤色很白，在灯光中像是隐了去，只有一双浅褐色的眼睛和红色的双唇比较鲜明。

怀荆是来找朋友的，从医生的办公室出来就看到许星空有些落寞地往前走。他以为自己认错了，打了电话给她，没想到竟然真的是她。

右边的嘴角微微一扬，怀荆挂了电话，将手机收了起来。

"回家？"怀荆伸手指了指后方的电梯。

这两个字，像是一朵浪花，将许星空刚刚筑起的孤独一下打碎了。

眸中的光一动，许星空浅浅地舔了舔唇。她与男人平视着，表情也比刚刚生动了些。

"好。"许星空朝着他走了过去。

怀荆开车来的医院，两人坐电梯直达地下停车场。坐到车上，男人发动车子驶出医院，驶入了夜晚下的车水马龙之中。

"副部长醒过来了，但情况还不乐观，要留在观察室观察。"许星空拿着手机，和电话那端的黄千松报备。

电话那端长叹了口气，安排道："行，我知道了。今天辛苦你了，你先回家吧。"

"应该的。"许星空应了一声，那端早已挂了电话。

挂了电话后，车内就没了声音，两人似乎没什么话说。许星空将手机收起来，望着车外，斑驳的灯光照射到车窗上，不太耀眼。

车子平稳行驶，在即将到许星空家时，许星空突然说了一句：“停车。”

怀荆侧眸看了她一眼，脚底踩了刹车，他身体后靠在座位上，神色慵懒地看着许星空解开了安全带。

“我去菜市场买点菜。”许星空记得要给他做一顿饭，临下车时，她站在车门外，手指扶着门框，微微弯腰看向车内，问道，“你想好要吃什么菜了吗？”

许星空一身套装，得体而精致。她脖颈间的红痕已消去，今天穿的低领，露出了两截白嫩的锁骨。

视线停留在那软软的锁骨窝内，怀荆眸色不变，伸手解开安全带，说：“没想好，我和你一起去，说不定就能想好了。”

“不行。”看着他下车的动作，许星空急得脱口而出。

听她喊完，怀荆动作一顿，他侧眸看向她，盯着她因着急而变红的脸颊，哼笑一声后，问道：“怎么？”

被问得心中一空，许星空略略回神，她眼神一闪，握紧了包带，轻声解释道：“会有人发现我们的关系。”

听了这个解释，怀荆右边眉梢一挑。他突然一笑，身体完全后靠，抬眸望着许星空，问道：“被发现的话，我们谁吃亏？”

“啊？”许星空被这个问题问蒙了，她双唇微动，声音小到几不可闻，“我……”

“嗯？”男人眉头微蹙，似是没有听到，声调略略一扬。

许星空嘴巴一张，压下喉间的话，轻声说：“当然是你。”

“哦。”怀荆恍然。

了解了情况之后的怀荆，动作利落地将安全带解开后下了车。许星空一急，抬头看着他。男人单手将车门一关，冲她嘴角一扬，无所谓地说：“我不怕吃亏，走吧。”

许星空：“……”

菜市场内，因为怀荆的到来，平日聒噪的卖菜大姐都温婉了些。许星空站在摊位前，挑着菜，怀荆站在她身边，垂眸观察着摊位上摆放的蔬菜，斯文有礼地询问着价格。

他确实拥有着吸引异性的一切特质。

皮肤白皙，身材高大，打扮入时，在人群中十分显眼，声音低沉好听，说话时嘴角带笑，彬彬有礼，斯文绅士。

他的手里握了一个西红柿，手指修长，骨节分明，白皙的肤色与西红柿的红差异巨大。他正牵着嘴角笑着，问着大姐西红柿的价格。

在外人面前，他像是穿了另外一种气质，温润如玉，气质出尘。

被他这层气质吸引的人，大多想象不到，他在床上……竟然会咬人。

“星空？”怀荆垂眸看着她，伸手拉了她一把。

未回神的许星空被他拉到了他身边，两人身体微微一碰，男人熟悉的味道让许星空的脸微微一热，回神后将他手中的西红柿接了过来。

菜市场大姐的眼神，越发暧昧了。

许星空的脸色也越来越红。等买好菜，许星空拉着怀荆就出了菜市场。

菜在怀荆手里拎着，许星空自顾地往前走着，等走到车边，才回头看了怀荆一眼。

怀荆脸上还带着些趣意盎然的神色，将车门打开后，他把菜放到了后面。许星空坐上副驾驶座，将安全带系上了。

“在菜市场买菜还挺有意思的。”怀荆发动车子后说道。

“经常买就没什么意思了。”许星空抿唇淡淡地说。

“嗯。”怀荆表示同意，随后补充道，“所以我只偶尔跟你买几次就好。”

许星空：“……”

两人下车后，一前一后地到了许星空家。许星空走在前面，拿了钥匙开了门。门内的咪咪似乎听到了脚步声，已经蹲在门边喵喵地叫起来了。

许星空被叫得心都软了一截，在医院里感受到的孤寂感也散了些。她将门打开，白色的一团一下冲到了她的怀里。咪咪虽然是猫，但像狗一样黏人。

许星空很喜欢。

抱着咪咪，伸手摸了摸它的头，头顶的毛蓬松而舒适，许星空用脸颊蹭了一下它，看了一眼旁边的食盒，对咪咪说：“怎么没吃完？”

咪咪在她怀里乱动，撒着娇的时候，看到了跟在她身后的怀荆。它懒懒地抬了一下眼皮，头朝着许星空的颈窝磨蹭了过去。许星空皮肤白而敏感，被蹭得有些红。

怀荆看着眼前主人与宠物情深义重的画面，微挑的双眼渐渐眯了起来，他轻笑一声，提醒了许星空自己的存在。

这时，许星空才想起后面还跟着一个人。她赶紧让了一下身体，让怀荆进来。她将咪咪放下，走到冰箱跟前，打开冰箱后拿了一盒罐头。

咪咪不算难养，但毕竟是贵族猫，偶尔会有挑食的时候，许星空备了不少三文鱼罐头。

将罐头打开，咪咪闻到香味过来，“喵呜”一声，踱着步子走到了罐头面前。它先用鼻尖轻轻嗅了一下，然后舔了一口，确定是想要的那个味道后，身体在许星空脚边蹭了蹭。

“我养了它半年，它都没这样亲近过我。”

许星空将手放在咪咪的脑袋上，柔软的毛让她的心情好了不少。她头也没抬，小声地说了一句：“不是同类，怎么会亲？”

怀荆发现，许星空偶尔会用很小的声音说一些话。他每次确认的时候，她如果重复说一遍，那她小声说的那句话就没有什么其他意思。若她说没事，那她小声说的那句话八成不是什么好话。

低头看着许星空，她蹲在咪咪身边，脸颊因为室内外的温差而变得有些红。蹲着身体，瘦小的一团，脖颈下方的颈窝更深了。

“你说什么？”怀荆问。

许星空头也没抬，摸着咪咪的手一停，她躲避开怀荆的视线，淡淡地说了一句：“没什么，我去做饭。”

怀荆：“……”

说完，许星空将怀荆手里的东西接了过去，然后走进了厨房。

怀荆看着女人的背影消失在厨房，又低头看看正在吃罐头的咪咪，蹲下了身子。

这只猫是同为所谓的“夏城四少”的柳谦修送他的，就是今天他去医院找的那个医生，是当时作为乔迁的礼物。说他自己住那么大的房子，送只猫咪让他热闹热闹。

作为一名医生，柳谦修还体贴地给这只猫做了绝育。

“咪咪……”怀荆轻轻地念了一声它的名字，随即笑了起来。

他记得这只猫，应该是只公猫。

怀荆眸色渐深，学着许星空的模样，将手放在了咪咪头上。正在吃着罐头的咪咪，脑袋迅速往后方一撤，躲开时头顶柔软的毛发挠了他的手心一下。

“喵！”咪咪冲着他龇牙。

“哟！”怀荆眼尾一挑，惊了一下，问道，“不喜欢我？”

咪咪仍然没有放松警惕。

怀荆逗得无趣，相对这种烈性子，他更喜欢许星空那种软软的性格。他嘴角一扬，起身去了厨房。

许星空的效率仍旧很高，两人吃过饭后，许星空还没提出让怀荆走，就被他抵在了厨房门口。男人低头吻上她，渐渐地，许星空被他勾着情绪走了。

空气陡然升温，男人环住她的腰，柔软的唇落在她的颈窝处，张开牙齿轻轻一咬。

许星空眉头一皱，轻轻地嘶了一声。

男人鼻间溢出一丝哼笑，许星空双眼迷蒙间，已被他打横抱起。

怀荆走了两步，腿上突然有些重。他眉头一蹙，垂眸看了一眼，咪咪一只爪子抓着他的裤子，正冲他龇牙。

许星空低头，也看到了这一幕。

“它以前可是我的猫。”怀荆眸色沉沉，冷笑道，“这才不过几天，就和你亲了。”

男人声音低沉，细品有些压抑的不悦，双眸中带着清冷，神色也变得有些乖刺。

许星空抓住男人的衣服，怕他对咪咪做出什么来。在她用力时，男人却将视线转移到了她身上。

怀荆低头看着她，眸中带笑，说："没关系，我也和你亲。"

许星空刚到公司，陈婉婉就将手上的文件一放，走到了她身边。许星空坐在座位上，边收拾东西边看着陈婉婉走过来，陈婉婉的表情不太好看。

待走到许星空旁边，陈婉婉似是终于找到宣泄口一般，双手抱臂往许星空的桌子上一靠，翻了个白眼，说："李妙雪都快趴到老黄身上去了。"

顺着她的视线，许星空淡淡地扫了一眼。李妙雪和黄千松正在笑着说什么，现在这个天气，她仍然穿得十分清凉，超短裙下两条雪白的大腿笔直又修长。

作为翻译部的部长，黄千松的工作能力毋庸置疑，但作风方面，确实有些问题。他有点好色，听说他上一次的婚姻破裂就是因为他劈腿出轨。

李妙雪和黄千松的关系挺暧昧的，但李妙雪也是个有些手段的人，平日和黄千松不算太亲密，而今天，确实如陈婉婉所说，快要趴到他身上去了。

收回目光，许星空轻声问道："他俩在一起了？"

"不知道。"陈婉婉没好气地说完，随后冷笑一声，低头看着许星空，稍加提点道，"钟大人这次八成回不来了，副组长的位置空缺。"

许星空抬头看了一眼陈婉婉，虽然极力在压制，但也能看出她眼神里的焦急。

陈婉婉和李妙雪是同一批进的翻译部，与李妙雪的左右逢源相比，陈婉婉更注重工作能力。在翻译部里，陈婉婉兢兢业业，工作能力也是数一数二。钟俞军走了，按照资历来算，两人是强有力的竞争者。

陈婉婉捏着手指，手背上的青筋和骨节都凸了起来。许星空握住了她的手，陈婉婉低头看她，许星空说："今天下班后，咱们一起去看看钟大人吧。"

陈婉婉眼神微颤，她点了点头，说："行。"

到了下班时间，陈婉婉给家里打了电话说晚点回去，就和许星空一起去了医院。今天下午的时候，人资部那里来消息说钟俞军已经从观察室出来了，现在在病房里躺着，至于具体什么情况，没有细说。

两人到医院的病房时，钟俞军的妻子正在给他擦脸。丈夫这样躺着，她的脸色带着哀愁，但比昨天面无表情的时候，看着生动了些。这样看来，钟俞军的情况应该是比昨天好了些。

钟俞军平日在公司人缘不错，病房里堆满了礼品，估计都是朋友和同事送的。

许星空和陈婉婉推门进去，钟妻抬头看到了许星空。她眼睛微微一亮，冲着许星空牵了牵嘴角。

“嫂子好。”许星空和陈婉婉跟钟妻打了招呼。

钟妻点点头，看到她们手里的东西，客气道：“让你们破费了，谢谢。”

“嫂子您太客气了，钟大人平时没少帮我们。”陈婉婉说着，将东西放下。走到床前，看到钟俞军睁眼看着她们。陈婉婉眼睛一动，惊喜道，“大人，你醒了？”

“嗯，刚醒，医生来看过，说是因为送来得及时，而且当时许小姐做了及时的处理，没耽搁抢救的时间。”说到这里，钟妻感激地看了许星空一眼，又道，“后期就看恢复得怎么样了。”

这场大病，钟俞军抢了条命回来，虽然值得庆贺，但对钟家来说并算不得什么好事，只能说不算太糟。

毕竟后期，钟俞军需要高昂的医药费还有复健费用，钟妻和钟母都没有工作，这会是很大的经济负担。

钟俞军的意识是清醒的，眼睛能动，嘴唇也能动，但还不能说话。看到陈婉婉和许星空，他还冲她俩笑了笑，但一会儿就又昏睡了过去。

怕耽误钟俞军休息，两人没有久待。和钟妻告别后，两人出了病房，到门口时，刚好碰到拎着食盒的钟母。

相比昨天，钟母的头发白得更多了，先前不过少部分白发，现在已经像是布了一层雪，稀松的几根黑发混杂在里面，还有眼睛里略带苦涩的喜悦，让许星空的心揪得酸疼。

“真是病来如山倒，钟大人这一病，他家都七零八落的了。”陈婉婉边走边感慨道。

许星空走下台阶，说：“他这一病，会花不少钱。”

这么一提，就提到主题上来了。陈婉婉叹了口气，抬眼看着她说：“可不是吗？一般人家哪生得起病，一生病，就把家底都掏空了。所以啊……”

“所以还是要多赚钱。”许星空说。

陈婉婉一笑，拍着她的肩膀说：“对咯。”

钟俞军一病，倒让许星空感慨颇多。她既然注定孑然一身，那就多备点钱，以免日后老了病了，都没钱养老看病。

“我想做点投资。”许星空手上还有些钱。和王舜生离婚时分的那二百万，她存了一百万在淮城的账户上，另外一百万她存在卡里随身带着。

淮城的那一百万，她不准备动了，以备日后林美慧生病或者是其他意外情况的不时之需。另外一百万，她想着做本钱，钱生钱。

听了许星空这句话，陈婉婉一下停住了脚步。她一脸赞同的神色，手指点着许星空说：“对对对，你这个想法是对的。现在有方向了吗？”

许星空摇了摇头，说：“还没有。你呢？有什么建议？”

陈婉婉的老公詹良庭是夏城人，她嫁过来这么多年，应该有不少朋友在这边。

“你现在先别投资大的，就先投资个小的试试手。”陈婉婉说，“我们家没有闲钱，但老詹有不少土豪朋友，在商业街上都有店铺。你可以先投资个连锁的那种奶茶铺，或者是甜品屋，商业街人流大，而且周边都是写字楼，生意不错的。”

听了陈婉婉的建议，许星空起了兴致，她问：“这么火爆，不好弄店铺吧？”

“嘿嘿嘿！”陈婉婉贼兮兮一笑，说，“你放心吧，既然是我让你来的夏城，你有什么困难，我肯定都给你解决了啊。我让老詹抽时间去给打听打听，有消息就通知你。”

陈婉婉的话，让许星空心里一热，暖洋洋的。她看着好友，打心底里感激：“谢谢。”

“你跟我客气什么？”陈婉婉白了许星空一眼，她抱住许星空的胳膊，说，“论谢谢，我应该谢谢你，今天带我来看钟大人。”

黄千松和钟俞军从IO珠宝集团还是个小公司时，就已经在一起工作了。他们两人多年交情，钟俞军又是曾经的副部长，黄千松想确定下任副部长的人选，怎么着也得来过问过问钟俞军的意思。

而许星空是钟俞军的恩人，许星空今天带着陈婉婉来医院，一来是看望钟俞军，二来将来钟俞军和黄千松说起副部长人选时，希望他能替陈婉婉说句话。许星空是想让钟俞军把欠她的人情还到陈婉婉身上。

陈婉婉不得不佩服许星空，她站在医院大厅门口，看着头顶的太阳，再看看身边的好友，感叹一声：“当年毕业的时候，你如果没有嫁人，而是留在了夏城，现在肯定比我厉害。”

提起以前的事情，许星空只是笑了笑，她看着陈婉婉，拉了拉她的手指，笑着说：“当年毕业后我选择结婚，而不是去打拼自己的事业，这一点就输给你了。”

陈婉婉摇摇头，看着许星空撇了撇嘴，可惜道：“王舜生那个王八蛋瞎了眼了，以你现在的条件，随便找个都比他强。”

许星空被陈婉婉夸得有些难为情，她知道陈婉婉是因为与她亲近，所以才看她哪里都好。正是因为如此，她才更觉得与她亲近。

至于她说的话……

随便找个都比王舜生强吗？

夕阳的光晕打在了她的眼角，许星空摇摇头，没有同意，也没有反驳。

两人一起到了停车场，陈婉婉去开车门，许星空的手机来了一条微信。她将手机拿出来，看到微信的内容时，双眸一紧。

“走吧，我送你回家。”陈婉婉将包放进车里，叫许星空。

“不用了。”许星空下颌一紧，压着嗓子说了一句。

“你都跟我到停车场了。”陈婉婉瞪着眼睛说。

“我自己打车就行。”将手机收起来，许星空也没多说，和陈婉婉说了一声明天见，就朝着医院门口走去。

“哎！”陈婉婉不可思议地叫了一声，眼睁睁地看着许星空打了辆出租车走了。她无语地钻进车里，将车子发动后，嘟囔了一句，“我车技有那么差吗？”

许星空下了出租车，迈进公寓大门时，脚步也加快了些。她住的八栋在公寓的最后方，待她走过去时，天上的黑影也越发浓厚了。小区里，路灯“啪”的一声，带着灯丝刚燃时的声音，灯光像是将黑暗烧灼出几个窟窿，照亮了一方天地。

禾枫公寓是高档小区，小区内的建设很宽阔，正经的几条干道上，像公园一样安放着原木的排椅。排椅在落叶的白玉兰树下，上面零落了几片黄叶。

许星空虚赶了两步，待走到最后两栋公寓楼时，她眼睫微颤，步子渐渐慢了下来，最后停在了那里。

怀荆就坐在八栋公寓旁的那架排椅上。

排椅旁立了一盏白杨般挺直的路灯，白色的路灯柱子被一旁茂密的白玉兰树枝包裹，白昼一般的光芒被树叶遮挡住，只透过几个缝隙投射下来，在男人的侧脸上留下了几点斑驳的灯光。

他的动作仍旧是慵懒的，微靠在椅背上，脊背挺直，双腿交叠。他的侧脸如精雕细琢一般的精致，在斑驳的灯影下，像是镀了一层金边。浅褐色的眸子里，浮着一层许星空从未见过的柔情。他宽大的手掌张开，修长的手指并拢，在那掌心处，放置着一座小山模样的猫粮。而他的身上和周围，围着几只花色不同的小奶猫。小奶猫如他巴掌般大小，强烈的大小反差，在这片树影下，竟生出些别样的温情细意。

高大的白玉兰张开它的枝丫，像一把巨大的伞，将这股柔情包在它的怀内。

许星空的双眸微微动了动，她想起了先前在网上看过的一张图片。一个盲少年，在伦敦公园内喂鸽子。网友评价仿佛置身二次元，而许星空现在正是这种感觉。

但这样的沉默与观赏并未持续多久。

许星空站在那儿看着，怀荆睫毛一颤，抬眸看过来，看到了她。

男人的视线像是无意一扫，在许星空以为他将要扫过时，他却定格在了她的身上。他嘴角略微一扬，将双腿边的猫粮提起来，放在了身边。周围的小猫咪奶声奶气地“喵呜”了一声，继续在他的身上为所欲为地吃着。

他不像是一个爱猫的人，不然也不可能和咪咪生活了半年都没培养出感情。

而现在这一切，又是做什么？

许星空走过去，怀荆拍了拍身边的位置，她微微低了低头，在与他稍微有点距离的地方坐下。

“这里流浪猫挺多的。”怀荆将手边的猫粮递给许星空。

大大的一袋猫粮，像是男人一时兴起买的，许星空抱了个满怀。

她抱着猫粮，拿出来些喂给了凑到她身边的小奶猫。小奶猫毛发软软，小小的舌头舔着她的掌心，许星空眼睛微弯，嘴角牵了牵。

“嗯。”许星空伸出手指轻戳了一下小猫咪的肚皮，以免它吃多，她抬头看了一眼怀荆，问道，“怎么突然喜欢猫了？”

“你喜欢吗？”怀荆手上猫粮一空，他索性不再喂了，身体后靠，手臂张开，懒懒地搭在了椅背上。

话题又到了她这边，许星空不明所以，但还是回答道：“喜欢。”

“那就对了。”怀荆一笑，他看着许星空，双眸覆着一层黑影，“不是有个词叫爱屋及乌吗？”

怀荆这话说得挺无心，许星空抬头对上了他的视线。他眸中只有一层淡淡的笑意，其他的许星空看不透彻。

尽管如此，她的心仍然像是弦上的珠子，略略跳动了一下。淡淡的热气从耳根蔓延到了脸颊，一抹看不太清楚的红被树影遮住了。

“小猫确实挺可爱的。”怀荆低眸看着脚边来来回回的小东西，像突然想起来什么似的，笑着看许星空，道，“现在有些后悔把咪咪送给你了。”

抱着猫粮的手一紧，许星空下颌一抖看过去，男人也在看她，右边嘴角勾着笑。

“你要把咪咪带走？”许星空紧张道。

“喜欢就要带走吗？”怀荆看着女人紧张的神色，扫过她蒙着黑影的耳垂，顺着她的下颌线定格在了她修长的脖颈上。

嘴角又是一扬，眸中的笑意也深沉了些，怀荆说：“要真是这样，我早就把你带走了。”

钟俞军离职后，与德国的那个项目的翻译工作就落在了另外一个副部长颜嘉琳身上。而许星空，自然也跟了她。

和钟俞军不同，颜嘉琳作为副部长，存在感极低，并不是说她的气场不够，相反，她气场强大到冷漠。她是许星空见过的真正意义上的女强人。

她鲜少和办公室的人有太过频繁亲密的接触，平日不苟言笑，形单影只，只在工作上有接触了才出来与人交代两句。

颜嘉琳今年三十五岁，保养得十分得宜。五官算不上多惊艳，却很有东方美感。在参与这个项目时，她被 TIE 集团的不少高层夸赞过。

一同被夸赞的还有她的工作能力。

在翻译这项工作上，她比钟俞军要出彩得多。许星空跟着颜嘉琳出过两次现场，她的翻译精准而生动，业务能力极强，这让许星空对她在钦佩上多了一层敬畏，同时工作得更加上心。

今天出完现场时已到了下班时间，许星空刚到家，就接到了怀荆的电话。怀荆今天很忙，这个时间了还在办公室。翻译部的人忙翻译，而他则忙整个项目。这个项目算是IO珠宝集团今年最后的一个大单，怀荆肯定忙得人仰马翻。

怀荆现在如果不来找许星空，也会和她说一声。

和怀荆说完电话，许星空脱掉衣服去了浴室。她今天跑了一天，身上很疲乏。

洗过澡后，许星空做了晚饭，自己安安静静地吃完，还给咪咪加了顿餐。等七点钟时，许星空煮了开水，准备泡红茶喝，水刚开，就接到了颜嘉琳的电话。

和她的人一样，颜嘉琳的声音也透着些凉意，带着公事公办的严肃感。

同样是上司，相比钟俞军，许星空面对颜嘉琳时要紧张得多。

“喂，嘉琳姐。”

电话那端颜嘉琳并未马上说话，她似乎还在工作，键盘声嗒嗒入耳。她好似简单地安排了两句，才回神和许星空说话：“明天要出现场的文件资料在老黄的桌子上，你今天晚上看看，明天要用。”

抬眼看了下时间，许星空轻声应道：“知道了。”

“看完记得放回去，资料就只有一份，他还没看。”颜嘉琳叮嘱了一句。

“好的。”许星空说。

挂了电话后，许星空去卧室找了一件开衫穿在身上。她洗完澡只穿了一件连衣裙，外面夜晚的天气会有些凉。

颜嘉琳应该不在办公室，不然也不会不知道她已经回家了。不过上司安排了，她肯定要做完。许星空收拾好后，出门打车去了公司。

出租车到了IO集团大厦门口，许星空下了车。夜晚凉风吹过，许星空裹了裹开衫。她抬头看了一眼大厦顶端，最顶端的办公室灯火通明，怀荆还没有下班。

许星空进了大厅后上了电梯，到了翻译部时，里面的那片灯都黑了。翻译部的实时工作比较多，除非特殊情况，很少有加班。现在已经是晚上七点半，办公室早就空了。

许星空就近打开了办公室三分之一的灯，灯光照透了黑暗，她顺着办公桌摸到了黄千松的办公室门前。

因为颜嘉琳交代过，黄千松的办公室没有锁。许星空到了门前，手握住门把手，轻轻一拧开了门。

推开门走进办公室，空气中的味道让许星空微微皱了皱眉。黄千松的办公室收拾得干净整洁，也不知道味道是从哪儿来的。

她并未多关注这些，就着外面大办公室的灯光，走到了黄千松的办公桌前。他桌上有盏台灯，许星空按了按钮打开了。

黄千松的办公桌上堆了一堆资料，许星空翻了两下，将颜嘉琳所说的那一本拿了出来。这份资料少说也有十页，许星空翻了翻，感觉在这里看完有些不切实际。

她将手机拿了出来，从头开始，一页一页地拍照。

十页很快拍完，许星空将资料放回原位，关掉小台灯后，出了黄千松的办公室。

许星空拿着手机，看着刚拍的图片，确认没有糊掉后，才将办公室的灯关掉。最后关好门后，她便去等电梯。

十页的资料一晚上看完，也不算是个小工程。许星空看着电梯现在还是上行，索性将手机拿出来，点开图片先开始看着。

颜嘉琳工作能力出众，这也代表了她对下属的要求较高。这份材料，许星空才看了两页，就被其中的一段话绊住了。

微微叹了口气，许星空刚要点开翻译软件查阅，手机顶端却出现了一则微信提示。

她轻轻一点，界面切换到了微信，显示了刚才那条消息。

怀：在干什么呢？

怀荆工作的时候，偶尔会摸鱼。

许星空呆了一下，反应过来后，回复：看文件，有个地方不太懂，在查资料。

发完消息，许星空看了一眼电梯，电梯正在下行，快到她所在的楼层了。与此同时，怀荆也发了消息过来。

怀：发来我看看。

不管在珠宝行业还是在德语翻译方面，怀荆都算得上是她的前辈，许星空不会质疑他的能力。

她抿了抿唇，点开刚才的那张图片，用红色的笔圈出那一段后，发了过去。

不消片刻，怀荆的回复就来了。

怀：来我办公室，我告诉你是什么意思。

第四章

我故意的

眼睫微微一颤，许星空觉得有些麻烦。她刚要拒绝，电梯门“叮”的一声打开了。许星空抬头一看，里面站了一个男人，是怀荆的助理。

Leo冲她一笑，将手放在电梯门边挡住，说：“许小姐，怀总让我来接你。”

许星空动了动唇，想要拒绝，可看到Leo的笑，最终还是上了电梯。

这是她第一次来怀荆的办公室。

刚一进门，身后“吧嗒”一声，门就被Leo关死了。

她回头望了一眼被关上的门，外面Leo的脚步声渐行渐远。许星空收回心思，抬眼望向办公室内。

她现在站在玄关处，玄关处没开灯，办公室的灯也只开了一部分。那一小部分的灯光偷偷照射到玄关处，照亮了许星空的双脚。

本以为很快就回去，她只穿了一双比较好穿的休闲鞋。许星空抿了抿唇，信步踏入了那片灯光之中。

刚走出玄关，视线像是被剪开一样，瞬间开阔了。

怀荆的办公室很大，大到许星空一眼都看不尽。办公室的装修和他家中一样，简明精致。他的办公桌在紧靠着落地窗的位置，正对着一间会议室。会议室旁边有餐厅，有休息室，甚至在另外一面……还有一个小型的高尔夫球场。

许星空简短地扫了一眼，入目的豪华让她微微张了张嘴。最后，视线越过办公室内的一切，定格在了办公桌后正在工作的怀荆身上。

办公室开的这小部分灯，就在怀荆工作的那片地方。灯光从房顶洒落，像是将男人整个包裹进灯光的温柔里。

在非公共场合，他的领带总是不知所终，他的身体像他的人一样，不喜欢被束缚。领口的扣子开了两粒，灯影在锁骨上留下一小片黑纱，白色的衬衫包裹着他修长的上半身，肤色白到像是要隐入那片灯光之中。

而他五官的轮廓却因深邃而明晰。

在她打量他的时候，男人双眉微皱着，似乎在思考什么。当察觉到有人过来，他淡淡抬头，眼尾微挑，浅褐色双眸中的严肃退去。

修长的手指捏住钢笔，“吧嗒”一声，笔帽盖上，怀荆右边嘴角微扬，问道：“文件呢？拿过来。”

“哦。”许星空收回视线，应了一声后，把手机里的图片找出来，走到了怀荆的办公桌前。

他的办公桌很大，但上面东西不多，只有几台大屏电脑和几份文件。许星空绕过办公桌，走到了他身边，将手机放在他面前的桌面上，指着屏幕上的红圈，说：“是这里……”

她还未说完，身边的男人突然从座位上站了起来，男人身材高大，许星空一下隐入他的身影里。她吓了一跳，身体下意识后靠，双手撑在了办公桌上。

她是紧张的，怀荆从她乱动的目光就能看得出。她只穿了一件开衫和一条连衣裙，双手往后撑在桌子上，让她的肩膀打开，开衫也从一边滑落，露出了光洁的肩膀。

她真是好容易红。

不光脸和脖子、耳垂和锁骨，现在只要露出的皮肤都是红的。

而他还并没有做什么呢。

嘴角微微一挑，怀荆双手撑在女人身体两侧的桌面上。

许星空不敢动，她抬眼看着他，办公室内清冷的氛围，因为男人的动作而渐渐暧昧起来。

怀荆垂眸看着她，鼻间哼笑一声，双手伸入开衫，握住了她的腰。

许星空心尖一颤，双眸中染上了一层不可思议，同时表明了自己的意愿："我不……"

她的意愿并未表达完，腰间一紧，她身体一腾空，一下坐在了办公桌上。办公桌上的温度，凉得她抓住男人的双手一紧。

怀荆直起身体，将女人的手机拿了过来，往她旁边一放。男人微扬着下颌，唇部线条性感而迷人。他垂眸看着手机屏幕，手指对着那张图片一点，说："现在，你知道这是什么意思了吧？"

许星空喉头一紧，视线随着男人的手指看向了手机上的那张图片。男人的手指并未指向她标注出来的那部分，而是指向了文件旁边的那部分。

图片上，台灯并不广阔的灯光下，文件旁边，印着两个清晰的半圆形印记。

黄千松的办公桌是漆面的，冰冷的漆面桌面，手指放在上面都会留下痕迹，就像冬天哈气后，用手指在玻璃上写字一样。这层痕迹本来很浅，但在台灯的照射下陡然变得清晰了许多。

这两个不太规则的半圆痕迹，是……

桌面原本冰凉，许星空却像是被灼烧到了一般。她从桌子上跳下，脸比刚才红得更厉害。她跳下后看了一眼刚才坐过的地方，留下了与照片里相同的两个半圆形印记。

她脸红得更厉害，神色慌乱，有些语无伦次地解释道："我……我不是问这个，我是问……"

许星空双唇一软，她的话戛然而止。

男人双手撑在她后方的办公桌上，双臂将她圈在怀里，正低头吻她。

他的眼睛睁开，浅褐色的眸中浮着一层笑，甚至或许还有一层深情……许星空看不透，也看不明白，她的心狂跳起来，她看着男人的双眸，思维像是冻僵了，限制了她的所有。

她陷入了男人突如其来的温柔当中。

男人的吻并未在唇上停留，他顺着她的唇，到了她的下颌，然后是她的脸颊，最终，咬住了她的耳垂。

轻微的刺痛感让她浑身一颤。

怀荆喜欢她的这种反应。

他咬着她的耳垂，笑了一声，声音沙哑低沉："我知道。"

男人的轻笑有些迷人，许星空喉咙干涩："那……"

"我故意的。"语气是理所当然。

许星空微微一愣。

怀荆再次咬住许星空的耳垂，又是一声笑，他说："我想骗你上来，欺负你，然后……吃掉你。"

怀荆垂眸看着她泛红的脸颊，眼神里带着些轻佻的笑意。伸手将许星空的手机拿了过来，他按亮屏幕，屏幕上显示已经九点多了。

她来了一个多小时了。

又按了一下手机，屏幕暗下去，怀荆把手机递给许星空，问："那个问题还要问吗？"

男人的思维跳脱得厉害，许星空喉头微动。既然她没法动，那就索性不动了。将手机拿过来，许星空轻声说："要问的。"

牵扯到翻译的问题，工作带来的专注感让许星空的羞耻减淡了几分。将手机解锁，许星空找出了图片，指着她不懂的那一段话对身后的怀荆说："这里……"

"哪儿？"怀荆眼梢微挑，他身姿慵懒地靠在椅背上，似是没看到。

将手机往后放了放，许星空说："这……"

她话音未落，手就被男人牵了过去。他的手拉住她的手机，一用力，许星空没放开手机，身体也被扯到了男人的怀里。男人将下巴搭在她的颈边，语气里带着三分认真，指着她手里的手机问道："这里？"

男人的气息一瞬间将她包裹得密不透风，许星空的心跳像是坐上了过山车。她的视线停留在男人手指所指的那个地方，嗓音发颤地应了一声："嗯。"

刚说完，许星空就反应了过来，开始挣扎着要起来。两人过分的亲昵让她有些羞窘，比在床上时更甚，她控制不住自己的心。

怀里女人挣扎得像是只被挠着肚子的小猫，怀荆看着屏幕上的那串德文，单手利落地将她固定住。在许星空抬头看他时，他低下头，沉声叮嘱："别动，怀前辈给你讲题呢。"

女人双眸睁大，身体像断了线的木偶，坍塌在了他的怀抱之中。

许星空到家时已经十点了。

从出租车下来回公寓的那段路，她走得很慢。夜风很凉，路灯的灯泡像是坏掉了，嗞嗞作响。

昏暗的灯光，照亮了一方天地，将她的影子渐渐拉长。许星空走在夜风中，风将她的发丝吹起，凉凉的头发让她脸颊的燥热渐渐消散。

她步行到了单元楼门口，按了电梯，脑海中怀荆给她讲的德文资料，还有他说的话，让她脑袋里乱糟糟的。

电梯一到，她走进去，按了自己家的楼层。看着数字一点点跳跃，她的心情也渐渐平复下来。

等到了家里的楼层，还未到家门口，就听到咪咪"喵呜"一声叫了出来。她笑了笑，走到家门前，拿出钥匙将门打开了。

刚一打开，咪咪就仰头看了过来，看到许星空，咪咪蔚蓝色的眼睛在声控灯下显得更为璀璨耀眼。

"喵呜～"咪咪在她腿边欢迎她。

"我回来了。"许星空笑了笑，刚要蹲下身，却发现自己腰酸得蹲不下去。她弓着身体摸了摸咪咪的脑袋后，直直地走进了浴室。

洗过澡，许星空擦干身体去了卧室。卧室内没开灯，许星空站在门口，黑暗像她后知后觉的羞耻感般渐渐漫了上来。

许星空有些害怕，因为她发现她的心也在发生变化。

她正在被他慢慢改变，这种改变一开始是她期望的，然而真正感受到改变时，她却慌了。这种改变，充满了未知。

他们两人，最后会以什么收场？

对于这个问题，许星空并没有时间想太多。她将卧室的灯打开，拿出手机继续看资料。身体的困倦渐渐袭来，许星空刚看了两页，就闭上眼睛睡了过去。

因为心里念着资料没看完，许星空第二天起了个大早。简单收拾一下后，她便提前去了办公室。

在资料快要看完的时候，办公室的同事陆陆续续来了。陈婉婉打卡刚进门，许星空就抬头叫了她一声："婉婉。"

"来了。"陈婉婉将包扔到自己办公桌上，快步走到了许星空身边，双手搭在她肩膀上，笑嘻嘻地问，"干吗？"

"早。"许星空笑着打了招呼，然后将手机往她面前推了推，指着上面的图片说，"这是老黄办公室的资料，你帮我看看这个地方……"说着，许星空的手指无意识地往文件旁边一划。

"这个你不是会吗？"陈婉婉感到疑惑的同时，视线随着许星空的手指一动，最终，停在了那两个半圆形的印记上。

陈婉婉脑中电光石火一闪。

她眉头一皱，将许星空的手指拿开，盯着图片问："你说这是哪里的？"

"老黄办公室的，这是他办公桌。"许星空说。

陈婉婉猛一抬头，原本就大的眼睛此时睁得更是巨大。

许星空微一抿唇，笑了笑，问："怎么了？"

陈婉婉摇着头感叹了一句："怪不得这两天老黄和李妙雪走得那么晚……"

"啊？"许星空不明所以地看着陈婉婉。

陈婉婉喜上眉梢。

她将那张图片发到自己的微信上，然后抱着仍然一脸不明所以的许星空说：“我要去找嘉琳姐了。至于这个嘛……说了你也不懂，嘿嘿。”

陈婉婉嘿嘿一笑，跑进了颜嘉琳的办公室。

看着陈婉婉进了颜嘉琳的办公室，许星空笑了笑。她低头扫了一眼手机里的图片，耳梢微微一红。将高领毛衣往上拉了拉遮住下巴，许星空低头继续看资料。

她先前确实不懂，不过经过昨晚之后，她懂了。

可在陈婉婉面前，她还是装作不懂的样子。陈婉婉了解她，如果她表现出她懂这些事，陈婉婉肯定会追问她是怎么知道的。

陈婉婉去了颜嘉琳的办公室，许星空不知道她具体怎么操作，但她相信以陈婉婉这么多年职场经验，应该会好好利用那张照片。

当天下午的时候，翻译部召开了部门会议。会上，黄千松提议让陈婉婉接替钟俞军，担任下任副部长。翻译部除了李妙雪脸色不是很好，其他人无人反驳。既然大家没什么异议，会议结束后，陈婉婉升职副部长的提案就被递交了上去。

陈婉婉在翻译部人缘不错，这次升职是大喜事，大家纷纷祝贺，笑着让她请吃饭。陈婉婉表示肯定请，从人群中抽离出来后，便搂住了许星空。

“陈副部长请吃饭啊。”许星空笑眯眯地看着她道。

陈婉婉看着许星空，一双大眼里带着大恩不言谢的神情。她知道自己这次能升职，许星空功不可没。而她之所以那么帮她，也是因为她对她的感情。

一生能有这么一个好朋友，真的是她陈婉婉的福气。

“那必须的。”陈婉婉抱着许星空，将脑海中的那些伤春悲秋掠去，笑嘻嘻地说，“今天下班后就请，咱俩一醉方休！”

许星空笑着同意了。

下午开完会，许星空就被颜嘉琳叫走了。上次的那个项目渐渐展开，她们翻译也要继续跟进。

跟着颜嘉琳，许星空在工作上学到了不少。她本就因为喜欢选的德语专业，所以学起来也格外认真卖力。这次她看了资料，准备得很充分，表现得十分不错。翻译工作完成，她上了颜嘉琳的车，两人一同回了公司。

尽管跟了两次现场，但和颜嘉琳独处时，许星空仍然有些紧张。好在颜嘉琳话不多，就算开口说话，主题也是围绕工作。许星空应对得还算不错，到公司时，心里的紧张也渐渐放下了。

“资料中关于玉质的那一段，你是怎么想着那样翻译的？看过书？”颜嘉琳问道。

她提出的这一段，正是昨天怀荆教她的那一段。颜嘉琳单独将这段拿出来问，问得许星空心下一紧。

她自然不能说是怀荆教她的，许星空舔了舔下唇，对颜嘉琳撒了个谎：“问的老师。”

颜嘉琳眼神一抬，看了许星空一眼，没继续问。

车子进入地下车库，颜嘉琳将车子停好，对副驾驶座上正在解安全带的许星空说：“后天文城有个项目要跟，你跟我去一趟。预计要待三天，提前准备一下行李。”

IO 集团招待客户并不是只在夏城，有时候也会将地点设在周围城市。文城是一座古城，文化气息浓厚。更重要的是，在文城郊区的茂白山深处有一座国内驰名的茂白温泉。

那里景色优美雅致，韵味浓厚，是接待外宾的好地方。

颜嘉琳是个独来独往的人，她平时出差很少指定人跟着，一般黄千松派谁去，她就带谁去。现在突然提出要带她出差，许星空愣住的同时有些受宠若惊。

这一来说明颜嘉琳认可她的能力，二来代表颜嘉琳把她当作自己人，这代表着以后颜嘉琳会多多培养她。

在职场中能得到工作能力优秀的上司的培养，绝对是迈出了一大步。

许星空眼神闪烁了一下，然后她冲颜嘉琳笑了笑，说：“好的，谢谢嘉琳姐。”

回到办公室时差不多到了下班时间，陈婉婉正在等她。许星空收拾了东西，两人一起出了办公室。刚出 IO 大厦，陈婉婉打了车，告诉司机师傅：“去佳廷广场。”

“啊？”许星空看了陈婉婉一眼。

陈婉婉冲她眨眨眼，说：“老詹昨天刚看好一套铺子，在佳廷广场后面的商业街上，我先带你去看看。”

陈婉婉不愧是她的第一闺蜜，把她的事当成自己的事，办事效率极高，不过几天的工夫，就找到了地方。

许星空谢了一句，被陈婉婉白了一眼。她笑起来，心里渐渐有些期待。

记得大学的时候，许星空寝室一共有四个人，当时寝室的老大就整天念叨着佳廷广场盖起来后要在那里开一间奶茶铺。忙时做奶茶，闲时看书，赚的钱不多不少刚刚够花，时间也自由。

许星空也憧憬过那样的生活，但也终究是憧憬罢了。淮城那边风俗比较保守，女孩子上大学的很少，不到年龄就会出嫁，等到了年龄再领证。许星空上完大学时都二十二岁了，算是“老姑娘”了，因为上学晚嫁，还被亲戚们嚼过舌根。

现在，她的愿望就要变成现实了。用自己的钱做自己想做的事情，这是许星空自离婚以来，最开心的时候。

下了车穿过佳廷广场，到了后面的商业街。这条商业街叫和平街，挺长的一条，已经发展了七八年。佳廷广场不只是一个商业广场，还包括单身公寓与写字楼，周围高楼林立，人来人往，客流量很大。

现在是下班时间，和平街上摩肩接踵，陈婉婉拉着许星空好不容易才到了街口中间的一家店铺前。

这家店铺很小，仅有一米五宽，以前是卖鸡蛋仔的，现在废弃在那里了。门口站着些人，正在排队买旁边的烤面筋和炸鸡。

"让一让啊。"陈婉婉礼貌地让人群让开，两人走了进去。

虽然门口很窄，但里面别有洞天，因为店铺深入佳廷广场，所以里面的长度还可以，有五米左右。这个地方，完全可以做一个奶茶的台子，另外外面可以添几把高脚椅。

"这是老詹从朋友的朋友那里打听来的，原来的店主赌博欠了一屁股债，银行追了这间店铺。听说老詹想要，朋友的朋友先给留下了。"陈婉婉拍了拍墙面，说，"哎，这里的装修还可以哎，到时候装修不用太费事。"

"好。"许星空站在这方寸的地方，望着不太高的天花板，天花板上还有未揭掉的鸡蛋仔的广告。许星空弯了弯嘴角，想到自己马上就有一家属于自己的小店铺，心里充满了满足感和安定感。

"你既然满意，那我和老詹说一声，给你先留下。"陈婉婉领着许星空往外走，边走边说，"合同不着急，等你从文城回来后再签吧。"

"麻烦老詹了。"许星空说。

"客气什么？"陈婉婉斜了她一眼，豪放地说，"我老公就是你老公，除了不能陪你睡觉，其他的你随便用。"

说完，两个人一起哈哈大笑起来。

两人看完店铺，又聊到了大学室友想开奶茶店的事。回忆一涌上来，索性把吃饭的地方定在了她们母校夏大南门的一家小菜馆。这是她们寝室聚餐经常来的一个地方。

小菜馆地方不大，晚上来吃饭的学生倒是不少。她们两个大人坐在小菜馆的一个角落，菜上齐后，两人端着酒杯碰杯。

今天确定了自己的升职，陈婉婉最近悬着的心也算是放下了。再加上许星空被颜嘉琳看重，而且她想要投资的小店铺也有了着落，她现在格外轻松，高兴得不得了。玻璃杯内的啤酒还往外冒着细密的泡沫，陈婉婉就一口将啤酒喝完，将杯子往桌上一放，十分豪迈地哈了一声："这杯是祝贺你前途光明的！"

陈婉婉的阵仗颇大，许星空察觉到四周的视线，她将酒放在唇边喝了一口，麦芽啤酒的味道充斥着口腔，熏得许星空眼眶都红了。

“我那是没有的事。”许星空笑着说，声音小而轻。

“哎呀，你就别谦虚了。”陈婉婉又倒了一杯啤酒，说，“整个翻译部三十多人，嘉琳姐就选中了你，这就是对你最大的肯定了。”

许星空夹了一块鱼肉，轻轻咬着，无奈一笑。

“今晚咱们俩一定要喝个不醉不归！”陈婉婉说着，给许星空把杯子满上了。

陈婉婉心情好，许星空也就随她去了。她知道自己的酒量，一直把持着尺度，并没有喝多。其实她酒量还可以，就是皮肤容易红，看着像是喝了不少。

两人喝了半个小时，闲聊的话题从大学到了现在，陈婉婉已经有些醉意。她迷蒙着眼神，舌头也大了，端着杯子看着许星空，问道：“现在你在IO的工作稳定了，店铺的事也定下来了，以后准备一直待在夏城了吗？”

酒杯中的酒微微一晃，许星空抬眼看着脸颊带着红晕的陈婉婉，先是笑了笑，喝了口酒后，才说：“肯定会回淮城吧，我妈和星远还在那里呢。”

“那你总不能跟你妈和弟弟过一辈子吧？”陈婉婉眯着眼睛说，她脑袋有点沉，傻笑了一声，“你别太早下结论，说不定你以后在夏城遇到了你的Mr.Right，就嫁到夏城了呢？”

“嗯？”许星空愣了一下，随后又是一笑。

陈婉婉仍旧没有放弃让她嫁人的念头，许星空心中一根弦被拨动。她垂眸看着好友，笑了笑后，将杯子里的酒喝完了。

在陈婉婉的眼里，她什么都好，可就算她什么都好，又怎么能那么容易遇到相爱的人。就算遇到了相爱的人，两人的婚姻真的能走到生命的尽头吗？

她和王舜生，一开始也挺相爱的。

对于婚姻，陈婉婉有信心，是因为她嫁对了人。而许星空，比她要悲观得多。

陈婉婉最终还是喝醉了，当得上一句一醉方休。她的酒品不是很好，本就是泼辣性子，得了酒劲后，更加泼辣。

看陈婉婉趴在桌子上，许星空结了账，将她扶起来，出了小菜馆的门。陈婉婉刚刚给詹良庭打了电话，让他来接自己，詹良庭表示马上到，让她在路边等着。

许星空扶着陈婉婉，站在小菜馆门口的马路边。陈婉婉身材娇小，但醉后劲还挺大，许星空扶得有些吃力。

夜里风有点凉，吹着被酒烧热的脸颊，让许星空清醒了许多。她将怀里烂醉的陈婉婉往上拉了拉，把她喝醉酒的絮絮叨叨也拉了上来。

“星空啊，我不想……让你回……淮城，就想让你……在夏城，在我眼皮子……底下。我才能保护……你，不让别人……欺负你。你们全家……老实，所以……才被王舜生……欺负成这个样子。王舜生，老娘见了……他……一脚踢爆他！”

许星空：“……”

来来往往都是学生，陈婉婉撒着酒疯，声音很大，最后一句更是铿锵有力，一时间，周围的人都低声笑了。

许星空的脸微微一红，却并没有觉得窘迫。她低头看着醉得睁不开眼却仍然在骂王舜生的陈婉婉，心里像是被热酒烫过一样，熨帖而温暖。

“男人啊……”陈婉婉感慨着，最后一锤定音，“没有一个好东西。”

她最后一句话说完，一辆黑色的帕萨特就停在了两人身边，驾驶室里下来一个男人，正是詹良庭。

陈婉婉是个颜控，老公自然长得不错。詹良庭浓眉大眼高鼻梁，个子也高，透着一股老实巴交的帅气。

陈婉婉最后一句“男人没有一个好东西”被他听了过去，詹良庭叹了口气，朝着许星空尴尬一笑，有些无奈地走过来，将自己的老婆接了过去。

“怎么喝了这么多？”詹良庭埋怨陈婉婉。

陈婉婉听到詹良庭的声音，原本闭着的眼睛一下睁开了。她像孩子一样双手抱住詹良庭的脸，“哎呀”一声后，一下亲了上去。

“吧唧”亲了一口后，泼辣的陈婉婉瞬间变成了小鸡仔，双腿往詹良庭身上一盘，抱着詹良庭的脖子撒娇：“老公老公……我升职……嗝……那我……以后买衣服的……经费能多点吗？”

陈婉婉花钱大手大脚，所以她家里是詹良庭管钱。詹良庭在电力局工作，每个月的工资比陈婉婉要多出一半。说起来，陈婉婉和詹良庭虽然生了孩子，但他们的家庭支出，最多的就是哄陈婉婉，而她儿子詹佳康丝毫不在意，和他爸爸一起宠着他妈妈。

“行行行。”詹良庭嘴上埋怨，眼中却闪着爱意。他将车门打开，把老婆塞到了副驾驶座上，还体贴地给她喂了口水后，才将安全带给她系上。

将陈婉婉安顿好后，詹良庭才回过头来，见许星空脸红得厉害，以为她也喝了不少：“你上车，我先送你回家吧。”

许星空看着小两口，心里替陈婉婉开心的同时，也有一股被虐到了的心酸寂寥。她看了一眼副驾驶座上的陈婉婉，笑着摇了摇头，说：“你先送她回家吧，婉婉胃不好，喝多了酒……”

“对啊，她喝多了酒准吐。”詹良庭皱眉接了一句，心疼又无奈。

剩下的话被詹良庭说出来，许星空愣了一下后，又是一笑。

詹良庭见许星空没什么大碍，也就没再客气。今天他父母回老家探亲了，儿子自己在家，他也实在是不放心。

“那我先走了，康康自己在家。”詹良庭说完，补了一句，“康康说想星空阿姨了，有时间去我家玩啊。”

许星空刚来夏城还没找房子的时候，在陈婉婉家住了两天。陈婉婉的儿子长得挺可爱的，性格活泼开朗，特别黏人。

想起詹佳康，许星空心里软了一下，她点点头说：“好的，你们先走吧。”

詹良庭应了一声后就上了车，刚一上车，陈婉婉就扑过去要抱抱。詹良庭先是说了她一句，随后笑着抱了她一下，这才开车走了。

路灯下，黑色的帕萨特隐入滚滚车流之中。

车水马龙中，许星空孑然一身，望着来来往往的车流和人群，身上有些冷。

她没有马上回家，自毕业后，她好久没有回母校看过了。许星空决定去夏大走走，顺便醒醒酒。

许星空对自己的酒量拿捏得很好，微醺，但没喝醉。因为她知道，如果她喝醉了，根本没人来接她回家。

夜间风凉入骨，许星空裹紧风衣，穿过车流，走进了夏大的南门。

现在是晚上八点，南门进进出出的都是刚下晚自习的大学生。夏大规定，大一的新生必须上晚自习。今年上大一的学生，算起来不过才十八九岁，和她有整整十岁的年龄差。

重游故地，物是人非，许星空看着一张张稚嫩的脸庞，终究没有继续往里走。她走到了南门旁边的展览牌旁边的香樟树下，那里有休息用的石墩。许星空走过去，将风衣往怀中一拢，然后坐在了石墩上，看着来来往往的学生发呆。

喝了酒要是没喝醉，不但消不了愁，反而会将原有的愁绪放大无数倍。许星空双手撑在双腿之间，石墩的凉意渐渐透过衣服钻到她的身体内，就像是躲不开的孤独般，侵蚀了她的身心。

许星空抬起头，头顶是香樟树的枝丫和浓密的树叶。而再浓密的树叶中间，也有缝隙，透过那些缝隙，能看到漆黑的夜空中高悬的月牙和星星。

行星那么大一颗，在宇宙中也不过是零星的一点，就像她在夏城的茫茫人海中，也不过是一个陌生人罢了。

今晚的夜空很美，让许星空想起了那个夜晚。

灯火璀璨的夏城和黑夜中的星空映衬，男人眸中一片繁星。

手机的震动瞬间将许星空的胡思乱想打断，她回过神，刚被风吹凉的脸颊又添了一层燥热。

她怎么会想起那夜，想起那人……

她一定是疯了。

将手机从口袋中拿了出来，许星空看到了屏幕上跳动的名字和名字下的那串电话号码，她的双唇微微一合。

她还记得她第一次将他的手机号码输入手机时的场景。

当时他给她名片，她只淡淡地扫了一眼，就将他的电话号码记住了。因为他的电话号码与她大学四年用的电话号码，只有一位不同。

她的是“98”，他的是“88”。

也正是因为如此，所以她才能在明明心动的时候毫不犹豫地拒绝了他递过来的名片。

因为她知道，她想联系他，肯定会联系得上，她记得他的电话号码。

手机仍然在震动，将许星空飘散的思绪拉了回来。她晃了晃脑袋，明明没喝醉，思维却发散得厉害。

许星空自嘲地一笑，按了接听。夜风凉如水，许星空一张嘴，牙齿打了个战：“喂。”

手机里传来熟悉的吧嗒声，钢笔帽盖住了钢笔，男人结束了一天的工作。他听得出许星空是在外面，将领带扯开，淡淡地问了一句：“在哪里？”

“夏大。”许星空说，她低着头盯着自己的脚尖，抬起来又落下，“我和朋友喝了点酒。”

扯领带的动作一顿，手指指节微微弯曲。怀荆将领带扯下，放到办公室桌上。办公室内再无一人，只有几盏灯与他相伴。他站在落地窗前，透过反光的玻璃窗，眸色沉沉地看着楼下如流星般的车流。

“你朋友呢？”怀荆问。

“嗯？”许星空似是没听懂，脑子慢了半拍后才说，“她老公接她回家了。”

舌头微微舔过下唇，怀荆眸中泛起了星光，他伸手解开领口的衬衫扣子，头微微歪了歪，玻璃窗中，男人嘴角上扬，轻佻而张扬。

“你呢？”怀荆问。

“嗯？”许星空又是慢了半拍，她蹙起眉，拍了拍自己的脑袋，说，“我一会儿自己打车回家。”

“行。”怀荆淡淡应了一声，挂断电话后，拿了车钥匙出了门。

男人这通电话挂得干净利落，听着线路里的忙音，许星空杂乱的脑子里突然一个激灵。她将手机放在眼前，看着显示对方已经挂断的界面，心中一凉。

这一凉，凉得她有些莫名其妙。

难道，她心里希望他来接她不成？

许星空虚虚一笑，看着地上的落叶发呆。虽然是落叶，但叶面还是绿色的，估摸着是扛不住这风，所以才被吹了下来。

发呆最能打发时间，许星空脑子里乱糟糟地想着事情，这是她离婚后喝的第一场酒，所以回忆自然就从王舜生开始。越想心中越是悲凉，待又一阵风吹过来，她冻得一个哆嗦，缩了缩肩膀。

在她缩肩膀的时候，一件衣服从天而降，温暖将冷风隔开，熟悉的温度和熟悉的味道，一瞬间将她包裹在一方天地之中。

许星空一愣，她感受着衣服上原有的温度像小鱼苗一样顺着她的肩膀和后背钻进她的身体。这种温暖太过熟悉，最近几乎每晚醒来时她都能感受到。

许星空的心怦然一动，恍然做梦一样，她抬起头，对上了一双浅褐色的眼睛。

怀荆只穿了一件浅灰色的衬衫和黑色的西裤，衬衫扎在腰间，上半身高大，下半身修长。高大颀长的身体站在校门口灯光的阴影之中，笔直挺拔，与夜幕融为了一体。

他微低着头，侧脸被校门口的灯光打了一层阴影，五官显得越发深邃。白皙的肤色在黑影中尤为显眼，她能看得清他凸出的眉弓、高挺的鼻梁和上挑的嘴角。

他在笑，外人眼中他笑得清冷稳重、斯文优雅，但在许星空的眼中，他的笑轻佻张扬。她对上他浅褐色的双眸，看着他眼中那层淡淡的笑意，有些移不开眼。

当看到他的笑意渐渐加深时，她目光一颤，将视线别开。耳垂和脸颊渐渐变红，她低下头，双唇微动："你怎么来了？"

"你让我来的。"男人嗓音低沉，隐入这夜色，更添一丝性感。

被他的话说得有些莫名，许星空心里一急，想了她与他的通话，她丝毫没有让他过来的意思。

而他向来是喜欢捉弄她的，许星空闷声闷气地反驳道："我没有。"

"没有？"怀荆尾音一扬。

他的反问，让许星空的心一提，重新回想了一遍后，许星空底气十足地抬头说："没有就是没有。"

"你说你朋友被她老公接回家了。"怀荆沉声道。

"啊？"许星空疑惑地看着怀荆，老老实实点头承认，"这个我说过。"

男人嘴角一压，垂眸看着仰头看他的女人，目光一柔，说："这句话的意思不就是'别的小朋友都被老公接回家了，我的老公什么时候来接我啊'？"

男人说这话时，面不改色，许星空被唬得一愣。她看着男人眸中的笑意渐渐加深，皱起了眉头。她将头低下，小声地埋怨道："你别开玩笑了。"

怀荆眼尾一挑，双腿站直，腰部微弯，低头看着女人轻声一笑："好，我说实话。"

许星空心下一动，重新将头抬了起来。男人的神色认真严肃，连轻佻的目光也变得庄重了些，深沉如水。

他微微张了张唇，语气郑重："其实是咪咪给我打电话，它说它饿了，让我来接你回家喂它。"

等最后一截话出来时，怀荆眼中的深沉被浮上来的笑意掩盖，他嘴角微扬，微笑着看着女人的反应。他以为她会红着脸，气急败坏，眼含嗔意地看着他……想到这时，男人的心像是被小猫挠了一爪子，痒得很。

然而许星空并未表现出他预料的模样，她的表情也没有他想的那么生动，反而有些呆呆的。她茫然地看着面前笑着的男人，笃定地摇了摇头，说："你骗人。"

怀荆眸中的笑意一顿。

石墩上的凉气透过衣服传递到身体内，许星空冻得站了起来。坐得双腿有些僵，她还小小地踉跄了一下，最后站稳在男人的身边。

男人尽管穿得很少，但到他身边时，许星空只觉得脸都被他烧得有些烫。

她站在男人的面前，抬头仰望着他，十分认真地说："咪咪才不会给你打电话呢，它讨厌咬人的小狗。"

"咬人的小狗"这个称呼，让原本笑着的男人微张了张唇。他嘴角一压，低头看着身前认真看着他的女人。她似乎对这个称呼很满意，一双漂亮的圆眼睛里，像是装了整片星空。

怀荆沉声一笑，手指顺着女人温热的脸颊划过，最终，捏住了她的下巴。他手指微一用力，尾音一扬："是吗？"

下巴被捏得又疼又痒，许星空的脑子变得清醒了些。意识到自己刚才说了什么，红晕悄悄爬上她的脸，许星空挣扎着下巴想要躲开。但她还未挣扎成功，男人就低头吻了下来。

怀荆吻上来时，怀里的女人动作一顿。他右边嘴角上挑，微张开嘴，牙齿在女人温软的唇上一咬。女人目光一动，霎时间红了眼眶。她睁大眼睛看着他坏笑着离开，舌尖舔了舔唇，竟然留下了牙印。

怀荆看着她柔软的舌尖收回嘴里，喉结微动，垂眸注视着她嘴角上的牙印。他凑到女人耳边，在她下意识想逃跑时，手扶住她的腰将她拢进了怀里。

他在她耳边轻笑，说："那小狗先咬你一口。"

直到去了怀荆家，许星空才知道什么叫"先咬你一口"，这代表着未来还有好几口要咬。

他竟然在她手背上都咬了两口，牙印很浅，但有一小片青紫，看着就像是深吻留下的，衣服袖子盖都盖不住。

许星空洗完澡，穿上衣服后走了出去。

男人也起了，精神焕发，站在窗边，正在扣袖扣。他的手指修长灵巧，将扣子扣上，袖子圈住了他白皙的手腕。手腕因为弯折，凸出了一小块腕骨，精致好看。

许星空算不得一个手控，但男人的手太过漂亮，她也不禁多看了两眼。待他将袖口扣好，略歪着头，扬着一边嘴角看她时，许星空回过神来，想起了自己要说的话。

“你以后不要咬我了。”虽然是控诉，但许星空这话一说完，男人眼尾略一上挑，她就有些承受不住，声音越来越小，“我……我都遮不过来了。”

怀荆慢条斯理地将领带打好，抬眸看着对面的女人，挑唇一笑：“你让我咬的。”

许星空眼皮一跳，气血有些上涌。她看着男人的笑，觉得他血口喷人的本领越发高超了。她皱了皱眉，摇头否认：“我没有。”

领带微微一拉打好，怀荆拿起外套，信步走到许星空面前。

他腿长个子高，和许星空平视时需要微微弯腰。他弯腰身体前倾，靠在了许星空的耳边，声音低沉磁性，像是一根狗尾巴草擦过了她的心脏：“谁昨晚说我是小狗的？嗯？”

最后一声尾音，将许星空说得心下一悬。她昨晚虽然喝得有些迷糊，但对于昨天的事情还是有印象的。

许星空虚虚地低着头，耳垂渐渐变红，竟无法反驳。

怀荆见她半天没吱声，沉声一笑，直起了身。在他离开的一瞬间，女人轻声念叨了一句：“那也不能说你是小狗你就咬人啊。”

男人一哂，微一低头，问道：“你说什么？”

“没什么。”许星空摇头，抬头看着他，并岔开话题，“我今晚不过来了，明天要出差，得回家收拾行李。”

眼眸垂下，怀荆问：“去哪儿？”

揉了揉眼睛，许星空说：“文城。”

怀荆问：“几天？”

提到几天，许星空带了笑，抬眼看着怀荆说：“三天。”

女人的神色里带着掩饰不住的开心，连眼睛都睁圆了，漆黑发亮。

怀荆定住身体，歪头看着许星空，皱眉问道：“你很开心？”

这点许星空倒是没掩饰，她点头说：“嗯，跟嘉琳姐一起去，可以学到很多。而且……”

怀荆：“嗯？”

许星空头一低，声音陡然变小："而且，这两天可以养养被你咬的伤……"

许星空说完，脸已红了大片。她赶紧拿起外套准备去上班，胳膊却被男人拽住了。

怀荆低头看着她，神情晦暗不明："……我听到了。"

许星空："……"

翻译的工作是随着公司的工作展开的，既然这次公司工作的地点选在茂白温泉，就说明了这次工作也掺杂了游玩性质。在公司高层休息的时候，许星空她们也可以泡温泉。她先前从没泡过温泉，心里还蛮期待的。

许星空和颜嘉琳是公司指派的车把她们送去文城的，文城在夏城南边，两座城市相距四个小时的车程。等她们到文城的时候，已经是中午了。为了不耽误翻译工作，她们是提前到的，今天下午才有正式的洽谈工作。

文城的茂白温泉坐落在文城远郊的茂白山的半山腰上，茂白山在这个季节仍然郁郁葱葱。漫山遍野都是翠绿的竹林，从远处看去，隐于水雾之间，颇有些武侠电影中的感觉。

茂白山并不平坦，山上有泉，顺着中间凹陷的山坳，泉水冒着热气顺流而下，纯白色的水花四溅，别有一番风情。

文城不愧是古城，在这山水之间，就算有茂白温泉这样的商业化场所，但它自带的文化韵味，仍然能将这商业气息压下去，散发着悠然恬淡之气。

许星空站在山脚下，心渐渐地静了下来。

茂白温泉的装修还是遵循了文城特点，古风古韵，大气怡然。进大厅办了入住手续，颜嘉琳将手上的房卡递给许星空："你住我隔壁。下午四点，业务部的杨部长会带TIE集团业务部的Felix一行人参观文城茶艺。到时候现场翻译由我来，你负责记录。"

接过房卡，许星空点头说："知道了，嘉琳姐。"

交代完毕，颜嘉琳回了房间休息。许星空拎着行李到了自己房间，插入房卡后将门打开了。

许星空住的房间是普通的大床房，这种房间一般是给只泡公共温泉的人住的。虽然是个大床房，但也比外面酒店的好很多。

房间的装修风格和外面的装修风格一致，透着股安然沉静的气息。房间里并没有床，因为温泉地热资源丰富，所以可以直接睡在地上。干净整洁的被褥铺在木质地板上，许星空脱了鞋踩上去，温暖从脚心钻到身体里。

除了被褥之外，房间的陈设很是简单。床头有个膝盖高的柜子，柜子上放着一套茶具和一个奶白色的花瓶。花瓶瓶口缠着麻绳，里面放了一株塑料的蜡梅，给略显朴素的房间添了些色彩。

现在才下午一点，阳光透过木窗斜斜地照了进来，在铺陈好的被褥上留下一个规则的方形光芒。

许星空将资料拿出来看了一会儿，阳光照得她有点懒洋洋的。不一会儿，她就闭上眼睛睡了过去。

三点半，闹铃将她吵醒，许星空收拾一下出了门。出门时刚好碰到颜嘉琳，她抬眼看了看许星空，淡淡地说："走吧。"

许星空赶紧跟了上去。

茂白温泉的商务区和酒店是分开的，两个地方通过一条长廊连接。待下了长廊，两人走进了一个不宽不窄的门。而进门之后，却是别有洞天。

商务区是连廊型建筑，连廊围绕着一汪温泉。温泉内有假山，假山上氤氲着水汽，像是腾云驾雾的仙山一般。

文城本就比夏城靠南，在这个季节加上温泉的温度，还是有些热意的。许星空走得急，脸上泛着红，看上去像是很热。

下午先从参观文城茶艺开始，将客户招待好，是谈生意前的基本工作。

其他人一会儿就到，颜嘉琳带着许星空先去了走廊尽头的茶艺室。

刚到茶艺室玄关，许星空就闻到了清新的茶香。茂白山盛产绿茶，再加上深厚的文化底蕴，茶艺文化很是宏大。

脱掉鞋子，戴上鞋套，两人走过玄关，进了茶艺室。茶艺师是个三十几岁的清秀男人，此时正端坐在古木桌前，面前整整齐齐地摆放着一整套茶具。

那套茶具看上去十分精致，想来应该是套老古董。

过会儿翻译的时候，肯定要将茶艺师的话翻译出来。颜嘉琳盘坐下和茶艺师交谈，许星空走到一边，拿起了茶艺文化的宣传册。

颜嘉琳和茶艺师说了一会儿话后，就起身出了门，房间里只剩下许星空和茶艺师。她将宣传册拿在手里，走到茶艺师身边，蹲了下去。

“您好，我叫许星空，是颜部长的助理。”许星空先自我介绍一下后，将宣传册打开，问道，“您过会儿要操作和介绍的内容，包括这些吗？”

“我叫林致。”茶艺师先笑着做了自我介绍，随后扫了一眼宣传册，“有部分是这上面的内容。”

许星空抬眼看着他，笑了笑，说：“好多。”

说着，她看了一眼林致的手，他人长得儒雅，手也格外好看。手指瘦而不柴，长而不钝，骨节分明。应该是常年摸茶的缘故，手指指尖有些沉绿。

“您做了很多年了吧？”

“嗯。”林致点头，和许星空闲聊，“大学毕业就开始做了。你们是从夏城来的？”

颜嘉琳经常来茂白温泉，林致应该是认得她。许星空点头笑了笑，说：“嗯。”

“我大学是在夏城读的。”林致饶有兴致地和许星空闲聊，“夏大。”

听到“夏大”两个字，许星空翻着宣传册的手微一顿，她抬眸看着林致，笑着说：“我也是夏大的。”

没想到遇到了校友，两人皆吃了一惊，吃惊过后，相视一笑。

在许星空和林致闲聊时，外面传来了说话声。说话的声音很小，许星空听得出是纯正的德语发音，应该是德国的客户到了。但她同时又觉得，这声音有些熟。

待声音从玄关到了正室，许星空抬头看向门口。刚才和林致交谈的笑意还未退去，当对上门口为首的那个男人的目光时，许星空心下一突，从林致身边站了起来。

怀荆正和旁边的德国人说着话，他刚进门时眼尾在许星空身上一扫，扫到了许星空和茶艺师说话，正笑着的嘴角微微一压。在许星空起身时，他将目光收了回来，仿佛根本没有注意到她。

颜嘉琳从门口走进来，不慌不忙地和 TIE 集团的几个人握手寒暄，她刚准备开始翻译，站在一边的怀荆突然说了一句："让她来吧。"

被点名的许星空拿着宣传册愣在了当场。

颜嘉琳的视线在两人身上游走，片刻后，听从了怀荆的安排，对许星空说："星空，你来翻译。"

"好。"许星空说。

站在怀荆身后，男人漫不经心地斜了她一眼，声音沉沉："新来的？"

许星空抿了抿唇，点点头说："是。"

怀荆眼皮略略一压，淡淡地说："简单介绍一下就行，别紧张。"

第五章

想一直买糖给你吃

“好。”许星空说。

男人公事公办的语气，让许星空有些摸不着头脑。可面对这么多人，说不紧张是假的。许星空尽量做到不卑不亢，简单介绍了一下茶艺。

她的德语口语并不算好，甚至带了些淮城方言里的嗲气，翻译时偶尔因为一两个词语错掉，颜嘉琳提醒她两句的工夫，她脸已经红了。

怀荆的视线落在女人的耳后，目光渐沉。

许星空介绍得虽然简短，但都是干货，在茶艺师演示时，一行的德国人眼中掩饰不住的钦佩和赞叹。

颜嘉琳在许星空快招架不住时将她替换了下去，因为现在是提问时间，怀荆也退后在一边，站在了茶艺室的窗台边上。他身体笔直修长，侧脸精致深邃。阳光打在他脸上，浅褐色的眸子被照得格外通透，连睫毛都被照得闪闪发亮。

“宣传册拿来我看一下。”怀荆转过身体，向许星空招了招手。

“好的，怀总。”许星空应了一声，拿着宣传册走了过去。男人身材高大，将窗外的阳光堵住，她站在阴影中，没有丝毫暖意，但脸越来越红。

男人将她手中的宣传册拿了过来，随意地翻看了两页，视线却未在宣传册上停留。他将宣传册合上，垂眸看着女人渐渐变红的耳垂，沉声问：“很热吗？”

“啊？”许星空一愣，她抬头看着男人，他目光清冷深沉，许星空看不透他。她微微抿了抿唇，将袖子往下拉了拉，盖住还没消掉的牙印，说，“不热。”

鼻间轻哼一声，怀荆将宣传册重新打开，他的视线落在宣传册上，漫不经心道：“不热就好。”

许星空眉头一皱，她抬眼看着面前正在看宣传册的男人，有些气不打一处来。她戴围巾还不是因为要盖住他咬的牙印，他还好意思问她热不热。

身边女人的呼吸渐渐急促，仿佛是在生着闷气。怀荆听着她的呼吸，垂眸看着茶艺宣传册，原本压着的嘴角轻轻一挑，阳光在嘴角边打了一个柔软的阴影。

“好好遮着，说不定今晚还有新的。”

许星空：“……”

许星空抬眼看着男人，一双圆眼中稍有愠意。她张了张唇，似是要说出什么狠话来。然而最后，她却只是轻瞪了他一眼，用只有两人能听到的声音说了句：“我不同意。”

这句话，说得像是冰锥掉进了热水，只溅了个水花就被融化掉了，实在是没什么杀伤力。

阳光下，男人眉心皱紧，唇边的笑意却越发深了。

茶艺鉴赏是国内的东西，需要IO这边的翻译介绍给TIE来的人。除此之外，颜嘉琳和许星空主要负责的是将对方说的话翻译成汉语给本公司的人员。

茶艺鉴赏结束，一行人步入正题，到会议室洽谈工作。其实与TIE集团的合作，大面上的一些事情已经谈妥并签了合同，只有一些小方面的问题需要重新商讨。本来业务部就能应付，没想到怀荆竟然亲自来了。

怀荆虽然来了，但会议的主持仍然是业务部的杨部长。怀荆坐在为首的位置，慵懒地靠在椅背上，浅褐色的眸子淡淡地盯着手中的文件，微屈着手指漫不经心地翻看着。

他的领带扎得结实工整，西装衬衫剪裁得体，气质斯文清冷。会议全程他都没有说话，只是坐在那里，沉稳内敛，格外出挑。让人一眼就能看出，在这场会议中，他才是最终的决策者。

许星空做着记录的时候，眼尾偶尔会扫到他，每每这个时候，许星空就想起他在茶艺室说的话。

许星空倒是没有被威胁到，毕竟两人如若发生关系，也需要她同意才行。

男人的霸道在两人的交往中越发凸显，许星空明显感觉得出，她的意愿在男人的行动下变得十分薄弱。这并不是她的初衷，毕竟一开始他们两人是各取所需的。而现在，倒像是怀荆予取予求。

她出差是来工作的，不是和他出来度假的。

想到这里，许星空渐渐有了些底气。

不过，怀荆倒真像是来度假的。

会议结束后，也到了晚餐时间。晚餐结束，大家解散，许星空先行回了房间。

回到房间后，许星空就收拾东西去了茂白温泉的汤馆，她来文城之前，就提前预订了一间单独的小温泉。

小温泉的规格是三人以内，许星空自己一个人泡，不但宽敞，还避免了身上的咬痕被别人看到的尴尬。

整个茂白温泉的建筑呈三角形，酒店、商务休闲区和汤馆，在三角形的三个交点上。汤馆在茂白山最深处的那个交点，三个地方均由长廊连接，许星空从酒店区穿过长长的走廊到了汤馆。后来服务员引导她，去了她预定的小温泉包房。

到了包房门口，许星空拿着房卡开了门。门一开，热气扑面而来，许星空被糊了一脸的水汽，脸被熏得微微发红。她推门走进去，看到了小温泉包房内部的样子。

温泉小包房的房间不大，也就十平方米左右。进门就是更衣橱，正中央是石头堆砌起来的圆形温泉池。温泉池里面有清水淋浴，房间最里面，则是窗户。

小温泉内的温泉水是活水，通过一根竹筒连接着屋内。竹筒从窗户旁边插进来，竹筒内是引流来的温泉水。

在引流进新的温泉水的同时，温泉池内的旧温泉水也在往外排出。

这样的设计既简单，又干净便捷。

许星空自己一个房间，索性将衣服全部脱掉了。温泉水的水温在四十度以上，房间内氤氲着烫人的蒸汽，像是蒸桑拿一样，许星空已经出了一身汗。

将衣服脱掉后，许星空先将脚伸入了温泉池。温泉池内水温比体感温度高，有些烫。许星空刚伸进去的脚往回一缩，动了动脚趾后，又重新伸了进去。

待身体慢慢适应了当前温度，许星空将整个身体泡入温泉水中，长舒了一口气。

温泉池是用石头堆砌的，温泉池下也是如此，既增加了美感，又保持了水温。许星空身体刚进来，平衡没把控好，一屁股坐在了温泉池下。滚烫的石头烫得许星空身体一颤，她连忙爬起来。然而刚刚那一下，虽然烫，却又十分舒服。许星空泡了一会儿，适应了温度后，索性坐在温泉池底，再也没起来。

温泉带来的舒适和惬意，容易让人发呆。

许星空的头脑渐渐慵惰，她抬头看向了天花板。

天花板上，有一盏用一幅出水芙蓉画做的灯。灯内时不时有黑影摆尾而过，像是芙蓉池中嬉戏的锦鲤。

等这次出差回去，年前就不会有这么放松的时候了。签了合同，奶茶小铺开始装修，装修好后要招聘员工。培训加运营，一套下来要几十万。

先不说盈利，许星空甚至连店铺的回本期都没有算过。若是未来店铺还没回本，她就回了淮城，那这次投资就是竹篮打水一场空了。

想到这里，许星空突然想到了一个问题。

她还会在夏城待多久？

她现在在夏城的生活，像是待在悬崖上的安乐窝，舒适满足，却又充满了不确定。她随时可能掉下来。掉下来的时候，就是她回淮城的时候。

许星空打心底里不想回淮城，越是在夏城这种繁华的地方，越是能体会到淮城那封建保守的腐朽之气，压得她喘不过气来。

可淮城有她最亲密的母亲和弟弟，夏城没有。

温泉水的水温太高，不一会儿许星空就有些口干舌燥，但身体内的困倦和疲乏倒是消掉了许多。虽然水温很高，许星空却仍喜欢泡在里面。看来，她真的是年纪大了。

低头看了一眼身体，被泡到的地方红得厉害，甚至掩盖住了男人咬的牙印。再泡下去，皮肤该烫伤了。

许星空冲了个清水澡，换了衣服后出了汤馆。汤馆内人还不少，许星空抬腕看了一眼时间，才不过晚上八点。

既然出来了，就好好放松放松，许星空没着急回去。找到茂白温泉的平面示意图，许星空看到有一条古街，后面跟着的介绍是说卖一些特产和小玩意，她起了兴致，朝着古街的方向去了。

相比白天，茂白温泉的夜晚更有古色古香的韵味，灯笼一开，柔和的灯光笼罩了古建筑一样的大厅，格外有意境。

大厅尽头，是两扇敞开的镂空窗木门。许星空抬腿迈出去，木门外一条长街，一眼望不到尽头。

古街都是由一些大大小小的商铺连接起来的，商铺的装修也遵循了古法，古木的门面，旌布的招牌，每家店铺的左右都悬着两个灯笼。

那晚和陈婉婉喝酒，陈婉婉就提过她儿子想她了。这次回去她也该去看看康康了，礼物索性就在这里买了吧。

这里卖小玩意的很多，许星空看中了草编。刚要走到草编的摊位前，许星空鼻子一动，闻到了一股甜味。

她转身一看，身后的摊位上，一个女人拿着一勺子熬制好的糖稀，正在画糖人。

许星空嗜甜，平时去超市都会买糖给自己吃。她走到画糖人旁边，看了一眼图案，挑了一只蝴蝶，对摊位的女人笑着说道：“给我画这个。”

糖人很快做完，许星空付钱后将蝴蝶糖接了过来。画糖人的糖稀是褐黄色的，在灯光下是透明的，十分好看。

许星空将蝴蝶糖放在嘴边，轻轻舔了一口，眼角一弯。

真甜。

许星空吃糖的时候，手机响了。她拿出来一看，是颜嘉琳打来的。

“嘉琳姐。”

“林玮瑜过来了，你去做她的翻译，跟一下现场。”颜嘉琳安排道。

许星空甜得舌头一麻，但随即反应过来，说：“好，在哪儿？”

“在琴艺室，怀总和Felix也在那里。怀总这次过来，主要是和TIE那边确认珠宝代言人。”颜嘉琳简单解释了一下。

怀荆这次来竟然是为了代言人的事。

她先前还以为他是来度假的，果然公司高层没有她想的那么悠闲。

“好，我马上过去。”许星空回答道。

她记得在茶艺室观赏茶艺的时候，偶尔能听到两下古筝的琴声，琴艺室好像就在茶艺室隔壁。

“林玮瑜是怀氏那边定的代言人，你说话做事都谨慎点。”颜嘉琳最后叮嘱了一句。

许星空明白颜嘉琳的意思，林玮瑜是怀氏集团内定的代言人，那必定与怀氏集团的高层有关系。她不过是怀氏集团子集团里的一个小翻译，在对待林玮瑜上可不敢有半点马虎。

离开古街，许星空朝着琴艺室走去。怕耽误翻译工作，怠慢了林玮瑜，她是一路小跑着过去的。等到了琴艺室门口，许星空平复了一下呼吸，推开门走了进去。

她刚到玄关，就听到琴艺室内传来的泠泠琵琶声。玄关和琴艺室隔了一张屏风，屏风后有人在用德语交谈。声音很小，很快被卷入琵琶声中。

琴艺室有种乐器的香气，是那种沉沉的古木香气，清淡怡人，而且安神。

古人果然高雅。

许星空穿过玄关，走了进去。

琴艺室和茶艺室的格局差不多，只是表演的台子比茶艺室要大一些。现在台子上，一个身着汉服的女人正在弹奏着琵琶。琵琶遮住了她半张脸，只能看到她一双潋滟的杏眼，柔媚多情，温婉迷人。

许星空一进门，怀荆就像感应到了一般，身体未动，眼睛却斜看了过来。她好像是跑过来的，胸脯微微起伏，皮肤白中透红。

女人正看着台上，侧脸俏丽温柔，她手上还拿着一个画糖人。糖人在灯光下投了个影子，黑色的轮廓显现出来，是一只缺了一小片翅膀的蝴蝶。

那缺掉的一小片，显然被她吃掉了。

“喜欢吃糖？”怀荆看着她手中的糖人，轻声问了一句。

从琵琶声中回神，许星空低头看了一眼手上的糖人，眼中一慌，小声说了句对不起后忙走到玄关处的垃圾桶前，将糖人扔掉了。

扔完糖人回来，看台上表演结束，许星空低头和怀荆说了一句：“我去化妆室接一下林小姐。”

后台有单独的化妆间，许星空站在门口敲了敲门，林玮瑜的助理开了门。

许星空先对助理礼貌一笑，随即自我介绍道：“您好，我是IO集团翻译部的，来给林小姐做翻译。”

助理抬眼看了看她，淡淡地说了一句：“知道了，先在门外等着吧。”

说完，就将门关上了。

既然对方让等，许星空也就没有催。林玮瑜毕竟是明星，该有的架子还是要端着。

林玮瑜是选秀出身。

她当年参加了一个电视剧的海选节目，得了全国第五。当年那部电视剧挺火的，她在里面扮演女三号。

女三号的人设和她本人挺相符的，再加上角色讨喜，林玮瑜算是小火了一把。

然而这部剧后，她接了几个剧本都没有热度。现在在娱乐圈，林玮瑜的咖位勉强算是二线。

今晚颜嘉琳说林玮瑜要来，许星空只愣了一下就很快反应过来。这是因为林玮瑜要做IO与TIE联合珠宝代言人的事情，在中秋节前就已经传开了。

当时公司里传得沸沸扬扬，都说林玮瑜和怀荆有关系。说怀荆为了捧她，才把这次将可以把知名度推向国际的机会给了她这个二线小明星。

当时，许星空和怀荆已经有联系了。陈婉婉把这条八卦讲给她听时，她和陈婉婉说她不相信。陈婉婉知道她向来不关注八卦，见她突然对这件事情上心，还追问过她是不是知道内幕。

内幕许星空自然是不知道，不过怀荆那时几乎天天都接她去过夜，应该是没有什么精力去和林玮瑜发生什么吧。

想到这里，许星空的脸微微一烫。

这时，化妆间门开，许星空听到开门声，起身看向林玮瑜，冲她一笑。

林玮瑜已经将表演的汉服换下来了，只穿了一身黑色的长裙，脖子、耳朵和手腕上，都佩戴着IO和ITE合作款的珠宝。

她气质清纯，五官素净，而IO和TIE的联合珠宝则偏奢华，她佩戴着这么一套，虽然有点违和，却也别有风味。IO的人也不傻，尽管是怀氏那边定的，但如果砸了招牌，他们也不会用。

林玮瑜看到许星空，略带歉意地一笑，说："不好意思啊，让你等了这么长时间。"

许星空淡笑，走到前面说："林小姐请吧，怀总他们还在等着您呢。"

林玮瑜刚和她说话的时候，靠着她比较近，许星空闻到她身上有股香烟的味道，很淡，被香水味道盖住了。

林玮瑜走的是清纯玉女的人设，没想到竟也抽烟。不过娱乐圈里的明星，压力都很大，抽烟减压都是小事。

今天时间本就不早了，林玮瑜出去后，和Felix简单认识了一下。

Felix 在夸奖林玮瑜上毫不吝啬。当许星空将那些不重样的夸法翻译给林玮瑜听时，林玮瑜不好意思地谦虚着，脸都没红一下。

大家闲聊片刻，敲定了林玮瑜代言珠宝的事情。代言一敲定，林玮瑜完成任务，准备去赶下个通告。Felix 忙了一天，也准备去休息。大家就这样准备散了。

许星空与Felix和林玮瑜两人告别后，工作就算完成了。她转身准备走，忙活了一天，她也该回去休息了。

然而她刚一转身，站在 Felix 身边的怀荆就叫住了她："我们顺路，一起。"

许星空脚步一顿，回头看了一眼。

叫住许星空后，怀荆用德语和 Felix 聊了两句。怀荆和 Felix 说了一些明天玩得开心、以后再见之类的话，听那个意思，倒像是不会继续陪着 Felix 了一样。

Felix 今天显然是玩得挺开心的，和怀荆拥抱了一下，就和自己手下的翻译先行走了。待他们走后，怀荆信步走过来，站在了她的身边。

男人高大的身影将她盖住，许星空感受到了一丝压迫感。

"走吧。"

想到怀荆是因为代言人的事来的文城，许星空也没必要草木皆兵。她抿了抿唇，跟了上去。

男人腿长，走路很快，许星空在后面要小跑着才能跟上。两人一路无话，倒真像是结伴一起走的陌生人。

但走着走着，许星空察觉到了不对。现在两人走的路线，并不是回她房间的路线。许星空急赶了两步，跟上怀荆后，轻喘着气说："怀总，我的房间不在这边……"

两人说话的工夫，又走了一截路。听许星空说完，怀荆神色未变，他轻轻地应了一声，然后抬腿走出了一扇门。

许星空随着他一同走了出去，满眼温柔的灯光让她呼吸一滞。

他们到了古街。

许星空站在古街门口，抬眼望去，男人的身影已经到了画糖人的摊位前。灯笼里橘黄色的光芒幽幽地洒在他的身上，将他笼罩进那片温柔之中。

他垂眸看着画糖人的摊位，上挑的双眸随着摊主手上的糖勺转动。侧脸轮廓精致，像被灯光镀了一层金边，长卷的睫毛微颤，眼睑上那半圆形的剪影也随之一动。

画糖人的速度很快，摊主将糖人画好后递了过来。男人沉声道谢后，接过了糖人。而在这时，他才将脸转了过来。眉弓高耸，桃花眼上挑，鼻梁挺直，深邃的五官被柔光打碎，迷人得让许星空移不开眼。

待视线与许星空对上，男人眼尾一挑，眸中的清冷也被灯光中的温柔中和掉了，他右边嘴角一扬，笑着走了过来。

这一笑，让站在原地的许星空心下一动。她的心像是被什么敲了一下，碎了一地的糖渣，甜得她有些睁不开眼。

待他走到面前，许星空才看清楚他手里糖人的图案，是她在琴艺室扔掉的蝴蝶。许星空双眸微动，她看着男人拿着纸巾垫好木棍，修长的手指骨节微微泛白，然后将糖人递给了她。

许星空接过来，将糖人放在嘴边，轻轻含了一下。甜丝丝的，甜得许星空心都软了一片。她拿着糖人，一双圆眼清澈透亮。

怀荆垂眸看着她，叮嘱道："吃太多糖会牙疼。"

提到这个，许星空倒是承认，她舔了舔唇上的糖渣，有些无奈地说："我经常吃得牙疼，但还是想吃。"

怀荆看着她像仓鼠一样一点点将蝴蝶翅膀咬碎，轻笑一声，说："和我一样。"

许星空含着糖抬头看他。

对上她的视线，怀荆眸中笑意更深，他说："我吃你也甜得牙疼，但还是想吃。"

咬着糖的牙呲地一疼，许星空耳根一红，她目光慌乱，转身朝着大厅走，边走边说："我该回房间了。"

许星空刚走了两步，怀荆就叫住了她："你落了一样东西没带。"

"啊？"许星空茫然回头，查找一番后，抬头看着男人，询问道，"忘了带什么？"

他信步走到女人身边，垂眸看着她，用食指指了指自己，说："忘了带我。"

因为一根蝴蝶糖，许星空的身上又多了几枚新鲜的牙印。

新的牙印在沉睡了一夜后，第二天清晨往往会比较痒。

许星空微眯着眼，房间内窗帘开了条小缝，柔和不刺眼的一小截阳光，悄悄地从窗台爬上了床。

现在是在怀荆的房间内，他的房间是套房，就算是卧室，也比她的要大得多。细细听着，还有沉沉的水声，是房间自带的温泉落水时发出的声音。

许星空纤细的手指在背上爬了两下，再往痒处爬的时候，她怎么也爬不动了。她痒得有些着急，睡眼渐渐睁开，眼眶微红。

在她手指跳跃的时候，一只骨节分明的手覆盖在了她的手上。那只手比她的手刚好大了一圈，将她的手压在手掌下，修长的手指微曲，在她痒的地方轻挠了一下。

被手心覆盖住的手指，感受到了男人的体温。许星空手指一僵，将手抽回，只留下男人的手在她的背上。

男人的指尖在让她痒的那一抹红上轻轻一敲，周围白皙的皮肤像水中被滴入了染料，渐渐被红意侵略。

"一颗糖咬一口。"怀荆沉声说道。他的目光顺着女人的后背向下，渐渐到了她收拢的腰间。他手指随着他视线移动，轻巧地在那几抹新红上点了一下，公平公正地说，"我还欠你三颗糖。"

听了他的话，女人身体微颤，她躬起蝴蝶骨，背中凹陷，将身体和男人的手指分离了。

许星空喉头一动，虽然离开了男人的手指，但她仍旧有些愤愤。她眉心皱了皱，轻声说："我不同意。"

身后，男人喉间溢出一声笑，声音沙哑磁性："你说什么？"

许星空睁开眼睛，将身体转了过来。她看着面前的男人，还未说话，脸就红了，她重复了一遍，声音稍微大了些："我不同意。"

"哦？"怀荆尾音一扬，视线漫不经心地在她身上游走。最后，他眼尾一挑，对上了女人的视线。在女人双眸渐渐睁大间，他俯身对着她光洁的肩头轻轻一咬。

"嘶……"许星空凉凉地轻叫了一声。

怀荆一笑，脸微微一抬，鼻尖轻触着她微烫的耳垂，说："四颗。"

许星空："……"

垂眸看着她因为着急和慌乱而红了的脸颊，怀荆的眸中掠过一丝光。他嘴角微微一扬，语气里带着些笑意："想一直买糖给你吃。"

怀荆在文城的工作只有一天，他负债四颗糖离开茂白温泉，回了夏城。

在他走后，许星空也起了个大早，在工作开始前回到了自己的房间。

许星空不能否认，怀荆已经在她心上留下了不可磨灭的印记。

她不知道这对她来说是好是坏。

文城出差结束的那天是周六，许星空回到家后，先去宠物店将咪咪接了回来。几日不见，咪咪似是想念她一般，更加黏人。许星空抱着它，心里渐渐柔软。

给咪咪开了盒罐头后，许星空就给陈婉婉打了个电话。

很快，陈婉婉将电话接了起来，高兴地问了一句："喂，星空，你回来了？"

电话那端有些嘈杂，还夹杂着一个小男孩脆生生的声音："星空阿姨，星空阿姨……"

小家伙的小奶音，让许星空心中一甜，眼角一弯："康康！"

“哎，你个熊孩子。”陈婉婉有些无奈，“等我打完电话。”

“你今天忙吗？”听电话那端小男孩的声音渐远，许星空问了陈婉婉一句。她给陈婉婉打电话，是想确认一下奶茶铺子的租赁合同的事。

“啊？”陈婉婉忙晕了，有些抱歉地说，“我今天没时间。我公公婆婆从老家回来，带了一堆亲戚来，今天得招待他们呢。你是不是问店铺合同的事啊？老詹都给弄好了，咱们定明天吧？”

“好。”明天也是休息，对许星空来说都一样。

陈婉婉听许星空那边静悄悄的，操心地问道：“这大好的周六，你就自己窝在家里？”

许星空抿了抿唇，提醒道：“还有咪咪。”

“咪什么咪！”陈婉婉太阳穴一跳，说，“做点单身女人该做的事情。出去吃顿饭，看部电影，晚上泡个酒吧，找个男人！”

“啊？”听到“找个男人”几个字，许星空脸一红。

陈婉婉也知道自己刚才的话吓到了她，她一笑后，对许星空说：“我开玩笑呢。去看部电影总行吧？哎，你偶像许智新上了一部电影，你不去看啊？”

“已经上了？”许星空问道。

说着，她看了一眼万年历，还真是。

她出差的几天，把日子都过忘了。

“好。”许星空和陈婉婉说了一声后，便和她告别，挂断了电话。

许星空找出订票软件，定了下午三点的电影票。中午自己做了一顿饭，睡了午觉后，就出去了。

离她家最近的电影城是向辰国际电影城，许星空坐公交几站就到了。

许星空不算特别的追星族，只是有一些比较喜欢的歌手和演员。而许智，唱演一体，她喜欢了很多年，他算是娱乐圈里的常青树。

想到这里，许星空愣了一下后笑了笑。

许智只不过出道早而已，今年也才三十四岁，比她大不了多少，她竟然说人家是常青树。

许星空到影城的时候才两点半，取了票后，她去买了一杯奶茶和一大桶爆米花。这家影城的爆米花很好吃，糖渣黏在炸开的爆米花上，味道像是小糖球。虽然一个人，但她每次都买最大桶。

等到了三点，许星空检票入场。电影名叫《摸金》，是一部盗墓题材的电影。许智十分珍惜自己的名声，接的电影，剧本、情节都不错，许星空看得津津有味。

在电影进行到一半的时候，许星空包里的手机震动起来。她把手机拿出来，看了一眼来电显示，起身出了播放厅。

是怀荆打来的。

离开黑暗的播放厅，外面通透的灯光让许星空微微眯了眯眼，她手里还抱着爆米花，拿着手机按了接听。

“回来了？”男人声音沉沉，语气很是闲散。

“嗯。”许星空咬了一颗爆米花，应了一声。

她站在播放厅门口，里面有声音传出来，男人似乎听到了，问了一句：“在干什么呢？”

许星空诚实地回答道：“看电影。”

听说她在看电影，怀荆脱口而出道：“在哪儿？”

“不要过来了。”许星空说，“快看完了。”

听着她急声说话，怀荆笑了笑，他似乎动了动身体，电话里响起衣料摩擦时发出的窸窣声。男人沉声一笑，语气轻而暧昧：“看完了我得去接你。”

男人声音轻下来时，带着些沙哑，像是摩擦着过了她的耳周。许星空心下一动，她将一颗爆米花放进嘴里，渐渐将它咬碎，说：“向辰国际电影城。”

许星空挂掉电话，回了播放厅，播放厅的屏幕上许智正在英雄救美。她打完电话回来，心里就像揣了一件事一样。

过了二十分钟，许星空的手机震动一下，收到了一条短信。

“负二楼 E018。”

是停车场的停车位，他已经到了。

许星空吃着爆米花，看着电影，有些心猿意马。待片尾曲一响起，许星空直接起了身。

后面一对小情侣在说话。

“咱们不走吗？”

“片尾有两个彩蛋，看完再走。”

许星空身体一顿，看了一眼屏幕，制作人员的名单，字小而多。

反正彩蛋以后在网上也能看。

许星空像是劝了自己这么一句，然后走出了播放厅。

坐上电梯，许星空直接按了“-2”，电梯很快到达，她下了电梯后，开始去找E018。

向辰电影城很大，今天又是周六，来看电影的人很多。地下车库里，车辆码得整整齐齐，把车库塞了个满满当当。

许星空找到E区，一眼就看到了男人那辆欧陆。

他那辆欧陆的颜色挺低调的，但架不住车好，一眼就被她认了出来。

许星空朝着车子走了过去，到了车前后，站住了。

车里，男人穿着一件浅色的高领毛衣，外面套了一件黑色夹克，高大的身体慵懒地靠在驾驶座的椅背上。地下停车场的灯光透过前面的车玻璃照射进去，男人的脸被照亮了一半，清冷斯文。

他正拿着手机看着什么，眉心微蹙，薄唇紧抿，光洁的下巴也微微绷着。

许星空一过来，他就察觉到了。将视线从手机上移开，待看到车前站着的许星空，男人眉头舒展开来，嘴角一扬。

许星空笑了笑，走到副驾驶座的位置，打开车门上了车。

她一进来，就带来了一层甜甜的爆米花香气。怀荆看她怀里抱了那么一大桶，待她刚上车，手就朝着爆米花桶伸了过去。

女人似乎察觉到了他的意图，身体下意识往角落一缩，双手抱住爆米花桶，亮晶晶的圆眼警惕地看着他，像极了护食的小仓鼠。

似乎没料到她会做出这个动作，怀荆垂眸看着她，眼中带着些促狭。

许星空回过神来，脸一红，将爆米花桶让出去，给男人抓了一把爆米花。

怀荆从她手里拿了一颗放进嘴里，爆米花的香气在嘴里化开，甜滋滋的。怀荆一笑，发动车子，和许星空闲聊："看的什么电影？"

闻着甜味，许星空还是想吃，她摸了两颗爆米花塞进嘴里，说："《摸金》。"

"好看？"怀荆斜看了她一眼，问道。

"嗯。"许星空点头，说，"许智演的，我是他的粉丝。"

车子停在了出入口处，怀荆侧过脸，看了她一眼，问道："喜欢他哪儿？"

这个问题，让许星空的思路卡了壳，她低头看着怀里的爆米花，边吃边不过脑子地说："他长得帅，声音好听，身材也好。"

出入口的护栏一开，怀荆发动车子，正在开车的他，在听到许星空说的话后，舒展的眉心又皱了起来。

随着车辆大流停在红绿灯路口前，怀荆斜眼看了一眼许星空，声音沉沉："他帅还是我帅？"

"啊？"许星空愣了一下，她将视线从爆米花上转移到怀荆的脸上。

现在是下午五点多，太阳落山后，天空浮上了层黑影。男人五官本就深邃，在这层黑影下，显得更加帅气非凡。

许星空视线一动，她收回目光，看着爆米花，心口不一地说："他帅。"

车辆大流前进了一步，怀荆看着许星空，眸色如夜色一般渐渐黑沉："他声音好听还是我声音好听？"

男人声音低沉，有着他特有的磁性，像是收藏版的音乐碟片发出来的，让人听了十分舒服。

许星空微抿了抿唇，她听出了男人之间的胜负欲。

强压着上扬的嘴角，许星空认真地说："他的好听。"

两次均落败，但怀荆锲而不舍，他垂眸看着许星空，问道："他身材好还是我身材好？"

问到这里，许星空的脸微微红了一下，她似乎捉弄他一样，还没等他问完，就脱口而出：“他的好。”

“你摸过吗？”怀荆抬眸看着她，右边嘴角微扬。

绿灯一亮，男人开动车子，淡淡地说：“你只摸过我的。”

许星空：“……”

许星空有一种想捉弄他，却跳进他挖的坑，反而被他捉弄的感觉。

许星空用一晚上的时间体会到了男人胜负欲的强大。

她从出租车上下来时，双腿都是软的。刚一下车，小区门口已经等着的陈婉婉站在自家车旁，冲她挥了挥手。

许星空咬了一下下唇，走了过去。

陈婉婉低头看了一眼她手上的两盒糖，皱眉说：“你买这么多糖干什么？牙不疼了？”

垂眸看了一眼手上每盒八颗装的水果硬糖，许星空被阳光刺得眯了眯眼，她轻叹了一口气说：“控制不住。”

陈婉婉笑了一声，说：“多大年纪了还控制不住？还不如我家康康呢。”

提到康康，许星空牵唇笑了笑，承认道：“对。”

他也不如。

许星空抿了抿唇，拉开车门上了车。

陈婉婉是和詹良庭一起来的，许星空上车后，和詹良庭打了一下招呼，说了句：“麻烦了。”

“没什么。”詹良庭笑了笑，边开车边说，“这店铺是一年起租，但建议多租几年。一来租金优惠，二来这个地方挺抢手的，有可能会被竞价抢走。”

听了詹良庭的话，许星空倒没有犹豫，点点头说：“行。”

陈婉婉听许星空说要多租几年，心里高兴坏了，这代表她会在夏城待久一点。想到这里，陈婉婉摩拳擦掌，说：“为了这间铺子，我也要给我家星空找个夏城老公，让她彻底在夏城扎根。”

说完，陈婉婉拍了老公一巴掌，说：“老詹，抓紧了啊，单位里有什么青年才俊、小鲜肉的，统统都交出来。”

詹良庭被拍得一笑，他认认真真地开着车，说道："我们单位的人大部分成家立业了。"

"要你有什么用？"陈婉婉捏着詹良庭的耳朵拽了拽。

陈婉婉拽得轻，詹良庭也不恼，笑呵呵地说："给你一个家啊。"

这话说得陈婉婉脸一红，拍了他一巴掌，想骂句什么，却没骂出来。

夫妻俩之间你来我往的对话，让许星空也弯了嘴角。她低头看着手里的两盒糖，将它们装进了包里。

合同一开始詹良庭都谈得差不多了，所以格外顺利。至于店铺装修的事，詹良庭也已经找了工程队，明天就开始动工。剩下的就是招聘店员和店员培训的事了，这些许星空自己做。

以后她也是给别人发工资的小老板了，许星空心里还挺有成就感的。

忙完事情后，一行人朝着陈婉婉家进发。

陈婉婉家住在詹良庭的工作单位附近，是电力公司的内部房。这小区住的人很多，车子驶进去，来来往往都是熟人，陈婉婉一一打着招呼。

等到了她家楼前，詹良庭停好车后，三个人一起上了电梯。电力公司有钱，小区建设得也不错，从电梯和楼道的宽敞度就能看出来。

电梯一到，陈婉婉家的门就打开了，一个大眼睛、长相机灵的小男孩跑了出来。

看到许星空，小男孩眼睛一亮，甜甜地叫了一声"星空阿姨"，然后小鸟一样朝着许星空飞过来，一下扑到了她的怀里。

许星空笑眯眯地张开手臂，将奶香味的小男孩抱了个满怀。

门口，跟着詹佳康出来的詹父詹母看到许星空后也笑了笑。

"星空阿姨我好想你。"康康奶声奶气地说着，笑嘻嘻地抱住了许星空的脖子。

"阿姨也想你。"许星空语气温柔，话里带着浓浓的笑意。

陈婉婉看着许星空的表情，又想到她不能生育，心里一酸。她瞪了一眼詹佳康，说："要儿子干吗？见了漂亮的阿姨，连爹妈都不要了。"

许星空柔柔地一笑。

康康回头，看着陈婉婉，虽然说话还带着奶气，但语气倒是认认真真的："妈妈我能天天见，星空阿姨好久都见不到，所以先抱她。"

被康康这句话暖到，许星空手臂收紧，抱着詹佳康边往陈婉婉家走边说："阿姨以后常来。"

康康一听，立马高兴了，重新环抱住许星空的脖子，将脸埋在了她的颈间。

抱着怀里的小男孩，许星空心里像是被填满，又像是被挖走了一块。

陈婉婉的家是三室两厅，一百五十多平方米，因为有公婆在，家里收拾得格外干净整洁。外面大大的太阳透过阳台照射进来，让整个家都笼罩上一层温柔的暖意。

詹父詹母是夏城本地人，但不是夏城城区的。他们两人都是老师，带着知识分子的斯文气，打心眼里对陈婉婉好。

陈婉婉刚进门，就抱住了詹母，笑嘻嘻地问了一句："妈，松鼠鳜鱼做了吗？"

詹母笑着说："做了，专门为星空准备的。"

离家许多天，许星空倒被这一句话触动了，很少有人专门为她准备什么。

许星空感激地一笑，说："谢谢阿姨。"

"不用谢。"詹母慈祥一笑，说，"去洗手吃饭吧。"

康康十分喜欢许星空，就连洗手也要和她黏在一起。而许星空更是喜欢小孩子，抱着他就去了卫生间。

耐心地给康康洗完手，两人牵着手到了餐桌前。餐桌上摆满了家常饭菜，几个人围坐在一起，互相递着碗筷，其乐融融，十分热闹。

许星空想起怀荆来。

其实在她家吃饭根本没有家的味道，现在才有。

一顿饭吃得格外融洽，许星空吃得挺饱的。吃过饭后，陈婉婉安排詹良庭去洗碗，康康则带着许星空去了他的玩具房。

陈婉婉对儿子，始终贯彻穷养。当然也有一部分原因，是她平时买太多，把钱都花光了。

玩具房里玩具不多，且看上去都像玩了很多次了。

许星空坐在地毯上，手里拿着一只康康递过来的小乌龟，而康康手里则拿着一只恐龙。康康拿着恐龙，声音学着恐龙的样子变得粗粗的，他将恐龙飞过来，说："我是大恐龙……"

许星空以为他说他是大恐龙要吃小乌龟，刚要带着小乌龟后退，康康却将恐龙放在了小乌龟前面，挡住了小乌龟。

"我是大恐龙，我要保护星空阿姨的小乌龟。"

小男孩声音清脆，带着这个年纪特有的认真和笃定。许星空手指微颤，听得心中一甜。她看着康康冲着她笑着，眼睛有些痒，她揉了揉眼睛，红着眼眶说："谢谢康康。"

好羡慕啊。

吃过饭又玩了一会儿，许星空就要走了。她一说要走，康康的脸就垮了下来。本来陈婉婉要送她回家，但许星空说打个车就行。最后，一家人送她到了楼下。

许星空要走，康康依依不舍地从她怀里回到了陈婉婉怀里，说："星空阿姨再来玩啊。"

陈婉婉看自己儿子的模样，笑着打趣道："是不是觉得星空阿姨脾气温柔好欺负，所以才这么喜欢她？"

康康摇头，声音里带着哭腔，将头靠在妈妈的肩膀上，说："才不是，星空阿姨好欺负，我才更要保护她。"

小孩的一句话，让两个女人皆是一愣。

许星空心中有些感动，她嘴角动了动，说："谢谢康康。"

陈婉婉抱着儿子，看着好友，说："放心吧，星空阿姨以后也会有人保护。"

"真的吗？"康康抬头看着许星空。

许星空被问得一愣，她笑了笑，点点头说："真的。"

许星空回到家后，抱着电脑坐在了沙发上。她要在网上发布招聘广告，时间紧任务重。她刚坐上沙发，咪咪就踱着步子跳了上来。蹭了一会儿后，它蹭到她的怀里，被许星空抱住了。

咪咪刚洗完澡，身上香喷喷的。

看着许星空在忙着敲键盘，咪咪似乎有些不满，伸着爪子打了键盘两下。

文档里被打出几个新字符来，许星空一笑，低头将下巴抵在它的头顶，伸手挠了一下它的脖子，安慰道："我在赚钱给你买小鱼干。"

被挠得舒服了，咪咪也就没有再闹，安心地趴在她身上。

把招聘贴在了几个招聘网站上后，许星空伸了个懒腰，准备去做饭。她刚要起身，手机震动一下，许星空将手机屏幕划开，是怀荆给她发了条微信。

是一个位置。

夏城津阅球馆。

随后，又发了一条微信过来。

怀：把去文城开会的资料汇总一份给我送来。

许星空："……"

文城会议的资料都是实时递送到IO的，而且公司内部网站可以直接下载。最重要的是，怀荆不需要看这种细枝末节的资料吧？

现在的时间是五点半，许星空看了一眼窗外，天渐渐黑了。

许星空打开电脑，下载了一份文城会议的资料后，进卧室换上了衣服。出门前，许星空给咪咪续了些猫粮。

津阅球馆是个十分低调的私人球馆，许星空从出租车上下来，抬眼看到一块写着"津阅"的LED灯牌。

门口不大，大厅里亮着灯，里面的工作人员倒是不少。

许星空刚进门，就有人迎了上来，那人问了一句："是怀少让您来的吗？"

许星空点了点头，说："是的。"

那人说："跟我来吧。"

两人一同上了电梯，到达二楼后，电梯停下，待电梯门一开，许星空就听到了篮球鞋摩擦球场地板的声音。许星空抬眼一看，顺着小走廊往里面走。

待走到门前，那人将门拉开，许星空眼睛微微一亮。

男人穿了一身红色的篮球服，将他的肤色衬得更加白皙。他手上正运着球，前方有人拦截，他虚晃一个动作过人，手拍篮球对准篮筐，纵身一跃。

“砰”的一声，灌篮成功。

他手把着篮筐，身体微微一晃，跳下来后与身边的人击掌。他回过头来，将球衣撩起，露出了紧致漂亮的六块腹肌。

用球衣擦过汗后，他刚要接球，抬眼一看场外，与许星空的视线对上了。

将扔过来的球拍到一边，怀荆便朝着她跑了过来。

男人身上因为运动有一股清爽的阳光气息，他跑过来后，睫毛微微一眨，汗水滴在脸上，他又撩起衣服来擦了擦。他身上因为运动而有些热，那股热气将许星空的脸冲红了。

“资料带来了？”怀荆沉声问道。他神色略带认真，像是在工作。都流汗成这个样子了，但仍然只是微喘。他体力有多好，她很清楚。

“嗯。”许星空回神，将手上的资料递了过去。

怀荆无话，只是垂眸将资料接了过来，他的发梢微湿，一双浅褐色的眼睛格外透亮。

在他看资料的时候，后方的门突然开了，进来一个人，那人叫了怀荆一声：“怀荆。”

听到有人叫他名字，怀荆的视线离开资料，冲来人一笑，伸手与那人击掌：“来了？”

在听到来人的声音时，许星空就浑身一颤。那人走到她身后，许星空转身看了一眼，双唇微微张开了。

许智！

许智也看到了许星空，见面孔有些生，他看了一眼后问怀荆：“谁啊？”

“公司员工，给我送点资料。”怀荆说着，甩了甩手上的文件。

“叫我来打篮球，你还在工作啊？”许智佯装不满地说。

“很快。”怀荆说，“你先去换衣服。”

“好。”许智笑了笑，临走还冲许星空一笑。

许星空看着他笑着离开的背影，恍惚间仍觉得自己像是在做梦。她收回视线，回头不可置信地看着面前正在看资料的怀荆。

面前的男人将手上的资料一合，抬眼漫不经心地扫了她一眼，右边嘴角轻佻地一扬：“怎么样？专门给你准备的偶像见面会。”

许智本人比大屏幕上更加帅气，他是标准的俊朗长相，浓眉大眼，高挺鼻梁，双唇唇形性感，脸型棱角分明。

他今年三十四岁了，已不是小鲜肉了，所以现在转型走硬汉路线，小麦色皮肤阳光健康，身材瘦而不柴，肌肉紧致有力。

他和怀荆可能经常一起打篮球，两人配合得十分默契。许星空坐在休息区看着他们一起打篮球，球场上两人连连得分。

能亲眼见到偶像，许星空觉得自己像是在做梦。

许智人很随和，中场休息的时候，看到许星空还抱着资料坐在那里，拿毛巾擦了一下汗说：“还在加班呢？”

突然被偶像搭讪，许星空脸一红，双唇微微一张，心中有千言万语，最终却只是应了一声“嗯”。

在许智过来的时候，怀荆也尾随他走了过来。他手上拿着运动饮料，仰头就喝。许智来之前，他就已经打了一会儿了。打篮球运动量很大，他出了一身汗。喝饮料时，汗水顺着他滚动的喉结而下，滑落在锁骨边，十分性感。

怀荆和许智坐在一起，两人的身材就能明显看出高低了。怀荆肤色白，显得没那么强壮，但实际上他的身形看上去比许智大了一圈，运球投篮时，球衣掀起，若隐若现的腹肌紧致漂亮。

还真是他略胜一筹。

许星空一开始以为他问他们俩谁身材好是出于男人的胜负欲，其实却是怀荆认识许智，所以觉得她只看不摸得出来的结论有失偏颇罢了。

“大周末的还让人送材料，你也太欺负人家姑娘了。”许智拿着饮料，回头看着怀荆说。

食指和拇指轻夹住饮料瓶，手指因用力而骨节分明，双臂搁在双膝上，饮料瓶垂在手指间，怀荆侧眸淡淡地扫了许星空一眼，说：“这算什么欺负？”

男人语气淡淡，但似乎话里有话。许星空抬眼对上他的视线，他目光清冷慵懒，和往常一样。然而许星空像是被这目光咬了一下，慌乱中将视线收了回来。

这确实不算欺负，他还欺负得更厉害过。

“哎，你现在可以去劳动局告他了。”许智用手指戳着怀荆，和许星空建议道。

“我是自愿加班的。”许星空听许智为她说话，脸因为激动而变得有些潮红，她抿抿唇，轻声说，“我是您的粉丝。”

许智显然惊讶了一下，他还是第一次见到这么老实的粉丝。前面好几次他下场，她都只是乖巧地坐在一边，也不搭讪。这次若不是他说话，估计她也不会主动说话。

对于这样的粉丝，许智心里还挺喜欢的。毕竟有些粉丝见到偶像控制不住情绪，往往会使他不得不把一些既定的行程取消。这样，有时候挺耽误事的。

“真的假的？”许智笑着问道。

许星空的情绪渐渐放开，她点点头，说：“真的。”

许智又是一笑，双腿交叠在一起晃了晃，坏笑一声后，笑着问许星空：“那你说我和你老板，谁打球帅？”

许星空：“……”

这次真的是男人的胜负欲了吧？

第六章

下次我陪你一起看

在回答之前，许星空抬眼看了看怀荆，他正抬眼看着场上的人训练，似乎并未注意到这边。

许星空抿了抿唇，心口不一地说：“你帅。”

“哈哈哈！”许智一巴掌拍在怀荆身上，拍得许星空心肝一颤。

而怀荆似乎习惯了许智这般打闹，连头都没回一下，只是侧眸看了这边一眼，很快又将视线收了回去。

许星空隐隐放下心来，她问许智：“可以给我签个名吗？”

“好啊。”对许星空的回答十分满意的许智，大方地问道，“签哪里？”

见许智答应了，许星空心里又高兴起来。她虽然没有一些追星族那么疯狂，但能得到偶像的签名，她心里真的很激动。

“这里。”许星空赶紧从包里拿了一本书出来，和笔一起递了过去。

许智接过书，看到书皮上的书名，眼尾带笑地看了她一眼，说：“《摸金》？”

“嗯。”许星空点了点头。

因为作品而不是因为他的长相粉他，许智挺喜欢这样的粉丝的。毕竟长相会随着年月变化，但他的作品会随着年月越来越多。

许智爽快地将笔打开，翻开书的扉页，边签边问：“电影看过了吗？”

“看过了。”许星空回答道，“昨天看了电影，今天才买了这本书看。”

电影首映当天就去看，真是粉丝的榜样。许智笑了笑，手上不免多签了几个字。

“对了，后面有两个彩蛋看了吗？”许智签完，还在名字后面画了一个小爱心。

许星空看着小爱心，被问愣住了。她双唇微动，抬眼看了看一旁正和别人聊天的怀荆，歉声说了一句：“没有，当时赶时间。”

许智满不在意地说：“彩蛋和剧情也没有什么关系，不看也罢，反正官博很快就会放出来。”

听了许智的话，许星空笑了笑，接过了他递过来的书。

许智真的十分实在，在扉页签了个满满当当，大多是感谢喜欢之类的话。在最后落款前，留了两行四字祝福：一帆风顺，家庭美满。

看着最后那四个字，许星空笑了笑，她的家庭一点也不美满，但还是要谢谢他的祝愿。

得了偶像签名的许星空心情很好，男人开车载着她驶入夜色中。但车子并未朝着他家的方向驶去，而是拐进一条路，行驶了两三分钟后，在一家进口超市门前停了下来。

车子一停，许星空就看了驾驶座上的人一眼。超市门口灯光大开，照射进车内，在男人的脸上留下了一截规则的黑色剪影。

男人回头，视线对上她，说：“今晚阿姨没做饭，我还没吃晚饭。”

许星空目光一动，她会意，将安全带解开，说了声：“好。”

怀荆看着她的背影，嘴角一勾，跟着她一起进了超市。

进口超市的蔬菜新鲜多样，丝毫不亚于菜市场。各色的蔬菜整整齐齐地码在货架上，看上去十分舒服。许星空挑了几样菜，看了一眼价格，简直贵得离谱。

但再看一眼蔬菜产地……只能说蔬菜也是讲血统的。

许星空买菜的工夫，怀荆却不知道去哪里了。她将蔬菜挑好后，便推着购物车去找他。

这家超市只有一层，吊顶很高，相对应的货架也很高，抬眼根本望不到人。许星空找人无果，索性推着购物车去收银台等他。

收银台边上的小货架上，摆满了各色各样的糖果。许星空扫了一眼，牙齿隐隐作痛，她微微红了脸，将视线移开了。

在许星空结账的时候，怀荆走了过来。许星空正在用购物袋装食材，收银员刚好将最后一朵西兰花的价格打完。

男人站在收银台边，他打完篮球后，换了一件运动服，领口的拉链拉到最高，将领子竖了起来，包住了脖子。

他脖子长而好看，领口竖起后还能看到光洁的下颌。他头微低，将领口压下一小截，目光深邃地看着收银员的动作，最后，说了一句："这个也一起。"

"啪"的一声，一个包装精美的四方形纸盒放在了收银员面前。

许星空应声抬头看去，看到了上面的水蜜桃图案。她喉头一紧，想起早上拿到的那两盒糖。男人察觉到了她的视线，回头看她。许星空目光一动，低下头，被灯光照着的耳根已经红透。

隔壁收银台那里，站了一对小情侣。两人看着这边，女生悄悄问了一句："那是什么？糖吗？"

旁边男生抬眸看了一眼，眼睛眯了眯，似乎是没看清，但他还是说了一句："不是糖，是避孕套吧。看那女的脸都红成什么样了？"

许星空的脸变得滚烫，她呼吸一滞，将那盒糖放进购物袋，在怀荆付账的时候，先走了出去。

避孕套都没让她那么脸红。

许星空低头看了一眼在一堆蔬菜间的盒子。

又是八颗……

怀荆腿长步子大，很快追上了闷声一直走的女人。待走近她身边，他顺手接过了她手上的购物袋，将手中另外一盒东西扔了进去。

"多亏他们俩提醒，不然还真忘了。"

刚才扔进去的那盒东西是什么，许星空不用看也知道。她跟上怀荆的步子上了车，密闭的空间让她更加羞窘。

好在很快就到了怀荆家，许星空进门后，拿着食材进了厨房。

许星空是第一次进怀荆家的厨房，厨房风格和客厅差不多，简洁明了的同时，也十分冷清空旷。崭新的厨具冰冷地摆放在厨台上，干净整洁。这里面只有一小部分有用过的痕迹，应该是阿姨给他做饭时用的。

除了厨房太大有些找不到头绪外，这顿饭许星空做得还算顺利。她端着饭菜去了餐厅，顺便叫了一声怀荆。

怀荆回家后，将运动衫脱掉，换了更加舒适的家居服。他从楼梯上下来，和许星空一同进了餐厅。

不出许星空所料，他家餐厅也大。一张椭圆形的长桌，至少能容纳十几个人。许星空和怀荆，一人坐在一边，灯光下倒也有那么些样子。

许星空想起中午在陈婉婉家吃饭的情景来。

什么时候才能有那么多人一起吃饭？

母亲、弟弟、她的孩子……

想到这里，许星空思绪一顿，她将一块山药塞进嘴里，压下了这个苦涩的想法。

“我下周很忙。”许星空抬头和怀荆说了一句。

怀荆慢条斯理地吃着饭，听闻此言，目光一抬，问：“公司的事情？”

喝了口汤，许星空摇了摇头，说：“我投资了一间小商铺，这段时间要忙着装修和招聘店员，下班后没时间过来。”

“缺钱？”怀荆看着许星空问道。

许星空沉了沉气，说：“不是，只是想挣点钱。”

男人听了她的话，高大的身体往椅背一靠，神色认真地说：“公司不让员工进行第二投资吧？”

正在喝水的许星空呛了一口，她眼眶红红地看着怀荆，眼中闪过一丝慌乱，问：“谁规定的？”

抽了一张纸巾递过去，男人嘴角微扬，声音里也带了些笑意：“我刚刚规定的。”

许星空眉心一皱，似乎被他气到了。

看着她略有愠意擦着嘴角的模样，男人眸间带笑，保证道：“不过你放心，我会替你保密，不告诉别人的。”

许星空：“……”

怀荆吃过饭后，来了一通电话，他起身去了阳台。许星空吃完，看了一眼桌面，实在有些不忍，便将碗碟收好端去了厨房。

怀荆打完电话回来，餐厅已经空无一人。原本狼藉的桌面被擦得干干净净，反射着头顶吊灯的光芒。

男人眉心一挑，听到了厨房传来的水声。

怀荆家厨房灯用的是橘色柔光，设计师的设计初衷是橘光会让空旷冷清的厨房多一丝温柔的烟火气。

但是这个设计体现的作用不大，甚至不如站在洗碗池边的一个女人。

许星空站在洗碗池边，柔光下的她，身影俏丽娴静。她的长发拢在一起，简单地扎了一个低马尾。在白皙的耳边，几丝刘海逃脱，安静地垂在脸颊旁边。她眼眸低垂，长卷的睫毛在下眼睑投下一半圈黑影。小巧的鼻子被高高的鼻梁撑起，将她五官的轮廓也撑得深邃了许多。

手上还剩了最后一只碗，许星空察觉到了站在门边的怀荆。手上的动作未停，她抬头看着男人，说：“马上就好了。”

怀荆看着她拿着碗碟，水龙头的水流过，将表面的浮沫冲掉，露出了它原本白生生的模样。

他的心像是通了电的钨丝，颤动一下后，被点亮了。

他也走进了这片柔光之中。

女人还拿着最后一只碗，怀荆走到她身边，身影将她的侧脸包裹住。他捏住她的下巴，低头吻了上去。

许星空被这突如其来的吻吻得有些慌，她捏住碗沿，嘴角擦过男人的唇边，脸颊微红，小声说："马……马上就好了。"

男人的唇顺着她的头发，渐渐吻到了她的耳边，他轻咬住她的耳垂，沉声说："我等不及了。"

许星空累得迷迷糊糊的，她趴在床上，脸埋在枕头里，脑子混沌着就要睡过去。在睡过去前，怀荆的一句话，让她重归清醒。

"怕我等急了，所以没看彩蛋？"

他在她旁边，许星空睡觉时，往往都是背对着他。男人声音沙哑低沉，像一阵风刮过她的心口。许星空茫然抬头，圆眸中含着一层薄薄的水意。她眼眶微红，像是渐渐想起了什么一样，轻轻地应了一声："嗯。"

怀荆目光一动，他眼睛里蓄了一层笑意，伸手将她脸颊的碎发拨到一边。温热的指尖轻触到她的脸，让许星空的意识有一瞬间的迷茫。

怀荆说："下次我陪你一起看，你就不用着急了。"

周一开始，许星空就忙了起来。

陈婉婉一大早就来问她招聘店员的事情，许星空今天在来公司的路上看了几份简历，将筛选后的那几个给她看了看。陈婉婉工作多年，眼光毒辣，又给她剔除了几个。

"再剔除就没有了。"许星空看着剩下的三份简历，笑着说。

陈婉婉毫不在意，指着她手机屏幕说："就这样。咱虽然时间紧，但也不能降低标准。你这店员不但要做奶茶，还要给你看店，管理店内的大小事务，相当于店长，所以工作能力、业务能力、社交能力都要看，没经验不行的。"

听陈婉婉这么一说，许星空感觉到了压力。她虽然只是个小老板，但要操心的事情还真不少。

看她眉头锁起来，陈婉婉笑了笑，抱住她说："这几天你的重心先放在这上面，工作上的事情我会少安排的。"

许星空一笑，抬眼看着陈婉婉，说："谢谢陈部长。"

没想到被许星空揶揄一句，陈婉婉大眼一睁，惊讶了半晌后，拍了她一巴掌，说："放心吧，许老板，你姐们这个副部长，专门为你暗箱操作，保驾护航。"

工作上，许星空虽然跟着颜嘉琳出现场，但也还有其他的工作。这些陈婉婉都一手包揽，帮她做了，许星空几乎只需要随着颜嘉琳出出现场就可以了。她感激陈婉婉的同时，也加快了招聘店员的速度。

她白天要上班，就把面试的时间定在了晚上七点以后。五点半从公司下班后，许星空先去了一趟店铺。

现在是下班时间，和平街上人流量挺大。许星空从街头走到店铺门口，看到里面有三个装修师傅还在工作。

小小的店铺里堆满了装修材料，原本天花板上鸡蛋仔的海报已经清理干净，货架也正准备开拆。

这家店铺一开始的装修就挺不错，所以设计图纸的时候就没有做太大的变动。三个师傅穿着专业，做事认真，是詹良庭的同事推荐的。

许星空将买来的饮料放在台子上，笑着说了一句："大家辛苦了，过来喝点东西休息一下吧。"

三个人回头看了一眼，看到许星空，几个人面面相觑，脸上都带着些疑惑。

跟他们对接的一直是詹良庭，他们还没见过许星空。

"我叫许星空，是詹良庭的朋友，这是我的店铺，他应该跟你们说过。"

听她说出詹良庭的名字来，三个人才笑了起来，为首的一个四十多岁的人笑了笑说："第一次见。"

店主过来还给带了东西，三个人心里都挺高兴的。一人拿了一杯热饮，道了声谢后，就继续埋头工作。刚才说话的那个人走过来，拿了饮料介绍了一句："我是这个装修队的组长，你叫我老张就行。"

"你好。"许星空笑着点了点头，伸手要和老张握手。

老张腼腆地一笑，说："我手脏，就不握了。"

许星空将手收回来，笑了笑，也没有强求。

老张知道许星空来是看装修进度的，他将图纸摆开，指给许星空看："这店铺以前的柜台是在门口，咱们需要拆掉，留出空地放桌椅。"

店内的桌椅，许星空都已经预定好了，就等着装修好后统一运过来安装。

许星空看着图纸，说："今天干了不少啊。"

老张听到夸奖，又是腼腆一笑，说："活轻干得快，预计十天之内就能完成。"

听老张说完，许星空盘算了一下时间。十天完成，加上装店铺牌子，还有安置桌椅，再加上定制横幅和印刷海报，还有店铺开业活动的传单，差不多两周左右就可以开业了。

像是天空蒙蒙亮，许星空看到了一丝希望，期待的同时，也要抓紧招聘店员。

她今天面试了两个，都不是很满意。其中一个夸夸其谈，另外一个工资要求太过分。许星空不得不继续筛选，陈婉婉也一直在帮忙把关。

上午许星空随着颜嘉琳出现场回来时，碰到了公关部的副部长马孟光。他站在地下车库的主路口，似乎在等人。在颜嘉琳停好车后，一辆商务奔驰开着大灯驶入了停车场。

马孟光赶紧迎了上去，商务奔驰停下后，门打开，走下来一行人，为首的是林玮瑜。

颜嘉琳似乎并没有看到这里发生了什么，面不改色地继续往前走。许星空也只淡淡扫了一眼，跟着颜嘉琳到了电梯前。

两人刚到电梯前站好，就被叫住了。

"颜部长！"马孟光话里带笑，叫了颜嘉琳一声。

颜嘉琳面色未变，转身看了那边一眼，礼貌一笑，说："马部长。"

公关部的人大多能言善道，暖场能力极佳。马孟光见颜嘉琳应了他，也笑了笑。电梯来后，一行人一起上了电梯，马孟光就给双方互相介绍了一下。

介绍完后，马孟光和颜嘉琳说："今天林小姐来签署代言合同，TIE 集团也派了代表过来，现场翻译的工作，就麻烦您了。”

颜嘉琳出代言合同的现场，是一开始就定了的，这也算不得麻烦。颜嘉琳淡淡一笑，说：“应该的。”

听马孟光说颜嘉琳是翻译，林玮瑜也笑着打了个招呼：“您好，颜部长。”

颜嘉琳微一点头。

林玮瑜的视线转到许星空身上，想要和她打招呼。她先是犹疑了一下，许星空客气地笑了笑说：“您好，林小姐，我姓许。”

听了她的自我介绍，林玮瑜一笑，略带歉意地说：“你好，许小姐，初次见面。”

听了林玮瑜的话，许星空不动声色地笑了笑，没有在意。明星每天见的人很多，记不住她也是正常的。

而颜嘉琳听了林玮瑜的话，反而看了她一眼，神色晦暗不明。

等电梯到达，一行人从电梯里走了出去。许星空和颜嘉琳已经提前下了电梯，现在就只有去签合同的人。

刚出电梯，林玮瑜的助理就有些不舒服地皱了皱眉，说：“那个颜部长是副部长吗？看起来架子可真够大的。”

对于颜嘉琳最后看她的那一眼，林玮瑜也挺不舒服的，但她并没有表现出来，反而说了她助理一句：“别说了。”

马孟光听着两个人的闲聊，笑了笑说：“颜小姐就是这个性格，她的好朋友 Sophia 也是。Sophia 是怀总的秘书，和怀总关系不错。另外，她还是怀总助理 Leo 的朋友。”

被马孟光科普了一下，原本还要张嘴说什么的助理一下闭紧了嘴巴。

马孟光提醒的这一句很关键，颜嘉琳这么跩是有资本的。

下午的合同签署，是颜嘉琳去出的现场，没有带许星空。她出完现场回来后，就叫上陈婉婉去了黄千松的办公室。三个人在办公室说了些什么后，便解散了。

陈婉婉从办公室出来，走到了许星空的桌子前，先把消息透露给了她。

“嘉琳姐说这次林玮瑜签署了代言人合同后，会开新品发布会。发布会是以慈善晚宴的名义开的，到时 TIE 集团的人也会参加。你要不要去？”

既然有 TIE 的人，就少不了翻译。而且这次晚宴少不了请明星助阵，陈婉婉这是给许星空发福利。

许星空看着陈婉婉，笑着问：“什么时候？”

陈婉婉说：“下周末。”

许星空一听，算了一下时间，叹了口气说：“我准备下周日开业。”

眉头一挑，陈婉婉说：“这么快？”

“早开早安心。”许星空说，“耽误一天就浪费一天的成本。”

陈婉婉觉得她说的在理，点点头说：“那行，你忙，我就不把你的名字写进去了。这次晚宴的名单，我看有许智，本想让你看看偶像呢。”

许星空一愣，想起了上次和许智的见面。若是先前没见过，她说不定真的会去。既然已经见过了，这次不去也没有那么深的遗憾了。

下午下班后，许星空继续面试。面试完两人后，已经是晚上九点了。今天也没有找到合适的人，许星空有些着急。她看了一眼时间，坐在位子上等待着最后一个面试的人。

不一会儿，一个男生从后面走过来，礼貌地问了一句：“请问是许小姐吗？”

许星空回头一看，看到了来人。

男生看上去年纪不大，身高一米八左右，穿着韩版的黑色羽绒服，眉目清秀，笑起来时露出两颗小虎牙，阳光清爽。

对他的第一印象不错，许星空点点头，说：“我是。”

男生笑了笑，伸手和她握了握，自我介绍道：“我是杜一哲。”

许星空看着他坐下，让店员上了杯咖啡，笑着说：“那咱们开始吧。”

喝了口咖啡，杜一哲点点头，说：“可以啊。”

杜一哲今年刚二十三岁，大专毕业后就在一家奶茶店工作，有很好的奶茶店工作经验。听他的谈吐，逻辑思维能力也不错。

面试下来，许星空还是挺满意的。

既然她满意了，就要问对方满意不满意。许星空看着简历，问了一句：“那薪资方面？”

杜一哲十分爽快，笑着说：“就按照您定的来吧。”

许星空心里松了一口气，总算是双方都谈妥了。她笑了笑，说：“行，那就直接定下来吧。”

杜一哲倒是觉得许星空随意了些，笑着问道：“一般面试不都是让回去等消息吗？”

“不用。”许星空说，“店铺现在就在准备，你明天可以上班对吧？你明天帮我在店里看装修，可以和装修师傅说说你的想法之类的。明晚上我去店里，跟你签合同。”

对于许星空的安排，杜一哲没有异议。许星空看了眼时间，笑着说：“那就这样吧，明天见。”

和杜一哲告别后，许星空起身准备走，她刚从桌子前离开，身边就围了一只大狗。大狗毛发金黄，抬头温驯地看着她，一双湿漉漉的眼睛里满是友好。

许星空被看得心下一软，她抬眼看了看旁边座位上坐着的那个女孩。

女孩的穿衣打扮像二次元里的人物，红格子蕾丝连衣裙，白色长袜，浅棕色小皮鞋。她头发烫着大卷，后面用一个和裙子相同花纹做的蝴蝶结扎住了。

女孩长得挺可爱，脸小巧精致，眼睛倒是挺大，戴着黑金色的美瞳，此时正冲着许星空笑着。

见主人友好，许星空也笑了笑，她伸手放在大狗的头上，问道：“金毛？”

女孩见她和自己说话，高兴地点点头，声音甜美：“对，它叫阿金。”

金毛本就是大型犬中最温驯的，阿金更是乖巧。

许星空看着阿金，笑着说：“很漂亮。我养了一只猫。”

女孩眼睛一亮，问道：“什么猫？”

“布偶，叫咪咪，很黏人。”许星空和她闲聊了起来。

女孩眼睛里藏不住的羡慕，她有些沮丧地说：“我也喜欢猫咪，可是我男朋友他照顾不过来，不让我养。”

后面站着的杜一哲突然说了一句：“我精力有限，连你都照顾不过来，哪有精力照顾猫。”

许星空一愣，只见小姑娘甜甜一笑，对着杜一哲吐了吐舌头。

许星空站起来，往后面看了一眼，杜一哲不好意思地摸了摸头，解释道：“这是我女朋友，太晚了她自己在家害怕，我就带着她一起过来了。”

说完，两人对视一眼，能看出女孩眼中的撒娇和男孩眼中的宠溺。

一对情侣，一只宠物，真的挺美好的。

确定了店员后，许星空便开始准备一些开店需要的东西。加盟的事情已经谈妥，奶茶店铺牌子也已经做好，叫“吾饮”。

杜一哲以前就是在吾饮的连锁店里工作，已经接受过培训，这给许星空省下了不少工夫。

剩下的事情就是装修和开业了。

和平街的行人多且路面狭窄，不适合放鞭炮。许星空准备挂一条横幅，贴两张海报，另外再印一些宣传单，到时候在和平街的街口发一下，做下宣传。

吾饮是连锁品牌，受众很广，还有几样特色饮品，到时候生意不会太差。

许星空一开始将开业三天的优惠定为五折，被陈婉婉骂了回来：“你扶贫吗？五折，你干脆白送算了。”

许星空揉了揉鼻子，问道：“那六折？”

“八折啊！”陈婉婉无奈道，“又不是没有人买。”

陈婉婉要参加慈善晚宴，事情挺多，最近一直很忙。许星空偶尔会和她商量一下，剩下的事情，大部分和杜一哲商量着办了。

杜一哲在的时候，他女朋友皇甫壹朵也会在。她是外包的漫画编剧，每天写完稿子没事了就喜欢黏在杜一哲身边。

她一般都是安静地坐在一边和阿金玩，并不会影响杜一哲的工作。许星空对此倒没什么意见。

二十岁的恋爱，总是能让人觉得新鲜干净，充满活力。许星空感叹爱情美好的时候，心态也年轻了很多。

等到了周末，店铺开业。经过周全的准备，店里焕然一新。

门口是“吾饮”两个字的LED灯大牌，下面扯了一条红色的横幅，写了“开业三天全场饮品八折优惠”的字样。

往里看去，一排墙桌高低合适，墙桌前摆放了几把乳白色的高脚椅。墙桌连接着柜台，台子上摆放着几块特色饮品的展示板。在柜台上方，两方屏幕显示着吾饮奶茶的菜单。

杜一哲站在屏幕下的柜台后，他戴着黑色帽子，身着墨绿色围裙，正在检查着原材料。再往后，是一个很小的储物间。储物间内放置了冰箱，存储着需要冷藏的材料。

店铺装修的风格很是清新淡雅，颜色搭配得十分舒服。推门而入，浓浓的茶香伴随着丝丝奶味和甜意。

许星空站在门外看着店铺内，心中满满的满足感和幸福感。

这是她投资的小事业，不知不觉中被她“养”成了现在的模样，就像她的孩子一样。

开业第一天，陈婉婉本来要来帮忙的，但刚好赶上慈善晚宴。她来回奔波，差点忙死。给许星空打电话的时候，语气里都是急。

“恭喜恭喜，许老板，我去不了了。”陈婉婉说。

虽然去不了，但再忙也要给她打电话。许星空笑了笑，说：“你还有时间给我打电话，快去忙吧。”

天已经彻底黑了，现在是晚上七点，晚宴很快就要开始了。许星空站在街头，抬眼看了看漆黑的天空，嗅到了一丝潮气，今晚应该会有雨。

“啊啊啊啊，不说了，我跟嘉琳姐去接一下TIE的代表，怀总他们应该马上就要到了。”

说完，陈婉婉挂掉了电话。

听着那边挂断了电话，许星空一笑。她抬眼望了望马路对面的银梓国际大酒店。

酒店像是被灯光照透的蜂巢，每一个窗户都透着光。这栋建筑很高，顶层天台也是宴会场地，现在那里灯光闪耀，像是给黑夜添了一轮月亮。

这次 IO 和 TIE 联合珠宝的新品发布会晚宴就在那里举行。

怀荆也会出席啊。

两人虽然同公司，但职位悬殊，在公司里从来没有碰到过。上次和怀荆说过她最近很忙，两周过去，他倒是真的再也没有打过电话。当不在一起的时候，两个人的关系往往更加明晰。你不打扰我，我不打扰你，这也说明两人各自还固守着本心。

若是她一直忙，不给他打电话，那他是不是就不再联系她了？

夜幕降临，和平街上的人渐渐多起来，天也慢慢冷下来。

街头是人群进来的地方，人比较多，许星空要在这个地方发开业传单。

怕发传单不方便，许星空并没有戴手套，她一边笑着说“欢迎光临”，一边将传单发了出去。手上的传单发了个七七八八的时候，手背上突然传来星星点点的凉意。

她低下头，看着一个个针孔大小的雨滴落在手背上。

果真下雨了。

一开始雨下得并不大，许星空并未在意，但一会儿的工夫，就变大了。一滴雨落在了她的睫毛上，砸得许星空眼睛一眨，她抬眼揉了揉，同时将传单递给了一个撑着黑色雨伞的人。

那人伸手过来，修长的手指接过传单，白皙的皮肤在黑夜中十分惹眼。他拇指微屈捏住传单，拇指骨节凸起，漂亮精致。

看着这只漂亮的手，许星空视线一顿。她轻轻地呼吸着，喉头一动。

那人的伞已经遮到了她的头顶。

男人穿了一身剪裁合体的黑色西装，领结扎得结实工整，似要出席重要的场合。他站在和平街高高直立的路灯下，身影被橘色的灯光拉得修长挺拔。

黑伞之上，雨点滑落灯幕，像夜空中的流星一样。

黑伞下，男人白皙的皮肤将五官轮廓衬得更加深邃。浅褐色的眸子微垂，看着手上的宣传单，桃花眼上的睫毛也落了下来，长而浓密，在下眼睑处留下了一个安静的剪影。高挺的鼻梁下，男人殷红的双唇微动，声音沉静如水："全场八折，甜吗？"

像是被草原上的一缕清风掠过心尖，许星空眼眸抬起，声音微颤："你……你怎么……"

她抬眼看着对面银梓国际大酒店的楼顶，视线收回时，看到了不远处的Leo。他神色焦急，眉头紧锁，似乎在找人。

许星空瞬间明白过来，她看着 Leo，刚要叫他，身体却被头顶上那把黑色的伞一勾。

熟悉的味道和触感，让许星空的心刹那间慌乱起来。她被伞勾入了男人怀中，大伞微微倾斜，撑起后将两人拢于那一方黑色之下。

许星空脸色微红，她抬起头，对上了男人的视线。

怀荆眼尾微挑，浅褐色的眸中放肆张扬。他垂眸看着女人，嘴角一扬，手指轻轻地放在了唇边："嘘，我是偷偷过来看你的。"

许星空撑着伞回了店里，杜一哲正在做奶茶，看她将黑伞收起，问道："雨下大了吗？还买了伞？"

话一说完，杜一哲的视线落在了黑伞上。这是一把很漂亮的黑伞，伞面漆黑，伞柄厚重，用料和制作考究精致，不像是随便就能买得到的。

看到杜一哲眼中的疑惑，许星空的脸微微一热，她将伞立在一边，说："朋友过来看我。"

皇甫壹朵逗着阿金，听到后抬起头。她今天穿着一条和杜一哲相配的墨绿色丛林风格的蓬蓬裙，戴了一顶贝雷帽，头发上别了一个大大的蝴蝶结，大而有神的眼睛看着许星空，笑出两个小酒窝。

“是男朋友吧？”

许星空心下一空，她笑了笑，说：“不是。”

杜一哲和皇甫壹朵甜蜜地对视一笑，没有再说话。

陈婉婉到办公室的第一件事就是问许星空昨晚的营业怎么样，许星空觉得挺满意的，她笑着说：“还不错。”

陈婉婉看她笑得开心，揶揄地挑挑眉，说：“志得意满啊许老板。”

手上整理着资料，许星空笑着说：“承陈部长吉言。你们昨晚怎么样？”

提到这个，陈婉婉耸耸肩，抱怨道：“见了不少明星模特，但连要签名的时间都没有，全程跟着产品部和推广部的人跑做翻译，饭都没吃饱。”

许星空伸手拿过订书机，笑了笑，说：“这是工作啊。”

“对啊。”陈婉婉也笑起来，总结了一句，“总的来说，除了开场怀总迟到了一会儿，其他地方都很完美！”

拿着订书机的手一顿，许星空眨眨眼，“啪”的一声将资料订上了。

“你这店铺也开业了，最近一段时间应该闲下来了吧？”陈婉婉给她把资料整理了一下，问道。

许星空小心地对着资料页数，边数边和陈婉婉说：“小哲没有自己经营过店铺，我这周还要过去帮忙。”

“啧。”陈婉婉笑嘻嘻地说，“有你这老板真好。”

许星空笑了笑，说：“还不是为了挣钱。”

提到挣钱，陈婉婉想起一件事来：“对了，老詹的土豪朋友送了他两张卿平寺的票。要不要周六的时候，咱俩去一趟，散散心，顺便求个财运。”

卿平寺在夏城城郊的清九山上，寺庙建于古代，香火延续千年，是个十分灵验的寺庙。而正因为灵验，所以求财求姻缘的人众多。卿平寺为保护寺庙古建筑，现在控制人流量，导致一票难求。基本上，现在能去的，都是有钱有势的人。

林美慧信佛，家里还供奉着佛像，许星空耳濡目染，也相信心诚则灵。

“老詹不去吗？”许星空问道。

“他？理工男不信这些。”陈婉婉翻着白眼说。

许星空笑了笑，说：“行，那我去。”

两人约的是周六，陈婉婉开车去，到时候来她家接她。

周六这天，从许星空起床起，咪咪就一直跟着她来回跑。这段时间她忙，倒是冷落了咪咪。许星空将咪咪抱起来，到冰箱里给它拿了一盒罐头，抬眼看了看日历，揉了揉咪咪头顶的毛发说：“该给你打疫苗了。”

咪咪的脸追着许星空的手跑，许星空又摸了它两把，将罐头打开，把它放下了。

看咪咪吃得开心，许星空自己也饿了。她到冰箱前看了一眼，好久没做饭，冰箱里也没什么东西了。现在去买也来不及，许星空拿了两片吐司塞进嘴巴里。

许星空边吃着干巴巴的吐司，心里边盘算着今晚要去菜市场买的菜。

一定要先买一条鱼。

陈婉婉到了禾枫公寓，给许星空打了电话。许星空拿着包上了电梯，电梯刚到一楼，门一开，一个小不点“哇”的一声从墙壁的一旁跳了出来。

好像是怕吓到她，小不点哇的那一声格外小声。

许星空听到声音，已经笑了起来：“康康。”

詹佳康站在电梯门口，笑眯眯地等着许星空出来，待她走出电梯后，小家伙张开手臂朝着她飞了过来：“星空阿姨！”

甜甜的一声，叫得许星空心都化了。

待许星空上了车，帮詹佳康把儿童座椅的安全带系好，陈婉婉还在前面絮絮叨叨地抱怨：“都怪老詹！本来康康不想跟着我的，他嘴碎说漏嘴说你也去，这熊孩子非要跟着我。卿平寺那么大，我哪儿照顾得过来。”

“妈妈，我和星空阿姨在一起。”詹佳康说着，小手迫切地伸过来牵住许星空的手，软软的五根手指和许星空十指交叉握在一起，给陈婉婉演示道，“这样，我就不会走丢了。”

小家伙的手指很软很暖，就算用力地握着，也没多大力道。许星空握着他的手甩了甩，笑着说：“好，康康真乖。”

陈婉婉看着后面两人和和睦睦，笑了笑，也就没再说什么。

卿平寺在夏城的远郊，开车要两个多小时。刚走了没一会儿，等绿灯的时候，陈婉婉从前面储物盒里拿出一本故事书递给许星空。

“你给他讲个故事，让他睡一会儿，不然一会儿到了卿平寺他该困了。”

这本书是彩绘本，名字叫《你看上去很好吃》，是日本的一个关于恐龙的童话故事。

童话故事虽然跌宕起伏，但表达的思想都是真善美的。许星空讲的时候，詹佳康一点也不害怕，还指着绘本问东问西的。

“这个小红果子好吃吗？”

“海水是咸的，那海风呢？”

“它把很好吃含在嘴里会不会咬疼它啊？”

许星空听着童言童语，乐不可支，眼睛里都是揉碎了的水光。她看着大恐龙含着小恐龙，笑着说：“不会啊，因为它爱它，所以不会咬疼它。”

说完这句话，许星空一愣，男人咬着她脖颈间的画面在她脑海里一闪而过。

两人三周不见，他咬过的咬痕都已经消失了，也没有了痒感。

说起来，他咬人也不疼。

许星空的脸微微泛了红，詹佳康没有察觉，他因为一个故事的结束，已经有些困意了。小手握着许星空的手指，詹佳康闭着眼睛打了个小哈欠。

“那星空阿姨，你会不会捡到一只小恐龙呢？”

许星空看着绘本上的恐龙，心中微微一颤。詹佳康是希望她捡到一只小恐龙陪伴她吧？

嘴角微微牵了牵，许星空将绘本合上，温柔地摸了摸小家伙的头发。

真善良啊。

陈婉婉开着车，她的视线停留在中央后视镜上。镜子里，许星空低眸看着詹佳康，眉目间皆是化不开的温柔。

陈婉婉心中五味杂陈。

对许星空来说，相比婚姻，她更想要个孩子。或者说她惧怕婚姻，不愿重新开始一段新恋情，正是因为她不能生孩子。

这对一个女人来说太过残忍了。

“你的经期现在还不准吗？”陈婉婉喉头微动，问了一句。

许星空回神，抬眼看了看前面的陈婉婉，好友的下巴绷得很紧，似乎在咬牙。

“不准。”

陈婉婉轻叹了一口气，问道：“明天我陪你去医院看看。”

“不用了。”许星空倒是一笑，她又将绘本打开，轻声说，“该查的都查了，没用的。”

陈婉婉又咬紧了牙。

清九山是一座很陡峭的山崖，是夏城与文城的分界线。清九山常年水雾环绕，陡峭叠翠，卿平寺就坐落在它的山脚下，一直修建到了它的山腰处。

卿平寺虽是古建筑，但其恢宏程度丝毫不亚于现在修建的亭台楼阁。寺庙前方是碧波万顷的九仙湖，冬日的九仙湖，水面萦绕着淡淡的水汽，从上往下看去，湖水清澈见底。

不管是清九山还是九仙湖，都是夏城未开发的纯自然景观。也正是因为如此，卿平寺才能在这山湖之间岿然屹立，仙气缥缈。

古寺中，钟声晕染开来，透着难以言说的庄重和虔诚。

许星空站在卿平寺的门口，听着寺中吟诵经书的回声，浮躁的心渐渐沉静下来。她眉目清俊，和陈婉婉一道走进了卿平寺的大门。

刚一进门，就闻到了淡淡的檀香味。这里香客众多，不缺香火钱，就连香都是纯正的檀香。

许星空刚一进门，寺庙的僧侣就递了九炷香过来。

寺庙上香，三炷为自己祈福，六炷为两辈人祈福，九炷为三代人祈福。

这僧侣可能误认为康康是她的孩子，所以才递了九炷香过来。许星空倒也想上九炷，可她没有这个命。

许星空点头谢过后，让陈婉婉接了九炷香，自己则拿了六炷香。

正殿两边，有僧侣在诵经，沉沉的声音像深山的佛钟，敲碎了脑中的杂想。许星空闭上眼，感受着佛家的庄重，安静地祈求。

祈求自己顺顺利利，祈求家人健健康康。

待上香结束，许星空举香齐眉，然后将香火插上了。

上香很快，三个人结束后，就从正殿出来了。

既然来了一趟，也不着急走，陈婉婉拉着许星空说："后院有棵月老树，求姻缘很灵的，咱们也去。"

"算了吧。"许星空说，她现在没有嫁人的想法，求姻缘干什么。更何况，姻缘讲究的是缘分，缺一不可，哪能那么好求？

"走啦走啦！"不顾许星空的拒绝，陈婉婉拉着她去了后院。

到了后院，许星空从尼姑手里接过红布，在陈婉婉的监督下，把红布抛上了树。待她抛上去后，陈婉婉鼓了鼓掌，拿着一根红绳系在了她手腕上，并且打了个死结。

"今天不准摘下来啊。"陈婉婉瞪着眼睛威胁道。

许星空："……"

在许星空无奈的时候，陈婉婉突然紧走两步抓住了她，惊讶地道："妈呀，刚有个带发的尼姑，穿的鞋子是香奈儿的，卿平寺里果然卧虎藏龙。"

月老树的后院，一直绵延到后山，盖的全是小房子。因为清九山清净，来这里清修的人也不少，所以有不少人都是带发的。

听陈婉婉这么一说，许星空倒惊讶了一下，她刚回头，却只见一个衣角扫过门边，人已经没了踪影。

许星空没有再看，回过了头。

午饭是在陈婉婉家吃的，下午又陪着康康玩了一会儿，许星空回家时已经三点了。她刚一开门，咪咪就围了过来，仰头冲着她喵喵地叫了一声。

许星空一笑，俯身将它抱了起来，脸在它的身上蹭了蹭，关上了门。

咪咪在许星空的怀里，爪子小心地碰了一下她手上的红绳。许星空想起陈婉婉的叮嘱，无奈地笑了笑，将手腕凑到咪咪身边，柔声问道：“好看吗？”

咪咪伸出肉垫碰了碰红绳，又是一声“喵”。

禾枫公寓内单身公寓居多，单身的人大多喜欢养些猫猫狗狗。所以，在禾枫公寓对面就有宠物医院。

早上的时候，许星空就预约了疫苗，到了宠物医院，将咪咪送给店里的医生后，她走到货架前，看看要不要给咪咪添置些东西。

这家宠物医院卖的东西挺齐全的，许星空看到一个逗猫棒，拿起来时小铃铛丁零零地响。伴随着铃铛的声音，许星空的手机响了。

许星空将手机拿出来，在看到上面的电话号码时，放在屏幕上的拇指微微一颤。

是怀荆。

两人有三周没有电话联系了，许星空看着电话号码都有些恍惚。她滑到接听上，轻轻地说了一声“喂”。

男人声音没变，依然低沉磁性，听到她接了电话，声调慵懒地问了一句：“在干什么？”

手上的逗猫棒小铃铛响了一下，许星空抿唇，回答道：“在宠物医院，给咪咪打疫苗。”

听她有时间去给猫打疫苗，男人声音一顿，话里带了些笑意：“忙完了？”

“嗯。”许星空应了一声，“店铺那边都已经收拾好了。”

“我今晚去接你。”话题一转，男人单刀直入。

目光一闪，许星空双唇微颤，她低头看着手中的逗猫棒，轻轻地应了一声：“好。”

将咪咪送回家，许星空再下楼时，男人已经在车里等着了。波尔多红的欧陆停在马路边，前车窗玻璃反射着光，里面男人的脸上铺陈着被那光芒切碎的树影。

许星空走过去，打开车门上了车。

现在天气很冷了，女人穿了一件长裙，里面是黑色的裤袜，外面套了一件褐色的大衣。长裙的领口不大，镶着花边，围在了她细嫩白皙的脖颈上。她脖颈周围的一圈皮肤都是白的，没有任何瑕疵，像最完美的白瓷。

好久不在一起，她身上连他留下的痕迹都消失了。

怀荆见她将安全带系好，侧眸看着她，浅褐色的眸中盛着被树叶剪碎的光。

“走吗？”

真接到她了，他倒不那么急了。

女人脖颈微微红了一圈，她喉头微动，浅浅地应了一声：“嗯。”

现在才下午四点，夕阳已成一轮红日，红色的阳光倾洒在沿海公路上，像是染了一层红色的颜料。

两人一路上没怎么说话，许星空觉得有些闷。她抬眼看着车窗外，红日悬挂在山腰上，马上就要被山峰吞下去。

在连绵的群山间，太阳倒显得小了些，像极了小果子。

许星空想起今天给詹佳康讲的故事来。

眼睛微微一抬，许星空按了车窗按钮，向下开了一条小缝。

车窗一开，咸湿的空气吹了进来，将她的发丝吹乱在脸颊上。许星空嗅着海风的味道，她眼睛被发丝打得眯了起来。她将脸颊靠近窗边，慢慢地探出了舌头。

海风很凉，吹得舌头有些酥麻感，味道倒没有尝到。许星空的舌头还未收回，驾驶座上就响起男人沉沉的笑声。

许星空迅速将舌头收回，冰凉的舌尖在嘴中渐渐回暖。许星空皱紧了眉心，耳根悄悄变红了。

她觉得她像个傻子。

怀荆侧眸看了一眼副驾驶座上的女人，她已经将舌头收回来了。红晕从白皙的脖根一直蔓延到耳后，耳边凌乱的发丝被风吹拂在颊边，她整个人像被夕阳镀了一层红色的金光，娴静而柔美。

怀荆想起她刚刚悄悄伸出舌头的模样，红润的舌尖，像极了刚成熟的樱桃。而那舌尖的味道，却比樱桃要甜美得多。

怀荆眸色一沉，及时地将思绪收回，轻笑一声后，他问："饿了？"

许星空下颌微颤，她脸红得厉害："没……没有。"

手打了一圈方向盘，怀荆微抬着头，将车子停在了路边。他将手机拿出来，拨打了一个电话，耳边白色的蓝牙耳机，蓝光微闪。

"喂，何妈，晚饭做两条鱼。"

男人说着，慵懒地后靠在了座椅上，修长的手指把着方向盘，眸色清冷。

电话那边似乎问了一句什么，男人手指轻敲方向盘，说："现在。"

接着，他否认了一句，说："我不饿。"

怀荆侧眸看过来，看着副驾驶座上的许星空，女人正抬眸望他。眼中的清冷消失不见，他嘴角一扬，说："有只小猫饿了。"

挂了电话，怀荆重新将车子发动，在距离他家不远处的一条支路上拐了弯。随着小路开上去，很快车子就到了山顶。

怀荆将车停住，解开安全带，对许星空说："晚饭还要做一会儿，晚点再回去。"

许星空有些不明所以，这里虽是别墅区，但山顶十分空旷，崭新的公路上鲜少有车辆经过，现在看来就只有他们两个。

许星空想起上次在山顶的时候，好歹还是在晚上，现在太阳都还没落山……

打开车门，怀荆从车上走了下来，俯身站在副驾驶座门边，男人微低着头，修长的手指敲了敲车窗："下来。"

许星空拉着安全带，有些犹豫地看着他。

怀荆眼里带着些疑惑，待看清许星空眼中的警惕时，隔着玻璃窗，男人轻声一笑。这个笑容，没有轻佻的意味，反而带着丝无奈。

在许星空还未回味过来时，怀荆打开车门，俯身将安全带解开，然后打横将她抱了起来。

"放……放我下来。"身体一个腾空，许星空有些慌乱，她挣扎着要下来，眼眶都泛了红。

然而她的挣扎，在男人这里丝毫没用。怀荆垂眸望着她，浅褐色的双眸突然蒙上了一丝深沉，看得许星空心下一怵。

在她准备开口拒绝时，男人抱着她往前车盖上一放，然后他顺势坐在了她的旁边。怀荆指了指前方还未落山的红日，对许星空说："看日落。"

柔和的红光洒在男人深邃的脸上，像是给他蒙了一层红纱。男人桃花眼微抬，嘴角勾起，带着他独有的轻佻和张扬。

许星空心下一动。

他们面前并不是一望无际的，视线受了群山的遮挡，太阳的光芒穿不透那层峦叠嶂，只能从没有遮挡的地方，如千军万马般照射而来。

虽是落日，但也有一股难言的气魄。

今日落下，明天升起，所以太阳也不需有什么伤春悲秋之感。就像人一样，总归是有重新站起来的希望的。

双手撑在身侧，许星空望着落日，心情也渐渐舒爽了。

"去卿平寺了？"怀荆突然问了一句。

许星空回头，看着日暮下的他，点点头，问道："你怎么知道？"

怀荆垂眸，浅褐色的眸中染了红光，他指了指她的手腕说："姻缘绳，我妈在卿平寺出家，我认得。"

许星空目光一动，她想起了上次听到的八卦，看来怀荆母亲出家这事是真的。

她将手腕放在腿上，红绳叠加上落日的红，有一点刺眼。她一个离过婚的人，竟然还相信这些，怀荆心里应该也觉得她可笑吧。

许星空自嘲地笑了笑，说："戴着玩罢了，姻缘哪有那么容易求到，好男人都已经结婚了。"

"那可不一定。"男人轻声一笑，轻舔下唇，淡淡地说，"我不就还没结吗？"

第七章

是想给我生孩子吗?

两人回到家时，家里没人，只是灯都开着。偌大的客厅被吊灯的光芒充盈，浮起一层冬日的凉意。落地窗微开，轻柔的海风吹进来，卷起了垂在地板上的窗帘。

许星空闻到了伴随着海风而来的鱼香味，她鼻头微微动了动。

怀荆看着她细微的动作，眼眸一抬，说：“吃饭吧。”

餐厅里已经摆好了饭菜，四菜两汤。其中有两条鱼，一条红烧，一条做汤。红烧鱼色香俱全，鱼汤乳白味鲜，令人食指大动。

长长的餐桌上，只摆了一碗米饭，许星空抬头看了看怀荆。怀荆会意，说：“我不饿，你先吃。”

许星空好久没有吃鱼了，所以看到鱼就饿了。没想到这么大年纪的人竟然还这么馋，许星空微红着脸点了点头，拉开椅子坐下了。

她坐下后拿着筷子先夹了一块鱼肉，鱼肉肉质细嫩却不碎，许星空吃了一口，味道挺不错。

怀荆看着她小心翼翼地剔着鱼刺，问道：“好吃吗？”

许星空点点头，圆眼中盈盈发光，一脸满足：“嗯，这个阿姨做的菜很好吃。”

“我从小就喜欢吃何妈做的菜。”怀荆说，“我妈也喜欢。不过何妈在大宅，平时要照顾我奶奶，只有周末的时候，才会过来照顾我的三餐。”

怀荆一下说了很多，但许星空只是细细听着，并没有多问。大宅应该是怀家老宅，只有他的奶奶和二叔住着。他父亲去世，母亲出家，妹妹在国外念书……他自己住在这么大的房子里，其实也挺孤独吧。

许星空埋头吃着饭，怀荆看了一会儿，手机就响了。他屈起手指敲了敲桌子，扬了扬手机。许星空点了点头，表示知道了。

怀荆拿着手机起身，刚出门就接了电话。

电话那端传来少女欢快的声音："哥！"

"嗯。"怀荆眉眼一柔，应了一声。

怀荆出去接电话的时候，许星空才算放开吃了一些。她吃饱后，怀荆仍未打完电话。怕怀荆会饿，许星空并没有动除了鱼以外的其他菜，她将菜用保鲜膜封好，放进冰箱，然后将自己用过的碗碟拿去洗干净了。

做完这些后，许星空出了厨房。

落地窗开得比刚才更大了些，落地窗外，男人长身而立，站在泳池边打电话。阳台未开灯，只有房间内的灯光投射出去，在经过玻璃窗时，被切割成规则的方块，铺陈在男人精致俊逸的脸上。

他微抿着唇说着话，神色虽然不好，但眉眼里没了往日的清冷疏离。

这通电话他应该还要打一会儿，许星空收回目光，决定自己先打发一下时间。她抬眼看向客厅，在客厅里侧发现了一角书架。

许星空目光一动，抬步走了过去。怀荆平时看的书，应该也是和玉石相关的吧，不然上次也不会给她推荐那几本书。

许星空走到书架前，还未抬手拿书，倒在抬眼间，看到正对着书架的落地窗前，安安静静地放置着一架钢琴。

怀荆家很大，有好几个阳台。他现在打电话的阳台外连着泳池，而许星空所在的这个阳台则是连接着一座小花园。夜色下，花园里各色植物枝丫摇摆，流动着淡淡的香气。

许星空的视线又落在了那架钢琴上。

那是一架三角钢琴，周身漆黑，反射着幽幽的光芒。琴上没有标注牌子，但看顶盖和支架的用料与工艺，可知价格不菲。

钢琴的大摇盖是抬上去的，黑白琴键铺陈得整整齐齐，在键侧木中间，光泽厚重，像一件艺术品，散发着浓厚的文艺气息。

许星空眼睛微微一亮。

怀荆挂了电话回到客厅时，听到了断断续续的钢琴声，他眼尾一挑，抬眼看向阳台旁。

女人坐在黑色的钢琴前，左手压在琴凳上，右手在琴键上按着。她脊背挺直，黑色的长发垂在背上，像她的人一样温顺。

她似乎在找音。

许星空确实在找音，但她找不准，面前的庞然大物上八十八个琴键让她有些驾驭不了。她无从下手地按一下再按一下，在她紧皱着眉苦恼时，另外一只手出现在了琴键上。

那只手好像是专门为弹钢琴而生的。

手指修长白皙，在琴键上翻飞，动作漂亮优雅。

许星空抬头，只见男人站在她身后，身体微弯，垂眸看着琴键，神色认真地将她刚刚弹破的几个音修整好。

是《故乡的原风景》。

钢琴声泠泠，一首曲子完毕，男人抬眼，对上了许星空的视线。

他眸中带着笑，许星空从这笑中回神，脸一红，说："对不起，没经过你同意就……"

怀荆似乎毫不在意这个，他问道："喜欢弹钢琴？"

女人愣了一下，微微点头，说："嗯，小时候想学，但家里经济条件不太好，我爸爸便教我吹埙。"

埙，怪不得弹《故乡的原风景》。

怀荆笑着说："埙的声音很好听。"

许星空被夸了一句，她笑了笑。

怀荆看她的视线还在钢琴上，他目光一动，问道："想学？"

“嗯。”许星空应了一声，也没有掩饰，“我想报个钢琴班。”

她现在工作稳定，有资金，也有闲暇的时间，就想着弥补一下以前的遗憾。

在许星空想着该去哪儿报班时，男人突然说了一句：“我教你。”

许星空一愣，她抬眼看着男人，眼中满是惊疑。

看着她的目光，怀荆一笑，说：“我周末在家，可以教你。至于学费，你负责我的一日三餐就好。”

听了怀荆的提议，许星空有些心动。这样既能省下学费，还能免去在她家和他家之间来回奔波……

然而仔细一想，两人周末都在一起，是不是有些奇怪？

许星空还未回答，怀荆继续道：“我妹妹的钢琴也是我教的，这里就有一架钢琴，你随时可以练，还不用和其他人抢。”

怀荆的这一番话，彻底将许星空说动了。他教过他妹妹的话，说明有教习经验，她会好学很多。而且这架钢琴就在这里，她可以随时练。

许星空点了点头，说：“好。”

就这么决定了学钢琴，许星空心里开心又期待。她低头看着琴键，手指在白键上按了一下，发出一声脆响。

真好听。

女人低头看着琴键，手指在黑白键间摸索。她的手指很白很纤细，低头时，后面的头发散到两边，露出修长白皙的脖颈。

这一截脖颈，光洁好看，没有一点瑕疵。

怀荆眸色一沉，伸出手压在了她的手指上。

男人的手压在她的手指上，温软的指腹轻碰着她的指甲。十指连心，许星空心下一跳，抬起头望着背光而站的男人。

男人眸色深沉，捏起她微扬的下巴，俯身将她吻入了他的温柔之中。

两人唇一贴，身体皆是一颤。

许星空下颌一抖，只觉腰间放上两只大手，微一用力，她被腾空抱起。她身体往下一坐，杂乱的琴音四起……

她起身，简单地洗了个澡，擦干净身体，看向镜子。

许星空脸有些热，她将宽大的睡衣套上，脖颈和锁骨处的咬痕露出大片。在怀荆家不用刻意去遮掩，许星空走出浴室，下楼去了客厅。

海边的太阳已经升起来了，悬挂在一望无际的碧蓝大海上。阳光透过窗户进入阳台，洒在了阳台边的钢琴上，熠熠生光。

她要准备早饭了，那是她的学费。

她确定要跟着他学琴吗？周末都在这里，算是同居吧？

想到这里，许星空走到了钢琴旁边。她手指放在琴键上，但没敢按下去，怀荆还没有醒。

冬日的早阳洒在身上，带着些干燥的温暖，许星空抚摸着键盘，心里带着欢喜。正在这时，一只手突然出现，在琴键上一压，“叮”的一声响。

许星空吓了一跳。

她回过头，男人站在她的身后正在看她。他头发稍微有点乱，更给他添了一丝轻佻肆意。他站在阳光下，白皙的皮肤被照成透明，阳光的焦点在他修长的脖颈间晕开，光线四散而开，落在他上半身的肌肉轮廓上。

紧致漂亮的腹肌下，人鱼线若隐若现。

他只穿了一件睡裤，因为睡衣在许星空身上。

看着男人这么大大方方地站在那里，许星空赶忙移开视线，她脸颊微红，转身说：“我……我去换下来。”

她刚走了两步，男人就伸手抓住了她后颈的衣角，将她拎回来放在琴凳上。男人垂眸看着她，眼尾一挑：“我不想穿。”

许星空：“……”

现在已经是早上，既然两人都醒了，许星空就先去厨房做了早餐。怀荆不挑食，中西餐都可以。早餐许星空并没有花费什么心思，做了吐司三明治，配了两个煎蛋，另外两人一人一杯牛奶。

本来想吃过饭，怀荆就开始教许星空弹钢琴，然而吃饭的中途，怀荆接了一个电话。估计是工作上的事情，他听着电话那边说着，慢条斯理地喝了杯牛奶，沉声应道：“我马上到。”

许星空咬了一口三明治，抬眼看着他。

怀荆工作的时候，和日常大不相同。

挂了电话后，怀荆拿过餐巾擦了擦嘴角，他抬眸看了一眼许星空，说道：“我有些事情要处理，你在家等我。”

“在家等我”四个字，让许星空恍惚了一下。在男人起身出去的时候，许星空叫住了他。她站起身说：“我跟你一起。家里没放太多猫粮，咪咪该饿了。”

她没想到今天会在怀荆家待一天，她也要留些时间回去收拾一下。

怀荆扫了她一眼，点点头同意了。

将许星空放下后，怀荆便开车走了。许星空下了车，小区门口前的那个陡坡让她走得有些吃力。等上了电梯，她已经出了一层汗。

到了家门前，许星空刚拿出钥匙，就听到家里咪咪挠门的声音。她嘴角微微一勾，拿着钥匙将门打开了。

门一开，咪咪一下扑到了她的怀里。

“哎呀。”许星空轻叹一声，笑着将它抱在怀里，然后走进了房间。

房间里，咪咪的饭碗里，猫粮所剩无几。许星空看了一眼，心里涌上一层歉疚。她开了个罐头后，将咪咪放下。看着它吃了两口，许星空揉着它的头，软软地道歉：“对不起啊。”

咪咪在吃饭的时候，仍旧没有离开她，在她身边扫着尾巴打着旋。咪咪真的很喜欢她，从第一次见面就喜欢。许星空觉得以后要真周末都待在怀荆家，要把它一起带去吗？

许星空想了想，锁紧了眉头。

他俩会打起来吧？

咪咪吃东西的时候，许星空一直蹲在旁边陪着它。待咪咪吃完，它转身将前爪搭在了许星空的手腕上。其中一只，抓了一把她手上的红绳。

许星空看着红绳，想起陈婉婉来。

话说回来，她的店铺现在渐渐稳定，她也该好好请陈婉婉家一顿了。毕竟一开始，这家店铺全是他们两口子帮忙跑。给他们钱，陈婉婉肯定不会要，但是饭还是要请一顿的。

抬眼看了看时间，刚过十点，许星空便给陈婉婉打了电话。

“喂，许老板有什么吩咐啊？”陈婉婉声音愉快地叫了一声。

许星空一笑，任凭她闹着，她问道：“陈部长和詹部长今天中午有没有时间啊？赏脸一起吃顿饭。”

“哟，巧了。”陈婉婉一乐，说，“陈部长有……”

她还没说完，那边詹良庭不知道说了句什么，陈婉婉“哦”了一声，笑着说：“詹部长没时间，但他派了小詹过来。”

陈婉婉刚说完，康康甜甜的声音就响了起来：“星空阿姨！”

许星空眼睛笑成月牙，笑眯眯地说：“行，那就带着小詹，我请你们。”

知道许星空这顿饭是为了感谢他们，陈婉婉心里倒并不在乎这些，但她知道如果不让许星空不请的话，她心里会过意不去，所以就痛快地答应了。

本以为她只是随便请一顿，没想到却带着他们娘俩到了高档的私厨西餐厅。

陈婉婉刚进来就要走，被许星空硬拉着进去，两大一小进了提前预约好的包间。包间靠窗，陈婉婉看了一眼窗外，楼层太高，看得有些头晕。

“许老板做了老板以后，学会高档消费了啊。”陈婉婉揶揄她。

许星空倒是不在意，她看着菜单，漫不经心地说了一句：“你不是一直想来尝尝吗？”

“这种一顿吃掉一个包包的地方，我才不会来。”陈婉婉虽然这样说，心里却是一暖。

“所以我请你啊。”许星空抬眼看着她笑。

陈婉婉瞥了她一眼，嘴上抱怨着，嘴角却勾了起来。

“星空阿姨也请我啦。”康康坐在儿童座椅上，拿着儿童用小铁叉，笑着举了举。

“对！”许星空声音一软，伸手捏了捏他的脸蛋，甜甜蜜蜜地说，“主要想请康康！”

说完，两人相视一笑，脸蛋贴到了一起。

看着两人和和美美的，陈婉婉哼了一声，说：“你俩倒是情真意切啊，我把儿子送给你，我自己再生一个吧。”

许星空一愣的工夫，旁边康康惊喜地瞪大了眼睛，看着陈婉婉，问：“真的？”

陈婉婉：“……”

两个大人面面相觑，陈婉婉哭笑不得，指着自己的儿子说：“你还真想去啊！”

许星空哈哈笑了起来。

饭菜很快上齐，陈婉婉尝着这一顿一个包包的饭菜，感慨了一句：“怪不得贵，就是好吃。”

许星空无奈一笑，给康康将手边的小牛排和小鹅肝切碎了。

每次带着康康出来，陈婉婉基本上不用怎么动手，许星空就能照顾了。她看着许星空，敲了敲桌子，认真道：“我婆婆推荐了一个老中医，调理身体很有一套，你跟我去一趟吧。”

说是调理身体，其实是为了治疗她的不孕不育。许星空一听，眼睛一亮，但随即眼中的光芒渐渐熄灭。她很感激陈婉婉，又觉得没必要。

她刚要拒绝，陈婉婉先开口了：“你别拒绝啊，那位老中医很厉害，我都替你预约好了，还是加塞插队的。就下周末，你不跟我去，我也要押着你去。”

听了她的话，许星空无奈一笑，她点点头，说：“好吧。”

将嘴边的米粒塞进嘴巴里，康康看着两个大人，担忧地问道：“星空阿姨生病了吗？”

小家伙一双大眼睛忽闪忽闪地装着担心，许星空心下一软，她点点头说：“嗯，但是很快就好。”

听了她的话，康康放心了些，他奶声奶气地叮嘱许星空："那要好好吃药啊。吃了药，病就好了，星空阿姨也会变得开心了。"

许星空一愣，嘴角的笑容渐渐晕开，她抱着小家伙贴了一下脸，说："好，阿姨听话。"

在两人继续和和美美地吃饭时，许星空的手机铃声响了。她将刀叉放下，把手机拿出来，看到来电显示，眼神一慌。

陈婉婉垂眸看了一眼，问道："谁啊？"

"店铺里的。"许星空说着，拿着手机出去了。

"店铺里的电话干吗出去接啊？"陈婉婉皱眉，觉得许星空有些蹊跷。她刚要起身，康康一把抓住了她："妈妈，别偷听星空阿姨打电话。她想告诉我们的话，自然会告诉我们的。"

被儿子教训了一顿，陈婉婉眼睛一睁，与她儿子的眼睛大小可匹敌。

她塞了一块牛排给儿子，嘟囔了一句："就你懂的道理多。"

许星空走到餐厅的休息室，休息室内干净淡雅，且没人。许星空站在休息室窗边的盆栽前，将电话接了起来。

"我忙完了，现在去你家接你。"怀荆说。

"啊。"许星空抿了抿唇，对怀荆说，"我现在不在家，在外面陪朋友吃饭。"

吃过饭后，她们还要陪着康康去佳廷广场的游乐园玩，估计回去的时候就得下午了。许星空盘算了一下时间，说："可能要下午四点钟才结束。"

许星空说完，电话那边男人鼻间轻哼一声，声音里带着些慵懒与不满："那你周末还练不练琴了？"

许星空被问得一愣，她咬了咬唇，心虚道："下午回去就练。"

问过这个问题之后，怀荆整理了一下思路，说："所以，你现在是告诉我你今天下午要四点才来练琴，对吗？"

许星空听着他的总结，应了一声："嗯。"

电话那端轻轻地长叹了一口气，男人声音里带着些凉意，问她：“你没把我当你的钢琴老师吧？”

“啊？”许星空疑惑了一下，赶紧回过神来，连忙说，“不是的，我有当。”

“哦？”男人尾音一扬，淡淡地说，“那你今天一下午不上课，你有找我请假吗？”

这样一想，确实有些不尊重他。许星空抬眼看了看休息室外，陈婉婉好像出门来找她了。

她抿了抿唇，轻声说：“今天中午到下午四点，我想请假。”

听了她的话，男人轻笑一声，许星空甚至能想象得到他轻扬的嘴角。

“我不同意。”

许星空：“……”

她一开始就不应该跟着他的思路走！

说不同意自然是骗人的，就像上次国庆节那样。

许星空脸一红，有些着急地说：“你别开玩笑了。”

“好。”怀荆问道，“但是你在外面吃饭，我饿了，我吃什么？”

许星空：“……”

以前她没在他家做饭的时候，他也没饿死啊。

许星空分析问题并解决问题，耐心且认真地说：“你让阿姨先去做一顿，晚饭我回家再做。先不和你说了，挂了。”

怀荆还没说话，那边电话就已经挂断了。听着手机里的忙音，怀荆鼻间哼笑一声，将手机放在了一边。

他抬眼看了看围墙内，白玉兰的树叶在风中飘扬。怀荆打了一圈方向盘，掉转车头离开了禾枫公寓。

即将步入十二月，也到了今年的年末。IO 集团今年的大单已经结束，各部门的绩效考核也开始了。

周一下午临下班时，黄千松还专门召开了部门会议谈这件事情。他站在会议桌前，一脸和颜悦色。

“既然能力有高低，那绩效就有高低，对于绩效考核，我肯定会公平公正。咱们翻译部虽然是一个部门，但其实是隶属海外市场部。等我打完了绩效，还要提交到海外市场部的沙部长那里。绩效考核评分，每个领导都会打，但上层领导有可能会修改绩效。所以这次的绩效最终如何，大家不要太过耿耿于怀……”

散会下班，陈婉婉和许星空边往外走边吐槽：“黄千松这个老狐狸，海外市场部虽然管着翻译部，但对翻译部的人都不熟。绩效考核最后如何，决定权还不是在他手里。他刚才那样说，倒是推了个一干二净。”

年终的绩效考核牵扯到年终奖金和未来升职，许星空还挺关心的。她问陈婉婉：“这个什么时候会有结果？”

陈婉婉回过神，说：“周五吧，到时候老黄那边定下来会给我和嘉琳姐看，但是能改动的可能性很小。”

两人说话间，看到李妙雪打着电话从后面走了过来，高跟鞋踩得嗒嗒响，声音里带着股嗲气地说：“好，我马上过去。”

在路过两人身边时，李妙雪若有若无地朝着这边扫了一眼。陈婉婉看着她，太阳穴就抑制不住地跳。

当时李妙雪没当上副组长，本来要辞职，结果被老黄劝住了。不知道是怎么劝住的，但肯定是给了她利益。上次的事过后，她和陈婉婉还有许星空就一直不对付。这次很有可能会借着评绩效的事，给她们俩穿小鞋。

看着李妙雪出了门，陈婉婉的太阳穴这才消停了，她真是看不惯李妙雪，哪儿哪儿都看不惯。

“老黄不敢做得太难看，毕竟还有嘉琳姐呢。”陈婉婉安慰许星空道。

然而现实很快打脸。

周五一大早，陈婉婉拿了考核单，气冲冲地往黄千松办公室走。许星空抬眼一看，二话没说站起来先把她拦住了。

陈婉婉浑身都是怒气，周围的同事都在看她，许星空拉着她去了休息室。

到了休息室，陈婉婉把绩效考核单往桌子上一拍，骂了一句：“黄千松这个王八蛋！”

许星空看了一眼考核单，陈婉婉倒是没有问题，评了个A。她下面是李妙雪，绩效是A+。而下滑到她这里，则只有B。

看了一眼考核单，这已经是最低的评分了。

因为心里早就想明白了，所以看到现在的结果也在她意料之中，许星空并没有惊讶。

“就这样吧。”许星空说，“你别和老黄撕破脸。”

陈婉婉是副部长，黄千松不可能给她绩效评太低，但对许星空就不一定了。公司的同事很多都是表面关系，站队严重，许星空不想让陈婉婉出头，这对陈婉婉不太好。毕竟，她这个副部长也才当了两个月。

陈婉婉其实也只能生气，她改变不了什么。然而正是因为如此，她心里才更怄得慌。

许星空看她气得双唇紧抿，便换了个话题：“咱们明天几点去？你开车吗？”

明天周六，是两人约着一起去看中医的日子，许星空已经提前和怀荆请好假了。

陈婉婉怒气未消，她平复半晌，才把心里的火压下去，放平声音说：“九点，我开车去接你。”

周六一大早，陈婉婉就打电话过来说要来接她。许星空正在刷牙，应了一声后，问道：“带康康吗？”

“不带。”陈婉婉干净利索地说，“那地方太偏僻了，他又老是乱跑，带着不方便。”

许星空吐掉牙膏沫，说：“好吧。”

在许星空说完话后，康康的声音就传了过来。小男孩的声音甜甜奶奶的，一下让许星空弯了嘴角。

“星空阿姨，我乖乖在家等你，你看了医生后，要健健康康地回来呀！”

心中像是被糖糊住了，许星空不自觉地将声音放软了些：“好，谢谢康康。”

下午还是跟着陈婉婉去趟她家吧，她现在真是越来越离不开康康了，一个星期不见就想他。等下，再找怀荆续个假。

说起来，她说要学钢琴，但是从上周开始，每周周末都有事情。没学前，觉得空闲时间很多，现在看来，实际还是挺忙的。

也多亏是跟着怀荆学钢琴，时间自由些。若是去培训机构，该错过不少课程了。

这就是一对一教学的好处。

想到这里，许星空一愣。上面那句话，其实是怀荆跟她说的。他的原话是“你应该明白一对一教学的好处，毕竟这不是你第一次享受一对一教学”。

许星空脸一红，牙刷在杯子里涮了涮，不再去想这些事情。

收拾好所有的东西后，许星空出门前给咪咪续了猫粮。她蹲在咪咪身边，摸着咪咪头顶柔软的毛发。咪咪吃了两小口后，抬头看她，一双蓝眸清澈见底。

许星空笑了笑，对咪咪说：“但愿这次会有进展。”

虽然她心里一直觉得没有什么用，可潜意识里，还是希望能够成功。毕竟，她太喜欢孩子，太想做母亲了。

那位中医姓彭，诊所在夏城周边的一个小县城内的镇子上。

镇子小而古朴，坐落在两座连绵不绝的长山之间。山不高，顶多算是丘陵，北面靠山的地方有一条不大的溪流，现在还没有结冰。清澈的水顺着溪里的石头流过，将石头的棱角都抚平了。

小镇只有一条街，街道不长，从上一个路口转弯后，一眼可以望到尽头。

陈婉婉开车到了小镇中间，原本沉寂的小镇渐渐繁华起来，所有的繁华都汇聚在了一座两层的建筑前。

建筑不大，外观十分朴素，露着没有仿瓷的水泥墙面。一块白色的长条木板悬挂在防盗门的左边，木板上写着“彭氏中医”四个字。

医院门口不大，周围停了不少车。陈婉婉找了个车位将车停好后，两人一起下了车。刚一下车，许星空就闻到了好闻的草药味。草药在没熬制成中药的时候，味道还是挺清新的。

随着陈婉婉，两人一前一后进了门。刚一进门，就看到很多人在排队，基本上是一男一女，就只有她和陈婉婉是两个女人。

陈婉婉看了一下队伍，指了指一边的排椅说：“你在这儿等着，我去挂号。”

许星空点了点头，说：“好。”

陈婉婉走后，许星空抬头四下打量着这个房间。房间不大，墙上挂着很多牌子和锦旗，看来，这家诊所还是挺厉害的。

不一会儿，陈婉婉走过来，对许星空说：“好了。”

两人并没有在队伍后面排队，陈婉婉拉着许星空去了二楼。没等许星空问，陈婉婉就解释道：“现在彭医生很少看病，楼下排队后都是她徒弟帮忙看。为了让她帮你看看，我可是托了好多关系才要到的这个。”

陈婉婉说着，举了举手上的小白片，嘿嘿一笑说：“爱的号码牌。”

看着陈婉婉为自己忙前忙后，许星空心里一阵感动，她真是太幸运了，能有这样的好朋友。

两人上了二楼，走到楼道尽头。房门上面挂了块牌子，写着“院长室”。陈婉婉带着许星空敲了敲门，里面说了声“请进”后，她们这才进去了。

说是院长室，但其实十分朴素。房间也就十几平方米大小，一扇窗户，一个书橱，还有一张桌子、两把椅子。

桌子前，一个白发苍苍的老太太穿着白大褂坐在那里。她眉目冷淡，戴着老花镜，正在看书。见人进来，老太太只是把眼睛越过眼镜看了她们一眼。

“您好，彭医生，我们是先前预约的。”陈婉婉说着，将许星空推到前面，道，“许星空。”

许星空看到老人，尊敬地打了招呼：“您好。”

彭中医的头发已经花白了，但皮肤状态才六十岁左右，她脊背挺直，没有一丝老态。不过，陈婉婉听说，她的年纪其实有八十了。

彭中医听了两人的介绍后，将手上的书一放，拿了一块干净的白布放在桌子上，语气淡淡地说：“先把一把脉吧。”

“好。”许星空应了一声，走过去，将手腕放在白布上。

彭中医将手指放在许星空腕上，边把脉边问着许星空的一些情况，得知她前夫和现任妻子有了孩子。

待把脉结束，彭中医将白布拿了回来，不疾不徐地说了一下她的身体状况，又道："先开几服药慢慢调理，把身体养好再说。"

听彭中医的语气，她这个似乎不是大事。不知道为什么，许星空对她特别信任。听到她的话，她情绪有些激动，手都有些抖："那我有可能怀孕吗？"

彭中医抬眼看着她，目光沉稳，只说："走一步看一步，怀孕本来就是有人容易有人难，看个人身体。"

她没有给出确切的答复，许星空也听多了这样的答复。她收住情绪，轻声道了句谢谢。

低头写着药单，彭中医安排道："我先开服药，你们去下面药铺拿了，一天两袋，先喝三个月。三个月后，经期准了，你再来，咱们再谈后面的。如果还不准，你按照这个药方去中药店里让他们帮忙熬了继续喝。"

看着她写下的一堆中药名字，许星空点了点头，说："好，谢谢。"

很快，药单写好。彭中医将药单从本子上撕下来递给她，许星空笑着接过了。

拿了药单，许星空和陈婉婉低头看着往外走，准备去拿药。刚走到门口，彭中医叫了她们一声，两人一起回过头。

彭中医仍旧戴着眼镜，手上的书也已经拿起来了。她脸上的神情依然很冷淡，没有表情地看着她们两个人说："怀孕看机遇，像你前夫的妻子那样一下就怀上的，也不排除那孩子可能不是他的。"

"哈哈哈哈！"陈婉婉在拎着药出门的时候，还在哈哈大笑，边笑着边把药往车上放，"这个彭中医也太酷了吧！我的妈，笑死我了。"

看陈婉婉笑得一副大快人心的样子，许星空也无奈地笑了。她也提了一大袋子的中药，这些中药都是药房熬制好后，按照用量分封在小塑料袋里，许星空一天要喝两袋。

许星空喜甜怕苦，这药喝起来还是个问题。但哪怕是有一丝希望，她也会抓住，如果真有用，别说是一袋两袋，十袋二十袋她也要咬牙喝下去。

她去陈婉婉家待了一会儿后，就回了家。回到家时，怀荆已经在等着她了。今天放了他一天鸽子，许星空有些过意不去。拿了两袋药放进包里后，她就急匆匆地下了楼。

晚饭是许星空做的，吃完后，许星空将碗筷收拾到厨房洗干净了。待收拾完毕，许星空将那两袋药拿了出来。刚拿出来，就嗅到了苦味。许星空微皱了一下眉头，接了杯清水。

拿了刀架上的剪刀将中药袋剪了一个小口，小口处，更加浓烈的苦味从中药袋里溢了出来，许星空的眉头皱得更紧了。

中药的颜色看着像没有加奶和糖的咖啡，实际上却比咖啡要苦得多。许星空拧着眉，将中药袋放进嘴里，一咬牙，喝了起来。

浓烈的苦味像一把火灼烧着味蕾，这把火并不是只在口腔停留，很快蔓延到了鼻腔和眼眶，冲得许星空脑中一片空白，差点掉下眼泪来。

“你干什么呢？”怀荆站在厨房门前，眉头紧皱。

女人站在厨台边，一只手拿着一袋东西，另外一只手扶着厨台，小脸憋得通红皱成一团，就连眼眶和鼻头都红了。

怀荆抬步走了进去，从旁边的方糖盒里拿了一块方糖，捏着女人的下巴，塞进她嘴里。女人的嘴巴闭得很紧，他的手指抽出来时被她的双唇含住了。柔软温热的触感，让他指尖一顿，酥麻感像是过电一般从指尖传递到了心底，他眸色一沉。

“我看看谁把你欺负成这样了。”怀荆眉头皱紧，将许星空手上的袋子拿了过来。袋子上只画了两头白色的梅花鹿，其他什么都没有，标准的三无产品。

嘴巴里方糖的甜意渐渐弥漫开来，像反败为胜一样将苦涩压了下去。许星空睁开眼，空白的大脑也渐渐恢复意识，只是眼眶和鼻头依然是红的，就像被欺负坏了一样。她抬眼看着怀荆，小声说了句谢谢。说话的时候，含着糖的腮帮子鼓鼓的，她舌尖一挑，将方糖换到了另外一边。

“这是中药。”许星空解释道，“调理身体用的。”

男人双眼微眯，将袋子放下，问道：“你身体不好？”

许星空抬眼对上他的视线，抿了抿唇，嘴巴里的糖甜得发麻：“不是……这是帮我调理不孕不育的……”

男人目光一顿。

厨房的窗户是关着的，外面海风呼啸，风拍打在玻璃上，让整个房间更加清冷了些。

许星空直接告诉怀荆这件事，一是怕他以后再问，二是觉得告诉他也没什么。他们之间，她不能怀孕，他更不用负责任。

男人眼睛微微一动，他垂眸看着许星空，眸中情绪不明：“为什么现在喝中药？”

“啊？”许星空微微一愣。

怀荆侧眸扫了一眼中药袋，视线转到女人的脸上。灯光下，男人浅褐色的双眸深沉如水，他眼尾轻挑，嘴角一勾，说：“是想给我生孩子吗？”

许星空：“……”

你……你想得美！

十二月过得很快，马上就到了中旬。

周六下午的时候，许星空去了一趟吾饮。现在是五点多钟，店里正忙。杜一哲在柜台后做奶茶，皇甫壹朵和阿金就坐在店外面玩。

皇甫壹朵今天穿了一套紫色的蓬蓬裙，配了紫色的假发和小礼帽，特别可爱。

许星空刚走到店铺前，阿金就回过头来看她。许星空对上它的视线后，冲它一笑，阿金小跑着到她身边来接她。等阿金到了她身边，许星空俯身摸了摸它的头顶，阿金抬头蹭了蹭她的手。

“阿金。”皇甫壹朵叫了一声。

阿金回神往皇甫壹朵那边走，临走时看了许星空一眼，示意她跟上它。

许星空牵着它脖子上的套索，被它牵到了皇甫壹朵身边。

这时，店里的杜一哲也看到了许星空，冲她一笑，说：“我先忙。”

许星空坐到皇甫壹朵身边，笑着点点头，说：“好。”

皇甫壹朵看着杜一哲，也笑出了两个甜甜的小酒窝。她手上拿着一个小本，还有一支自动铅笔，正在写着什么。

见许星空的视线落在小本上，皇甫壹朵大方地将小本递过去，说：“是漫画里的圣诞特辑。”

作为外包的漫画编剧，皇甫壹朵接了三四个剧本，每到节日，都会写节日特辑。

许星空接过小本，有些敬佩地说：“这么多，想得出来吗？”

“不难啊。”皇甫壹朵笑嘻嘻地说，“我和阿哲每年的圣诞都过得不一样，所以我有很多灵感。”

小姑娘说完，有些腼腆地笑了笑。

许星空被她的笑感染，嘴角也勾了起来。她低头看着小本上小姑娘娟秀的字，连起来串成了一幕场景。

时间：雪夜

人物：男女主角

场景：在长街尽头的路灯下

周围都是欢快的圣诞节气氛，男主拿了把黑伞，遮在女主的头上。因为之前没有打伞，女主身上落了几片雪花。

剧本只写到这里，许星空微微一愣。皇甫壹朵看到她的表情，“啊”了一声后，有些抱歉地吐了吐舌头，问道：“这是我那天看到你拿着黑伞来的灵感，你介意吗？”

皇甫壹朵的话，让许星空想起那夜来。男人拿着伞替她遮雨，还告诉她，他是偷偷来看她的。两人两周没见，许星空忙起来倒不觉得有什么，没想到他竟然来看她。

脸微微一红，许星空解释道："我们不是那种关系。"

见许星空不在意，皇甫壹朵松了口气，她笑着说："是不是没关系，我可以自己虚构。"

许星空有些无奈，红着脸说："好吧。"

杜一哲忙完后从柜台里走了出来，他先伸手摸了摸皇甫壹朵的头发。他们两人天天在一起，但都不觉得腻，每天都甜甜的，像香草冰淇淋。

"姐姐有什么事吗？"杜一哲将手收回来后，笑着问许星空。

许星空点点头，抬眼看着他说："前两周开业，你们帮着忙这忙那的，咱们都没好好聚聚。今天我做东，请你们吃饭。"

"耶！"听到吃东西，皇甫壹朵瞬间开心了。

看着两人这么开心，许星空心里也高兴了，她问："你们想吃什么？"

杜一哲看了一眼皇甫壹朵，笑着问道："小猪，想吃什么？"

被叫小猪，皇甫壹朵眉心一皱，一脸不高兴地拿头去撞杜一哲。杜一哲笑眯眯地扶住她的头，让她撞在他的怀里，眉目间一柔，说："小仙女，想吃什么？"

这个称呼让皇甫壹朵高兴了，她抬头兴奋地看着许星空，问道："吃烤肉可以吗？"

看着小姑娘大眼睛里闪烁着的光芒，许星空笑着点头说："可以啊。"

皇甫壹朵一下高兴起来，俯身摸着阿金的耳朵说："那阿金就有骨头吃了。"

一般餐厅是不允许宠物入内的，皇甫壹朵选的这家韩式餐厅允许。

三人一狗到了角落里落了座，服务员上了菜单。许星空扫了一眼，将菜单递给对面的小情侣："我第一次来这里，你们点吧。"

他们两个显然不是第一次来，知道这家什么好吃。

说完后，许星空补充了一句："随便点，想吃什么点什么。"

皇甫壹朵眼睛笑成弯月牙，竖着大拇指说："姐姐你真是世界上最好的老板。”

许星空承受住这个夸奖，她喝了一口店里附赠的南瓜粥，甜甜的，味道不错。除了这个，她应该吃不了太多肉。因为从刚才进店开始，她就觉得身体有些不对劲，也说不上来是哪里不舒服。

小两口很快点好了菜，杜一哲将菜单递给旁边的服务员后，便和许星空说正事。

“姐，咱们圣诞节要搞个什么活动吗？”

距离圣诞节也就十天了。

说起来，许星空对这些懂得很少，她问杜一哲：“你有什么建议吗？”

杜一哲给皇甫壹朵倒了杯水，说：“店铺活动无非就那几个，满减活动，打折活动，还有满赠活动……我觉得满赠活动比较好。吾饮是品牌店，每次过节都会出周边，杯子、杯垫、笔之类的，既打了广告，又做了促销。”

许星空问道：“周边需要向店铺申请吗？”

杜一哲摇摇头，说：“他们直属的店铺是申请，我们的话，要自己买。不贵，就固定买多少套，搞限量就可以了。比如前多少名可以送这样子……”

听了杜一哲的话，许星空觉得不错。同时，也觉得有杜一哲在店里，她很省心。杜一哲真的是既有经验，又负责任。

“好，那需要什么，就直接订吧。到时候汇总总账给我，我打钱过去。”

杜一哲爽快地说：“行。”

等肉上来，杜一哲就开始烤了。皇甫壹朵一边吃，一边给许星空推荐：“这个五花肉好吃，还有这个肥牛……”

许星空看她吃得那么香，心情都愉悦了不少。但是她胃口却不怎么样，并没有吃多少。

皇甫壹朵吃得开心，但仍然看出许星空没怎么吃东西。她将手上的小骨头递给一边的阿金，关切地问：“姐，你没事吧？”

许星空身体确实有些疲乏，她摇摇头，刚要说没事，然而双眸一睁，感受到了一股热流从身下流了出来。

许星空微微一怔，明白了过来。

没想到中药这么管用，才喝了一周，就把她好几个月没来的月经催来了。许星空第一天月经量不算大，她看了一眼皇甫壹朵，将筷子一放，说：“没事，我去趟洗手间。”

尽管她说没事，皇甫壹朵还是察觉到了她的不对劲，她也将筷子放下，说：“我也去。”

两人一前一后去了卫生间，刚进卫生间，许星空就有些窘迫地笑了笑，红着脸问皇甫壹朵：“你有没有带卫生棉？”

皇甫壹朵的月经也是这几天来，她低头翻着包包说：“有，我也快来月经了，所以提前备了几个。”

许星空一笑，她经常几个月不来一次，都不怎么准备这些。和皇甫壹朵道了声谢后，许星空拿着卫生棉进了卫生间的隔间。

“姐，你肚子疼吗？”皇甫壹朵在外面等着她。

许星空将卫生棉放置好，感受了一下腹部，回答道：“还好。”

她似乎真没觉得疼，只是有点不舒服。她以往来月经都疼得特别厉害，难道这也是中药的作用？想到这里，许星空笑了笑。

哪有这么神。

许星空出了隔间，皇甫壹朵靠在一边的墙壁上等着她，看她出来，她边洗手边说：“我每次来都疼，不过就只有第一天疼。阿哲会给我熬姜汤，喝了就好了。”

微微讶异了一下，许星空问道：“阿哲还会熬姜汤？”

在淮城，男人几乎不进厨房。

“当然啦。”皇甫壹朵笑嘻嘻地说，“家里都是他做饭。”

许星空还是第一次见到这样的。

杜一哲和皇甫壹朵的情侣关系，看上去更像是杜一哲养了一个女儿。杜一哲无条件地宠着她，才让她成了一个小公主。

想到这里，许星空笑了笑，有点羡慕。虽然她性格自立，但其实也挺想有个人这样事无巨细地宠着她。

皇甫壹朵看着许星空，仍旧不相信有人竟然不痛经，她确认道："真的不疼吗？要不要让阿哲给你做杯桂圆红枣茶？"

许星空摇摇头，笑着说："不疼。"

但不过一个小时，许星空就被自己打脸了。

和杜一哲他们吃过饭后，小两口牵着手回了店铺，许星空穿过佳廷广场，准备去B出口打车回家。然而刚到拐弯的地方，小腹就像被什么猛绞了一下，许星空疼得眼前一片金星。

突如其来的疼比隐隐作痛更加剧烈，许星空出了一身冷汗。她抱着小腹，撑着身体走到了广场内的休息区坐下。

坐下之后，疼痛渐渐得到了缓解。她一吸一呼地调整着呼吸，掏出手机准备打电话。电话还没拨出，倒先有电话打了过来。

"喂。"许星空接起电话。

电话那头，怀荆语气淡淡，问道："你什么时候回来？"

听了他的话，许星空抿抿唇，揉着小腹说："我今晚不过去了。"

似乎没料到她会这么说，男人尾音一扬，问道："怎么？"

"啊。"许星空被问得堵了一下，对男人说出来月经这样的事，许星空做起来还有点困难。她轻轻地"嗯"了一声，小声道，"来……月经了。"

没有听到她说什么，怀荆又问了一遍："什么？"

许星空的脸一下红到脖根，她有些急，但声音大了些："来月经了。"

怀荆一愣，但这次他听懂了，能想象到女人说这话时的表情，他轻声一笑。

听到他的笑声，许星空更无地自容，她吞吞吐吐地说："我……我今晚就不过去了。"

"你脑子里净想些什么？"男人声音低沉，带着些严肃，但后一句又带了些压抑不住的笑意，"来月经，就不能弹钢琴了吗？"

许星空："……"

他……装什么纯洁？

事实上，许星空还真不能弹琴了。许星空在答应上钢琴课甚至怀荆来接她时都好好的，但一到怀荆家里，她小腹骤然一阵剧痛传来，让她差点跌坐在门口。

怀荆看着她的身体一下瘫软，眉头一皱将她捞起，沉声问道："怎么了？"

许星空疼得意识有些模糊，她抓着怀荆，嗓音都在抖："我痛经。"

怀荆似乎明白痛经是什么意思，在许星空说完后，将她打横一抱，去了二楼的卧室。

将许星空放在床上，怀荆双臂撑在她的身侧，轻声道："你先躺着休息……"

他还未说完，许星空就咬着牙拉了他一把，她疼得有些受不住，对怀荆说："你……送我回家吧。"

这里没有卫生棉，而且她担心自己晚上睡觉不老实，会弄脏了床。

怀荆垂眸看着她，沉声问："为什么想回去？"

许星空双唇一动。

男人低头扫了她一眼，哼声一笑，嘴角微扬："怕我今晚动你？"

她的脸迅速变红，将手边的被子往上拉了拉盖住脸，瞥向了一边。

都现在了，他竟然还能跟她开玩笑。

男人起身离开后，许星空的意识渐渐模糊，很快就睡了过去。等她醒过来时，房间里开着柔和的灯，她抬头看了一眼旁边。床头的小柜子上，放了一堆各个牌子的卫生棉。

卫生棉是用上次两人去买菜的那家超市的塑料袋装着的，应该是怀荆去买的。

许星空看着一个个粉红色的小方块，想象着一米九的男人长身而立站在粉色的卫生棉区，画面感十分违和。

但让许星空心中一暖。

正发着呆，她突然嗅到了一股生姜的辛辣味。许星空抬头一看，见怀荆端着一个小瓷碗走了过来。

床上的许星空看上去仍然有些憔悴，但脸色比刚刚要好看了些。

怀荆将碗端了过来，许星空低头一看，竟然是一碗姜汤。许星空心下惊奇，抬眼看着怀荆，问道："买的吗？"

男人并没有回答，他坐在床边，将碗递给了许星空。许星空一愣，道了一声谢谢后接了过来。

凑近了闻，姜汤的辛辣更重了些。白瓷碗里漂着几片生姜，下面则是深咖色的糖水。姜汤虽然颜色像中药，但比中药好闻，喝起来也甜甜的。

许星空拿着汤匙喝了一口，甜滋滋的味道混合着生姜呛人的辣味，如一道火直钻进她的喉咙，到了她的腹部，烫得她浑身一暖，腹部也舒服了不少。

看她一小口一小口地喝着，怀荆问道："甜吗？"

许星空点了点头，说："甜。"

甜得都没有生姜的辣味了。

鼻间哼声一笑，怀荆伸出手指点了一下她的额头，问："哪家卖姜汤舍得放这么多糖？"

这是他熬的！

回味过来，许星空心里有些奇妙。她想起皇甫壹朵的话来，她每次痛经，杜一哲都会给她熬姜汤。熬姜汤这样的事情，的确是情侣之间会做的呀。

许星空的心微微一动。

第八章

我就欺负你

被人照顾的感觉是挺温暖的，但她未必能消受几次。以后，她每次来月经，就算和怀荆没有联系了，她也会想起这次来吧。

怀荆洗过澡后，穿着睡衣躺在了许星空的身边。两人还是第一次躺在同一张床上却什么都不做。怀荆躺下后，关了灯，转身背对着许星空，将背影留给了她。

许星空想想今天他为自己做的一切，心里满是感激。她叫了一声怀荆，男人呼吸平稳，并没有回答。虽然没回答，但许星空知道他没睡。

许星空伸出手指，在他的后背上轻轻戳了一下。

“谢谢。”许星空说。

男人仍然没有回答。

许星空抿了抿唇，刚要伸手继续戳，就见男人的背影伴随着长叹微微一动：“你真的想我动你？”

第二天早上，许星空醒过来时，旁边已经没人了。休息了一晚，她肚子完全不疼了，只是身体还有点乏。

许星空掀开被子，从床头的卫生棉里挑自己经常用的那款。刚翻到，她的动作一顿。

在超市购物袋的最下面，有两袋水果糖。水果糖被好看的糖纸包着，看着就特别甜。

怀荆很少吃糖，应该是买给她吃的。

许星空心下一动，想起了昨晚的姜汤。

微微怔了一下，许星空的脸渐渐红了。她无奈一笑，眼睛里的光芒凉凉的，自言自语道："想什么呢？"

许星空换好卫生棉出来就接到了怀荆的电话。

"喂。"许星空看着电话，明白过来，问道，"你不在家？"

电话那边传来翻动文件的声音，男人语气平平地说："嗯，公司有点事情要处理。你肚子还疼吗？"

有时候周末怀荆也挺忙的。

"不疼了。"许星空说。

怀荆应了一声，许星空刚要开口感谢，怀荆却说了一句："那先起来练琴，我前几天教的那个音好好练练。"

她随着怀荆的思路走，点头说："好。"

"嗯。"怀荆又是轻应一声，最后说了一句，"我一会儿就回家，回去时给你带早饭。"

许星空目光一动，暖阳照得她有些懒洋洋的。

"嗯。"许星空笑着答应了。

许星空穿好衣服后下了楼，阳台上刚好有光，照着很舒服。她走过去，看到钢琴边上放着一份德文资料。怀荆在看文件累了的时候，会弹会儿钢琴放松脑子。

这些她以前都不知道，随着两人认识时间越长，也就越了解对方。

许星空坐在琴凳上，弹着琴键。手上的几个键盘，音她都弹得差不多了，零零碎碎的声音很好听。

许星空从手机上找了《两只老虎》的曲谱，慢悠悠地弹了一遍。虽然磕磕绊绊，但好歹音顺了。

许星空还是挺高兴的。

刚弹完，许星空就听到门外响起按密码的声音。以为是怀荆回来了，许星空从琴凳上起身看向门外。

她起来时，门正好开了。但进来的不是怀荆，而是一个十五六岁的女孩。女孩从门外走进来，边走边说：“密码竟然没有换。”

看着女孩对这里这么熟悉的样子，许星空一慌。她刚要做些什么的时候，女孩一抬头也看到了她。两人视线一对，都愣住了。

这个女孩看上去只有十五六岁，穿了件粉色毛领短外套，里面是半高领的白色毛衣，下面则穿着黑色紧身长裤和马丁靴。她很高，应该在一米七以上，一双长腿又细又直。姣好的身段，丝毫不亚于模特。

她的五官和气质偏向冷艳，桃花眼上挑，鼻梁高挺，樱桃小嘴红润有光。虽气质冷艳，但脸上还有未褪去的婴儿肥。

她的长相十分耐看，而且很有味道。许星空看着她，总能想到一个人。

“你是？”女孩先开了口，她看了一眼许星空身边的文件，明白过来，“你是我哥的下属吧？”

小姑娘的声音脆甜脆甜的，性格应该也是那种开朗爽快的。

许星空回过神，意识到女孩应该就是怀荆的妹妹怀莞。她心下一紧，瞥了一眼旁边的文件，拿了过来，说：“对，我来送份文件，怀总不在，说让我等他一下。”

他不在，你是怎么进来的？

许星空刚撒完谎，就被自己蠢哭了。

在她等着被揭穿时，怀莞却了然地点了点头，说：“这样啊。”

许星空：“……”

怀莞的视线在许星空手上的文件上停留，她看得清楚，上面是德文。她抬眼看着许星空，问道：“你是翻译？”

“嗯？嗯……”许星空点头。

“太好了！”怀莞突然一笑，走到许星空面前。她只是比例比较好，腿长身体短，实际上身高和许星空差不多。

知道许星空是翻译，怀莞似乎很惊喜，她笑着拉住许星空的手，说：“那你做我的德语老师吧，我就在国内过完圣诞，这段时间你教我说德语。”

许星空：“……”

小姑娘没等许星空说话，就拉着她往外走，边走边说：“你跟我去大宅，反正我哥中午也要回大宅吃饭，到时候你直接把文件给他就行。”

许星空有些跟不上她的思路，一听说要去大宅，赶紧说：“不……不好意思，我还是要请示一下怀总……”

见许星空不乐意，怀莞松开手，有些不高兴地看着她，问道：“我哥是不是你老板啊？”

许星空抿抿唇，点头说：“是。”

垂眸看着许星空，怀莞哼声说：“你要是不跟我去大宅，我让我哥扣你工资！”

许星空：“……”

真不愧是亲兄妹，两个人坑人时挖坑的思路都是一样的。

怀家大宅距离怀荆的住处不过二十分钟的车程，不过怀荆的住处靠海，而怀家大宅靠山。在临山的一片树林中，怀家大宅建筑群圈了偌大一片地。

怀家大宅地界虽大，但多是花园喷泉，还有高尔夫球场。正对大门有一幢民国时期建筑风格的别墅，抬眼一扫大约是五层。在这幢别墅旁边，还有另外的两幢，看上去像一个精心设计修建的建筑群。

进入大门，车子平稳地行驶在院内的路上，穿过植被、雕塑和中间的喷泉，车子停在了主宅前。

车子一停，就有人过来开门。一下车，怀莞就高兴地拉住了许星空的手，边拉着她往里走边说：“走吧，老师。”

被拉着的许星空：“……”

怀莞有种不达目的誓不罢休的魄力，这种魄力的底气来自她周围的环境和人。看得出平日里她的意愿都很容易得到满足，所以有些骄纵。但就这一路相处来看，她的骄纵并不过分，而是有她自己的拿捏，既不让人太过讨厌，又能达到她自己的目的。

进了主宅大门，里面奢华却不张扬的装修让许星空微微睁大了双眼。主宅的客厅面积很大，但空地也大，应该是举行晚宴的场所。现在四下无人，只有精美的吊顶和地毯，显得空荡荡的。

怀莞拉着许星空继续走，待走过长长的画廊之后，从台阶上进入另外一个小客厅。所谓小，也不过相对而言罢了。这个客厅内有人，阳光透过树影投射在地上，让小客厅显得暖意融融。

她们刚一进门，一个坐在客厅沙发上的头发花白的老人就放下手中的白瓷杯看了过来。

老人看上去六十岁左右的年纪，短发花白，身材高瘦，仪态端庄，五官秀丽，气质慈祥温和。看到怀莞，她眉目间的温柔加深，嘴角也扬了起来，牵着一两丝皱纹。

怀莞看到她，乖巧地笑了起来，叫了一声："奶奶。"

身在IO，许星空听过不少怀家的八卦，大部分是空穴来风，不过有些确实是真的，比如怀家的人员关系。

沙发上的那位，应该是怀氏集团实际的掌权者，也就是怀荆的奶奶——梅老太太。

"夫人好。"许星空神色尊敬地朝着梅老太太点了点头。

她一说话，梅老太太才注意到了她。看了一眼怀莞，她有些不太确定："这是……"

"啊，这是我哥公司的员工，给我哥送文件，被我抓来做我的德语老师。"怀莞给梅老太太介绍道，她语气里丝毫没有紧张，似乎自己做的这件事没有错，完全是理所应当。

听了怀莞的话，梅老太太并不觉得吃惊。她平日做的事情，比这出格的都有，但管教还是要管教的。

"胡闹。"梅老太太说，"你哥该生你气了。"

话是这么说，在说完怀莞后，梅老太太看着许星空，语气慈祥道："你是IO的员工？"

许星空点点头，不卑不亢地回答道："是，翻译部的。我去怀总那里给他送资料，然后……"

后面的话，她没有说。

梅老太太听了她的话，叹了口气，看了怀莞一眼后，回头对许星空说："你先做着她的德语老师吧，她在国内待的时间不久，不会耽误你太多工夫。至于报酬，就按照语言老师的时薪给你。"

许星空双唇微微一张，却没有说话。

梅老太太没有怪怀莞胡闹，反而帮着她处理，许星空算是知道怀莞的随心所欲和为所欲为是为什么了。

梅老太太说完后，歉意一笑，说："忘了问你愿意不愿意了。"

目光一抬，许星空笑了笑，说："可以，我愿意。"

梅老太太点点头，笑得更慈祥了。

奶奶帮忙把事情摆平了，怀莞就更放心了。她拉着许星空，边走边说："走吧，去我书房，我刚好有问题想要问你。"

说完后，她和梅老太太说了一句："奶奶，我先去学习啦。"

许星空随着怀莞，去了二楼的书房。房间太大，从楼梯上去后，还要走一段路。走在路上的时候，怀莞的手机铃声响了。她将手机拿出来按了接听，然后叫了一声"哥"。

许星空目光一动。

她一直没有通知怀荆她来了大宅，因为她手机放在了卧室，怀莞在，她也不好上去拿。而怀莞倒是实在，开门见山地把所有事情说了。

怀莞在前面走着，边走边说："我带了你们公司的一个翻译过来，她给你送文件来着，反正你中午也要回大宅，我就让她先来教我德语了。啊？让她接电话？哦。"

怀莞回过头，将手机递给许星空，说："我哥让你接电话。"

许星空喉头一动，将手机拿了过来，声音很轻："喂，怀总。"

电话那端，男人声线平平，他问："文件呢？"

低头看了一眼临走时被怀莞塞到手里的文件，许星空抿抿唇，说："在我这里。"

"嗯。"男人应了一声，翻了一页文件，说，"你先在大宅教莞莞，我过会儿回去拿文件。"

听他要过来，许星空觉得自己脱身有望，紧张的心情也放松了不少，她点了点头，说："好。"

"笨不笨啊？"男人声音里的严肃消失不见，转而带了些许笑意，他压低声音，说了一句，"竟然还被抓走了。"

许星空被说得脸一红，她握紧手机，小心地抬头看了一眼怀莞。怀莞依然在前面带路，似乎并没有关心他们两人在电话里说了什么。

许星空刚要压低声音反驳怀荆一句，那边电话却干净利落地挂掉了。

她被妹妹抓走就算了，还要被哥哥说笨，他们怀家到底还讲不讲理了。

许星空挂了电话，将手机还给了怀莞。

怀莞接过手机，看着脸色不大好的许星空，问道："我哥是不是很严肃？"

许星空目光一抬。

怀荆在工作的时候，确实挺严肃的。但两人职位差距太大，工作上基本没有交集。倒是平日在一起的时候多，但那时候怀荆丝毫没有严肃的样子。

"嗯。"许星空应了一声，跟着怀莞进了书房。

这其实是怀莞的套房，套房内有卧室、厨房、餐厅和娱乐房，更像是一个正常家庭的家，但面积要大些。

整个套房的装修，满满的都是少女感。

许星空未多观察，怀莞推开套房内书房的门，两人走了进去。

怀莞的书房和她现在住的公寓的面积差不多大，门在最左侧，书桌正对着门。而在书桌右边，则是一扇大大的窗户。冬日的暖阳照进来，照得窗下的沙发都温暖了许多。沙发旁边是一整面墙的书架，书架下面则是浅色的地毯。

书房的装修偏向于安静质朴，但也有些精巧的少女风格的设计。比如在书架下的地毯上，放了两只布偶小凳子。

凳子是动物的形状，一匹斑马，一头北极熊。

沙发上零零散散有几本书，许星空扫了一眼，大多是德语相关。怀莞应该是挺想学习德语的，所以才会这么认真。

许星空也是因为喜欢小语种才学的德语，看怀莞也这么喜欢，心里不自觉地就觉得亲切。

怀莞走到沙发边上，两条长腿一盘就坐下了。她将书捞起来，冲许星空一笑，说："你坐在我旁边吧！我今天看了几页，有两个地方不懂，准备去找我哥的，没想到碰到了你，就先拉你过来了。"

怀莞笑得纯真清新，像雨后刚冒头的荷花骨朵。

十五岁，正是干净美好的年纪。

"好。"许星空走过去，坐在她身边，将耳边的头发撩到耳后，看着书问道，"哪里？"

女人撩头发时，白皙纤细的指尖轻轻地插在乌黑的发间，简单的一个动作，将柔美的侧脸露了出来。女人皮肤细腻，侧脸线条俏丽，气质温柔，倒挺有老师的样子。

怀莞看着她认真的模样，心里对她更加喜欢了。

给怀莞解决了两个问题后，看得出怀莞很开心。她拿笔做了标记后，说："谢谢老师。"

许星空听到"老师"两个字，脸微微一红，不好意思地说："不用叫我老师的。"

而怀莞却似乎不听她的，笑嘻嘻地说："老师，你和我哥不大一样。每次我问我哥问题，他都让我自己想。我更喜欢你，你都给我讲出来了。你以后下班就来我这里吧！"

许星空自然不可能下班就来她这里。

一来她不喜欢大宅，有些空旷凉薄。二来她和怀荆不能有更深的接触，尤其是对方的家庭。

许星空没有回答，她笑了笑，问道："你的德语是你哥教的？"

怀莞成功被她带跑，点头说："对啊，我哥德语很好，他在德国待过一段时间，口语很好。"

怀荆的德语口语确实很好，他声音低沉，说起德语来就像德国人，好听又顺耳。

不过二十分钟，书房外就响起了开门声。随着开门声，平稳的脚步声渐渐接近，最后，书房门被打开了。

书房内，女人和女孩一起盘腿坐在窗边的沙发上。女人的黑发微垂在肩侧，乌黑发亮，衬得她的肤色更为白皙细腻。她五官的轮廓被阳光照得发亮，眼睫微颤，双唇开合，正侧脸认真地同女孩讲着什么。一边的女孩伸着懒腰，脸上带着开心的笑，仔细地听着。

两个人，一个柔和，一个明丽，就那么坐在阳光下静静地交谈着，像是一幅画，让人看着就心安。

听到开门声，许星空先回过头来。门外男人长身而立，精致俊逸，他浅褐色的双眸微垂，目光淡淡地望着她们。

许星空脸一红，她收起自己盘起来的双腿，将手上的书放在一边后站了起来，看着他轻声叫了一句："怀总。"

"嗯。"怀荆淡淡应了一声，越过她，看向怀莞，眉心一皱，"德语老师我已经给你请了，下午就来上课。"

见到怀荆，怀莞也从沙发上站了起来，她皱着眉头看着许星空说："我喜欢她。"

原本深沉的眉眼略微一柔，怀荆扫了一眼许星空，问怀莞："喜欢她？"

怀莞点点头，认真地说："嗯。"

男人嘴角勾起一抹笑，抬眼看了看她们两个，说："她不是专门做老师的。"

说着，怀荆将视线放在许星空身上，神色淡淡地说："麻烦你了，下楼吧。"

怀莞知道她哥的性格，也知道适时的屈伸。听了怀荆的话，她虽然有些不高兴，但还是依依不舍地看了许星空一眼，说：“谢谢。”

大家小姐就算再骄纵，礼貌还是到位的。

许星空笑了笑，俯身拿起外套，说：“不客气。”

三人一道出门，怀莞知道无法改变许星空不能教她的事实，索性将注意力放在新的德语老师身上：“新来的老师男的女的？和她一样温柔吗？”

怀莞口中的“温柔”指的就是许星空，男人步伐不变，嘴角微微一扬，说：“不如她。”

“什么？”怀莞没有听到。

怀荆没有重复，疑惑的怀莞和脸红的许星空一道跟着他下了楼。

刚下楼，就听到了客厅内的交谈声。

客厅里，说话的两人听到楼上的声音后，抬头看了过来。除了梅老太太，还有一个中年男人。

中年男人身材挺拔，略微发福，眉目平和带笑，看着挺平易近人的。

怀莞看到他，先叫了一声：“二叔。”

怀荆也随着怀莞淡淡地叫了一声。

而许星空则点点头后，叫了一声：“怀董。”

既然怀莞和怀荆都叫他二叔，那他应该是怀氏集团现任董事长怀昌朝。

怀昌朝先笑眯眯地应了，看到许星空后，问了一句：“这是……”

“怀荆公司的翻译，被莞莞拉来做德语老师的。”梅老太太笑着说道。

“哈哈。”似乎了解怀莞的做事风格，怀昌朝大笑两声后，赞许地说，“不错，莞莞还挺懂得资源利用的。”

怀莞不好意思地一笑，旁边怀荆看了一眼，淡淡地说：“瞎胡闹罢了。我给她请了德语老师，现在送她回去。”

梅老太太能看出怀莞对许星空的喜欢，劝了一句：“就让她做吧，莞莞高兴。而且兼职的话，语言老师的工资也按日结算，不会少的。”

“嗯。”怀昌朝也点了点头。

抬眼看着两位长辈，怀荆沉声说："算了，员工绩效考核我看过，她的绩效一般，能力应该也不算太好。"

许星空："……"

梅老太太和怀昌朝听了这个理由后，就认同了怀荆的做法。

怀荆见两人没有再说什么，回头和许星空说道："不好意思，耽误你时间了，我现在送你出去打车。"

许星空点点头，说："谢谢怀总。"

看着两人一前一后往外走，梅老太太起身叫了怀荆一声："你中午在大宅吃饭吧，莞莞都回来了。"

听了梅老太太的话，怀荆回头，看了一眼怀莞，点头说："好。"

怀荆的回答，让梅老太太松了口气，她笑起来，说："我让何妈准备。"

许星空上了怀荆的车后，还有点闷闷不乐。

她今早莫名其妙就被"绑架"到了这里，本来她是不愿意的，结果最后竟然因为绩效低、能力不够把她送走了。

一想到这里，许星空就有些愤愤，她坐在副驾驶座上，小声嘟囔了一句："是因为有人报复我，我绩效才那么低的。"

女人声音很小，话语里虽然有抱怨，但听着更像是自言自语。

听到她说话，怀荆侧眸看了她一眼。女人微低着头看着手指，白皙的脸因为不高兴而微红，表情看着也有些丧。

歪头看着她，怀荆嘴角一扬，声音轻柔："你说什么？"

耳朵一软，许星空抬头看着他，看到男人眼中的笑意，她想起上次在文城当着他的面翻译，结果被颜嘉琳纠正的事情来。

莫名有点心虚，许星空将头低下，小声说了句："没什么。"

男人轻舔下唇，眸中温柔，笑意更深了。

怀荆在家陪怀莞，许星空的周末就闲了下来。她抱着咪咪在家，闲着没事就拿了两本专业课本啃。她想提高自己的业务水准，争取在年中绩效考核的时候能有个好成绩，不让别人因为绩效，觉得她能力差。

周一一大早，许星空进办公室刚打了卡，就看到公告栏前围了一堆人。许星空随着人群进去，看到了公告栏上的东西，好像是绩效表。

她已经从陈婉婉那里看过，也就没打算继续看，反正结果没什么差别。她刚要转身走，却被后面过来的陈婉婉架住了。

陈婉婉一双大眼里闪着光，一脸兴奋地对许星空说：“哇！许星空你绩效是 A+！”

许星空有些蒙，她抬眼看过去，从一堆人名中找到了自己的名字。看到后面的绩效时，许星空的双眼渐渐睁大。

还真是 A+！

休息室里，陈婉婉坐在座位上，端着水杯和许星空说：“我就说嘉琳姐肯定不会不管你。不过她果然厉害，你是新员工，来公司还不到一年，最好的绩效也只能打 A，她竟然给你打 A+。”

“我也挺吃惊的。”许星空说。

除了吃惊，许星空还挺开心的。这不仅关乎年终奖和升职的问题，也代表着她的能力是被颜嘉琳认可的。

这件事情给她带来的满足感还是很高的。

不知看到了什么，陈婉婉冷哼一声，小声对许星空说：“李妙雪看了绩效就去了老黄办公室，估计老黄现在正在哄她呢。哈哈哈哈，真是大快人心。”

许星空随着陈婉婉笑了笑，给自己加了块方糖。

一开始，许星空是不想和李妙雪有矛盾的，但她先招惹了她，并且没完没了。她绩效是 B，也是李妙雪让黄千松打的。所以现在看她不爽，许星空心里倒觉得挺舒坦的。

将杯子里的咖啡喝掉后，陈婉婉感慨道：“一打绩效就是到了年尾，这一年一年过得也太快了。年终尾牙应该也开始筹备了，我听人资部的栾部长说马上就要从各个部门征集节目了。”

许星空对这个挺感兴趣的，算起来，这还是她第一次参加年会。

公司年会是每个公司在年尾举办的一次大联欢，除了嘉宾的节目外，最大的看点就是抽奖和奖金发放。IO 是珠宝集团，财大气粗，奖励也很丰厚。陈婉婉说的征集节目，上台表演后，还会有投票环节。

得票最高的节目，奖品简单粗暴，直接送一套 IO 今年最新款珠宝。

这个奖品，也是各个部门上台表演节目的动力。

陈婉婉突然和许星空说道："你也参加呗！"

"我？"许星空眼睛一睁，吃了一惊，不知道陈婉婉为什么对她这么自信。

"你不是会吹埙吗！"陈婉婉说。

许星空一听，有些无奈地说："我只会吹一首曲子。"

陈婉婉不以为意，说："那又怎么了，李妙雪还只会跳舞呢，还不是年年拿冠军。你就报一次名，给自己一个展示的机会嘛！"

说到这里，陈婉婉才算说到了点子上。许星空之所以不参加，还是因为她不自信，也更是因为她不敢站在这么多人面前表演。

许星空心中认同陈婉婉说的话，但她并没有答应。一来她觉得吹埙上不了台面，二来第一次上台表演，她不确定自己是否有强大的内心支撑她表演完。

下午和颜嘉琳出完现场，回来时已经到了下班的时间。许星空跟在颜嘉琳后面，两人一起到了电梯前等电梯。

想起绩效的事情，许星空看着颜嘉琳的背影，说了一声："嘉琳姐，谢谢你。"

颜嘉琳回过头，神色不变，目光却有些莫名。但她很快明白过来，扫了一眼许星空，淡淡地说："你应得的。"

颜嘉琳说的这句话，让许星空心中对她更是感激。颜嘉琳觉得她的能力配得上 A+，在许星空这里，上司的肯定比什么都更能让她开心。

颜嘉琳打卡下班后，开车去了金融街，停车后进了一家西餐厅。进餐厅的时候，Sophia 已经在那里等着了。

Sophia穿着职业套装，身材姣好，面容精致，头发一丝不苟地梳在脑后，看上去精干利落。她是颜嘉琳的大学同窗，硕士后两人分选不同专业，但毕业后在同一公司，都是对方多年的好友。

Sophia今年也三十五岁了，有一段跨国婚姻，目前单独抚养着混血女儿。

颜嘉琳走过去，服务员将椅子拉开后，她坐了下去。Sophia看她过来，抬头笑看着她说："你下班怎么比我还晚？"

两人性格差不多，都有着十分理性的头脑。但或许是有女儿的缘故，Sophia比颜嘉琳更爱笑一点。她是怀荆的秘书，一般下班时间都比颜嘉琳晚。

拿过果汁喝了一口，颜嘉琳淡淡地说："出了个现场。"

Sophia一笑，问道："带着你的小助理？"

"嗯。"颜嘉琳点了点头。

Sophia说："她倒是挺得你喜欢的。"

许星空的专业知识过硬，心理素质强，还有较好的逻辑思维，最重要的是不问东问西，颜嘉琳确实对她挺满意。

提到许星空，颜嘉琳看着菜单，问道："你开始让我不要在意她，现在怀总都开始插手她的绩效了。"

Sophia呷了一口咖啡，表情不变道："不会有什么的。怀家的乱摊子都没有收拾好，怀总不会上心的。"

怀莞说要在国内待到圣诞，所以到圣诞节前，怀荆和许星空都没有再约过。

这段时间许星空也没闲着，一直在店铺里帮杜一哲准备圣诞的活动。

圣诞节马上就要到了，她给康康买了一件圣诞礼物，是一张恐龙造型的布偶凳子。上次去怀莞的书房看到的斑马和北极熊，她觉得挺可爱的，康康应该也会很喜欢。

平安夜那天是周五，路上堵，而且打车困难，陈婉婉直接开车把许星空送到了佳廷广场。佳廷广场的地下停车场外面车子排起了长龙，许星空索性开门下了车。

在下车前，陈婉婉叫住了她，并递了个东西过来。

许星空接过来，没来得及看，只问了一句："这是什么？"

陈婉婉笑嘻嘻地说："年会节目征集单。"

没想到陈婉婉还没有放弃，许星空将单子放进包里，笑了笑，说："知道了，你快回去吧，路上小心。"

许星空到吾饮时，店里的圣诞节准备已经完成了。小圣诞树的彩灯从外面的牌子一直扯到了店内，闪烁着不同颜色的灯光，很有节日气氛。

而在柜台后的杜一哲，穿着红色的围裙，还戴了红色的圣诞老人帽子。他就那样站在柜台后，阳光清新地笑着。

杜一哲装扮成了圣诞老人，皇甫壹朵则装扮成了驯鹿。

她穿了一身土黄色的套装，上面马甲，下面紧身长裤，还穿了一双黑色的小皮靴。不光如此，皇甫壹朵还化了驯鹿妆。一双大眼睛湿漉漉地发着光，小鼻子也画成了小鹿鼻子，俏皮好看。

主人有装扮，阿金也没有落下，它穿了一身红色的圣诞装，站在皇甫壹朵身边。一人一狗在这和平街上吸引了不少目光。

许星空一到，皇甫壹朵就拿着红色的帽子过来了，她兴高采烈地说："姐姐，戴帽子！"

被周围的气氛感染，许星空一笑，点头后微俯身在皇甫壹朵面前，皇甫壹朵手脚麻利地给她戴上了。

"小驯鹿"给她戴上帽子，眼睛笑成一弯月牙，带着颊边两个小小的酒窝说："嘻嘻嘻，圣诞老人，礼物拿来。"

她一说完，许星空又是一笑，还真从包里拿出一个礼品盒来递给了她，说："圣诞快乐。"

皇甫壹朵本来是开玩笑的，没想到竟然真的有礼物，她惊喜得有些手足无措，问道："给我的？"

许星空笑着摸了摸她的头发，说："嗯，打开看看喜不喜欢。"

皇甫壹朵瞥了杜一哲一眼，笑嘻嘻地将礼品盒拆开了。盒子里是一顶珍珠花水晶枝丫发箍，又美又仙，皇甫壹朵快开心死了。

一把抱住许星空，皇甫壹朵贴着她的脸说："谢谢姐姐。"

见她喜欢，许星空也高兴。虽然杜一哲一个人在这里工作，但皇甫壹朵平时也没少帮忙。而且皇甫壹朵喜欢她，她也喜欢皇甫壹朵，待她像妹妹一样，这份礼物是值当的。

平安夜的气氛随着黑夜的降临越来越浓厚了，杜一哲做奶茶脱不开身，许星空就拿着吾饮的杯子和宣传单去和平街头做宣传。这样宣传已经不是第一次，许星空做起来轻车熟路。

许星空正在发着宣传单时，接到了怀荆的电话。

许星空坐电梯去了佳廷广场负二楼的地下停车场，今天是节日，佳廷广场内各家都有活动，所以车子停了个满满当当。许星空从满满当当的车子里，找到了那辆波尔多红的欧陆。

在许星空找到时，男人似乎也有察觉，抬头看了她一眼，眉眼里带了笑。车门一开，许星空拿着传单和杯子上了车。

外面似乎很冷，女人的眼眶和鼻头都是红红的，在白皙的脸上尤为明显。她戴着一顶红色的帽子，歪在了一边。女人原本是柔和纯丽的，这顶帽子给她添了些俏皮，倒挺好。

"扮圣诞老人？"怀荆看着她，笑着问了一句。

许星空一愣，猛然想起自己头上还有帽子，脸一红，手往头顶一抓，将帽子抓了下来，说："店铺活动。"

"今天又有什么活动？"怀荆笑看着她问道。对这家小店铺，她很上心，宣传的事情都是亲力亲为。

许星空还未说话，怀荆垂眸看到她手上握着的杯子。

吾饮这次活动送的杯子有两种，一种是陶瓷水杯，一种是运动塑料杯。杯子都是蓝色的，上面印着吾饮的商标。

怀荆伸手将许星空手里的杯子拿了过来，问道：“这是送给我的圣诞礼物？”

手上杯子一空，许星空“啊”了一声，抬眼看着怀荆手里，刚要说不是，但看男人拿着杯子把玩，许星空将话咽了回去，轻声道：“圣诞快乐。”

杯子是塑料的，做工算不得精湛，但也不粗糙。蓝色的透明瓶子里，瓶底还有一小袋白色的干燥剂。

听了她的回答，怀荆嘴角一扬，修长的手指握住杯身，轻轻转了一下：“送我杯子，寓意送我一辈子吗？”

男人尾音一扬，抬眼看向许星空，眼中带着轻佻。

怀荆的话，让许星空一慌，她不知道送杯子还有这样的寓意，再说这本来就是他自己要过去的啊。

脸渐渐红了，许星空着急道：“没……没有，这就是个喝水的杯子。”

看她慌乱的小模样，男人笑得更深了。

“你……你不用陪你妹妹吗？”许星空脸上热热的，她赶紧换了个话题。

视线仍放在杯子上，怀荆说：“她那么大人了，不用我陪。”

知道怀荆来这里是为了什么，许星空有些抱歉地说：“可是我今晚要忙到很晚。”

微一抬眸，男人浅褐色的眸子对上她的视线，声音低沉：“我等你。”

心下一动，许星空目光一闪，她将发丝别在燥热的耳边，轻声道：“好。”

许星空回到店里的时候，手上传单没剩几张，连杯子也不见了。皇甫壹朵牵着阿金站在一边，问道：“姐姐，杯子呢？”

“嗯？”许星空愣了一下，回神后说，“发传单的时候，看到有个小朋友喜欢，就当圣诞礼物给他了。”

他说怀莞年纪大了，不用他陪。而他却来找自己陪着，是说他比怀莞还要小的意思了。

所以，他就是小朋友。

看着手上的传单，许星空微抿着唇笑了笑。

晚上十点的时候，店铺渐渐清闲下来。杜一哲给最后一个客户做完奶茶，对一边的许星空说：“姐姐，你先回去吧。”

将手上叠成飞机的传单拆开，许星空看了一眼店内，基本上已经没人了，现在杜一哲一个人就能忙过来。

许星空将传单放到一边，拿着包起了身，说：“嗯，那我先走了。现在人也少了，你们等一会儿也回家吧。”

皇甫壹朵看到她要走，从外面走了进来，冲她笑嘻嘻地说：“放心吧。”

许星空看着小两口对视时甜蜜的模样，猛然回味过来，自己虽然是在这里帮忙，但也做了电灯泡。

她笑了笑，和二人告别后就离开了。

坐着电梯到了负二楼，原本满满当当的地下车库现在已经空出了三分之二，一排车开着刹车尾灯在排队出去。

许星空走到下午来过的车位旁边，欧陆依然停在那里。车子两边的车位都已经空了，欧陆孤零零地停在那里，看着有些孤单。

男人坐在车内，拿着手机看着。怀荆不太喜欢玩游戏，他看手机要么是看文件，要么看金融资讯。

每每这个时候，都严肃认真得不像他。

许星空刚走到车前，怀荆就抬起了头，浅褐色的双眸微微一亮，朝着副驾驶座的方向挑了挑下巴。

打开车门，许星空上车后系上了安全带。

在她准备好后，怀荆发动车子，沉声问道：“要回去喂咪咪吗？”

许星空摇了摇头，说：“不用，咪咪有点不舒服，这几天在宠物医院观察。”

怀荆眼尾一挑，看着许星空，问道：“很严重吗？”

“没有。”要是很严重的话，她现在估计已经去陪咪咪了，许星空抬眼看着他，“只是有些食欲不振。”

两人闲聊着，车子驶出地下停车场，驶入琉璃般的夜色之中。

出了停车场，就是一个大的红绿灯路口，前面堵了一些刚从佳廷广场出来的车子，怀荆刹车等着。

许星空看着周围的车子，视线不自觉地被佳廷广场对面银行的LED屏吸引了过去。

佳廷广场对面是夏城的银行大厦，大厦拔地而起的三分之二处，安装了一块巨大的LED屏，现在正投放着理财广告。

广告的风格十分清新，一大片竹林中，竹叶飞扬。高山流水间，一个身着白色汉服的少女正在吹埙。

原本朴朴素素的一件陶土乐器，在这环境和人的包装下，似乎看点十足。

怀荆开车前进，许星空的视线离开了屏幕，她从包里将陈婉婉给她的节目征集单拿出来看了一眼。

节目征集单设计得十分简单，开篇一段号召，下面写了奖品，并配了奖品图。

一等奖一名，奖品是今年IO与TIE合作款中卖得最好的一套基础款珠宝。之所以说是基础款，是因为只有吊坠和耳坠，而经典款则包括手链、耳环，还有项链。

吊坠是白金和钻石做的，设计简约高贵，看上去十分诱人。

女人果然抵挡不了珠宝的诱惑，就连许星空也抵挡不住。

可是她的重点不在这里，在上台表演上。

旁边女人一路都很安静，怀荆侧眸看了她一眼。她低着头，正在利用路灯透进来的微弱灯光看着手上的一张纸。

“这是什么？”怀荆问道。

许星空回神，看了一眼怀荆后，回答道：“公司年会的节目征集单。”

没料到许星空会对这个感兴趣，男人转回视线看着前方，问道：“你想参加？”

许星空摇了摇头，说：“我没有什么节目。”

“你不是会吹埙吗？”怀荆说。

提到埙，许星空的眼神暗了暗：“埙被摔坏了。”

那是她爸爸留给她的，她吹了很多年。但前两年，她堂妹许明怡去她家的时候，不知道怎么给她摔坏了，碎得根本黏不起来。许星空因为这事还难过了一段时间。

因为没有问过，所以许星空一直没说，怀荆也是今天才知道她的埙坏了。修长的手指微微敲了敲方向盘，怀荆没再说话。

两人到了怀荆家后，心照不宣地去了二楼的卧室。

许星空上了一天班，又发了一晚上传单，确实乏了。她将包放下，又将节目宣传单放在包上后，先去了浴室。

站在卧室的窗前，怀荆将窗帘拉开了。窗帘一开，窗外如银的月光从窗台边一下倾泻了进来。天空中一轮圆月高悬，皎洁无瑕。

怀荆将外套脱掉，伸手勾开了领带。他抬起手臂边解着袖口边回身，视线落在了许星空包上的那张征集单上。

征集单一边角微微翘起，灯光将它照得柔柔的，怀荆目光一动，起身走过去将它拿了起来。

这张征集单，许星空在路上看了一路。然而在他问她是否要参加时，她是否认的。男人眸色一沉，推开了浴室的门。

许星空被怀荆擦干净身体抱到了床上。许星空有些困了，絮絮叨叨说着冷，在找被子。

她没够着被子，怀荆长臂一伸，将被子拉过来，给她盖上了。

被温暖笼盖住，她喉间轻轻一叹，带着些心满意足。

怀荆垂眸望着她，突然说了一句：“去表演节目吧。”

“啊？”快要睡过去的许星空，茫然地转过头，眯着眼睛看着怀荆，轻声说，“但是埙……”

“你还可以弹钢琴。”男人手臂撑在女人的腰侧，柔声问道，“你把我这个钢琴老师放在哪里？我不厉害吗？”

现在的许星空，意识只能聚拢到听懂最后一个问题。

“老师……厉害，可我……”

她现在仅仅弹熟了音。

听了她的回答，男人额头轻触她的额头，眉眼皆化为温柔：“哪里厉害？”

许星空一愣，她迷迷糊糊地被怀荆捞进了怀里，索性也不再反抗，动作小小地将脸窝进他的胸膛，眼眶微红：“你……你别欺负我。”

女人声音很小，轻轻地，像是猫爪子一下挠了他的心，男人喉结微抖，沉声一笑：“我就欺负你。”

床上许星空已经被“欺负”得睡了过去，怀荆站在窗前，窗外的月光洒在他身上，将他的皮肤照得更加冷白。他拿着手机，正在通话，声音很轻。电话里，是 Sophia 的声音。

“谢记的陶埙工艺烦琐，还都是谢师傅手工制作，一晚上的时间很难做出来。更何况还是定做，上面写着人名的。”Sophia 头疼地说完后，问道，“必须明天早上送过去吗？”

“嗯。”怀荆的视线从冷月上抽离，转身看了一眼床上的许星空，声音淡淡，“圣诞老人送的礼物，不都是圣诞节那天早上就要看到吗？”

Sophia：“……”

清晨的阳光像是长了触角，顺着窗台爬进来，轻轻地触碰着床上那只纤细白皙的手。那只手的手指微微蜷曲，似是被太阳照痒，轻轻动了一下，将手抽离了那片阳光。

许星空把手搭在眼睛上，手背被太阳晒得暖暖的，贴在眼眶上，温暖渐渐渗透。最后，她睁开了眼睛。

女人双眸圆而清澈，带着刚刚清醒过来的慵懒，她娴静小巧的脸渐渐沉入被窝之中，浅灰色的亚麻布料衬得她肤色更为白皙细嫩。

她抱着被子翻了个身，感受着身体四面八方涌上来的酸软，想着昨晚的事情，白嫩的脸颊渐渐涂了层粉。侧眸看了一眼身旁，男人少有的比她早起。

许星空抬眼看了一眼窗外，听到了客厅里传来的泠泠钢琴声。

许星空的眼眸微微一亮，她起身掀开被子，细密的麻料摩挲着皮肤。许星空将手边白色的睡袍拿了过来，宽大的睡袍将她包裹住，她系好腰间松垮的带子，准备下楼时，抬眼看到了床头挂着的一抹红。

那是一只肥嘟嘟的圣诞袜，袜子最上面是织起的一片白雪，下面是圣诞树的绿，再往下是一个戴着红色帽子的圣诞老人。圣诞老人是凸起的小布偶，怀里还抱着一只更小的驯鹿布偶。

整只袜子是用棉线织成的，看着很是精美，也很可爱，像是哄小朋友玩的。

许星空双唇微动，看着袜子胖嘟嘟的肚子，她伸出手，将袜子拿了过来。

袜子里装着东西，沉甸甸的。

右手拿着袜子，左手张开在袜口处接着，许星空小心地将袜子一抖，一个黑乎乎圆滚滚的东西从袜子里滚了出来。许星空看着手里的东西，双眸微微一张。

是一个陶埙。

这个陶埙是用黑陶制作的，十孔埙，周身黑得发亮，前面的位置镂刻了石器时代的凤凰图腾，背面双孔上用象形文字写了两个字。

看那文字的形状，像是“星空”。

许星空回味半晌，眼睫微微一颤，拿着陶埙跑下了楼。

在她下楼时，楼下的钢琴声渐渐清晰了，能听得清楚连贯的曲子，透着古典音乐的雅致经典。许星空小跑下楼，轻喘着抬头看向窗边，停住了脚步。

落地窗打开，慷慨地容纳下了窗外的清风与朝阳。海风带着窗边白色的纱帘，轻扫在了阳光下熠熠发光的钢琴上。

男人坐在琴前，后背挺直，琴凳边拉长的黑影将阳光一劈为二。他的背影修长挺拔，在阳光下迎风而立，如竖在那里的一支玉萧，高洁无瑕。他的手指在黑白键盘上翻飞，似乎是听到了脚步声，钢琴声戛然而止。

怀荆身体一侧，抬眸看向了楼梯前。阳光将他的脸照得透明，俊逸精致的五官似乎只有那浅褐色的双眸和殷红的双唇能被看得真切些。他眉眼如玉，嘴角勾着笑，温润如画。

许星空的呼吸微微一滞。

“吵醒你了？”男人声音低沉，伸手遮了遮阳，举手投足间都带着些慵懒。

“没有。”许星空摇头，手中冰凉的陶埙让她回了神，她对上怀荆的视线，问道，“这是你给我的吗？”

说话间，许星空走到了怀荆身边。

女人手上安安静静地躺着一个黑土陶埙，陶埙将她的手指衬得更加秀丽，怀荆抬眸看着她，说：“圣诞老人给你的。”

听了回答，许星空目光一动，她抿了抿唇，笃定地说：“不要开玩笑，这就是你送的。”

看她认真的模样，男人鼻间一声哼笑，问道：“你怎么这么肯定？”

舔了舔下唇，许星空看着怀荆说：“圣诞老人不知道我喜欢埙。”

男人眉梢一挑，许星空将目光收回，轻声说：“但是你知道。”

女人背光站着，身后的光将她的耳朵照透，她眼睫轻颤，嘴角微抿，像极了收到礼物后明明心里高兴却故作老成不笑出来的小孩子。

怀荆的心像是塌方了一块，露出了一片平坦光明的空地来。

他点头承认道：“是我送的，喜欢吗？”

许星空眼眸一亮，点点头说：“喜欢。”

她现在的心情有些复杂，像是曾经缺失的一块被填补，让她的心里满满当当的，又像是满满当当的心里被挖去了一块，将里面的光芒透了出来。

就在这一瞬间，许星空突然有了勇气，她决定参加年会表演。

而至于表演什么，怀荆替她拿了主意：“当然是表演我教你的。”

怀荆帮她选了曲子，巴赫平均律C大调的第一首前奏曲。这是古典钢琴曲，曲调古朴沉静，难度不大，适合初学者，而且听起来也不算口水，不至于让人觉得简单。

虽说适合初学者，许星空看着曲谱，仍然没有什么信心能在一个月的时间里学会。

似乎是明白她心里的想法，怀荆垂眸看着曲谱，一只手简单地弹了一串音，说：“怀莞第一次表演，也是表演的这首曲目。”

两人坐在一张琴凳上，许星空微微转头看他。男人侧脸精致，他回过头，轻笑一声后，浅褐色的双眸对上许星空的视线：“她那么笨都能学会，你肯定没问题。”

许星空：“……”

她记得给怀莞解答问题时，怀莞抱怨过她哥哥教习时，往往给她讲得不太细致，而是让她自己去想。

虽然兄妹俩一个嫌对方笨，一个嫌对方不细心，但许星空能感受得出，两人关系很好。

在怀荆眼里，父亲去世，母亲出家，唯一能和他交心的也就只有怀莞了吧。

但许星空有些不明白，既然如此，他为什么还让怀莞出国读书，而且很少有机会回来。

许星空走神的片刻，手机铃声响了。

男人扫了她一眼，许星空回神，将手机拿出来，接了电话。

电话是宠物医院打来的，经过两天的治疗和观察，咪咪的身体已经没有大碍，可以出院了。

咪咪的身体向来很好，突然食欲不振把许星空吓了一跳，当即把它送去了医院。听说它现在没有大碍了，许星空放下心来，起身上楼换衣服，准备把它接回家。

女人站在床前，很快将衣服换好。怀荆站在门前，看着她将领子拉上去盖住他昨晚在她脖颈间咬下的痕迹，眉眼一挑说：“我陪你去。”

将头发束成一个低马尾，颊边一绺碎发轻扫，许星空说：“不用了，我打车过去就可以。”

她不想麻烦他。

“身为老师，有义务监督学生。”怀荆淡淡地说。他信步走到床边，修长的手指慢条斯理地将睡袍的结打开，睡袍往下一垂，松开后，露出男人精致漂亮的腹肌，以及腹肌下好看的人鱼线。

他将衣服穿好，看着脸颊渐渐变红的许星空，沉声说："你接了咪咪后，万一玩物丧志，乐不思蜀，不回来了怎么办？"

许星空："……"

第九章

我就是想亲你了

许星空将咪咪从宠物医院接了出来，小家伙经过治疗，已经变得活泼了很多。她拎着猫笼往禾枫公寓的大门走，走到门口时，侧眸看了一眼马路边。

波尔多红的欧陆安安静静地停靠在不远处，前来监督她的男人坐在驾驶座上，似乎也在抬头看着她。

许星空觉得怀荆像是争宠的小孩，就怕她和别人玩，冷落了他。

但是他和一只猫争什么宠？他又何必争宠？

许星空带着咪咪回家，将门关上后，她双膝跪在地毯上，小心地将猫笼打开了。两天没有见咪咪，许星空心里也挺想它的。她对着咪咪，温柔地叫了一声："咪咪，到家啦。"

听到许星空的声音，咪咪抬头看着她"喵"了一声，然后迈着小猫步走了出来。它先抬头看了许星空一眼，又叫了一声，走到许星空面前后，扑到了她的怀里。

在医院里两天，咪咪显然十分想念她，一下抱住她后，柔软的肉垫摸在了她的脸上。毛茸茸的团子本就能让人心生温暖，而咪咪这个动作，更是让许星空心下一软。

"咪咪，你先自己待着，我今晚回来陪你好不好？"许星空像抱着孩子一样抱着咪咪，柔声哄着。

咪咪也抱着她，似乎听明白了她的意思，委屈巴巴地"喵"了一声，在许星空的脸上蹭了一下。

她想起带着咪咪走之前，医院的医生说咪咪这两天不愿意吃东西，有可能是因为主人陪伴它的时间太少，让它感受到了孤独，所以才影响了食欲。

捏着咪咪脖子上厚厚的毛发，许星空觉得有些对不住它。而在她捏着咪咪的时候，咪咪也抬头看着她，湛蓝色的双眸里满是不舍。

许星空有些犹豫。

许星空接了咪咪后就回了家，因为她要把它放下才能跟他回去。怀荆耐心地等待着许星空处理完后回来，谁料到她是回来了，手上却拎着一只猫笼。

怀荆看着正在系安全带的女人，而后对上了她怀里猫笼中的那只猫。咪咪似乎也在看他，一双漂亮的眸子里满是冷漠。

男人的脸色不怎么好看，他视线微垂，眸色淡淡。许星空有些心虚，抱歉地说："咪咪刚刚痊愈，我不能单独放它自己在家。我能带着它一起去吗？"

怀荆收回视线，对上许星空的眼睛，简短利落地回答道："不可以。"

"啊。"许星空有些沮丧，她知道怀荆不太喜欢猫，可是她也不能放咪咪自己在家。权衡一下后，许星空说，"那我今天先不练琴了，明天……"

说着，许星空伸手去解安全带。

她的手还没碰到安全带，男人突然发动车子，开了出去。

他这是同意了？

回到曾经的家，咪咪的小脑袋显然没反应过来。它以为许星空是把它送回来了，害怕许星空把它留在这里，咪咪对她可以说是寸步不离，一直横亘在许星空和怀荆之间。

就连许星空练琴，它也要坐在琴凳的中间，将两人分隔开。

怀荆的脸色越来越不好看，许星空却挺高兴两个她都能陪着。

不过，怀荆说的玩物丧志果然没错。咪咪在身边，许星空竟然会走神，边弹琴还边去看它。咪咪则依偎在她的腿边，乖巧得不得了。

许星空看咪咪看得有些走神，男神眼眸一垂，看着对面对视着的一人一猫。他听着许星空弹破了一个音后，伸手将许星空的手压住了。

走神的许星空心虚地抬头，男人的视线落在曲谱上，手指压着她的手指，语气平平地说："这个音没弹好，跟着我弹两遍。"

他的手指压着她的手指，轻轻弹了两下。

被抓了个正着，许星空的脸微微一红，她说："好。"

男人的手指没有拿开，手指压着她的手指，温暖渐渐渗透到指尖，许星空的脸更热了些。

在两人弹奏时，咪咪突然"喵"地叫了一声。两人的注意力都转移到它身上，只见咪咪有些凶狠地瞪着怀荆，抬起前爪，对着怀荆放在琴凳上的手，一把拍了下去。

显然，小猫咪很聪明，知道怀荆是许星空的朋友，所以它没有伸指甲，只是拍了他手背一下以示警告，肉垫软而凉。

咪咪的动作，让男人目光一凛。

许星空吃了一惊，毕竟是自己的猫咪打了人，许星空有些不好意思地看了怀荆一眼，然后低声呵斥了一句："咪咪！"

她刚呵斥完，下巴微微一凉，被什么捏住，许星空回神，男人已经吻了上来。

蜻蜓点水的一吻，浅尝辄止，男人柔软温热的唇瓣像只擦了她一下。

突如其来的吻让许星空的心微微一颤，她抬眼看着怀荆，怀荆眸中带笑，示意她看咪咪，许星空低头看了过去。

看到许星空被亲的咪咪，顿时变得更凶狠了，它喉咙里发出呼噜声，前爪又是一抬，对着怀荆的手结结实实的又一爪子。

许星空："……"

"护着你呢。"怀荆眼尾一抬，淡淡地说。在许星空抬头看他时，男人捏住她的下巴，俯身吻了上去。

这次的吻很久，他吻得轻柔绵长，唇瓣摩擦，像擦在了她的心口。许星空睁大眼睛，看着面前的男人。

他闭着眼，长卷的睫毛黑亮，反射着阳光。

随即，她尝到了阳光的味道，将她的心都搅乱了。

许星空闭上了眼睛。

一个长吻结束，许星空脸颊通红，双眼迷离，有些喘不上气来。

抬眸看着男人眼中的柔光，她快速跳动的心脏重重地拍打在了她的胸腔上。

身边咪咪的一爪子又拍在怀荆的手上，许星空有些乱。她看着怀荆，急怒中声音里带了娇柔的嗔意："你幼稚不幼稚，和猫一般见识干吗？"

男人看着她微皱的眉心，想着刚才吻着她时被抓挠的心，鼻间一声哼笑："谁跟它一般见识了？"

舔了舔唇，怀荆嘴角一扬，说："我就是想亲你了。"

陈婉婉在听说许星空要在年会上表演时，自然是百分百支持，许星空能同意在那么多人面前表演已经是很大的进步了，至于名次，倒是其次。

"你准备表演什么？"陈婉婉扒着她的肩膀，笑嘻嘻地问道。

"巴赫平均律 C 大调的第一首前奏。"许星空终于把这一串高大上的名字背了出来。

"巴赫？"陈婉婉听得一愣，疑惑道，"这个好吹吗？"

许星空被她说得一笑，解释道："我要弹钢琴。"

"哇！"陈婉婉显然被惊着了，不可思议地看着许星空说，"你竟然还会弹钢琴？什么时候学的？"

问到这个，许星空笑容一顿，她将视线收回，小声说："就……就最近。"

"怪不得最近周末你都不见人影。"陈婉婉说道，抓着她继续问，"哪家培训机构？收费怎么样？有没有幼儿钢琴班啊？我让康康去给你当师弟。"

陈婉婉这一连串问题轰炸得许星空有些哭笑不得，她推着她说："你不是要去找老黄吗？快去快去。"

"老黄今天不在。"陈婉婉耸肩道，"今天是咱们董事长五十大寿，他一早就去银梓国际大酒店了。”

“今天是董事长五十岁大寿？”许星空问了一句。

“对啊。”陈婉婉说，“没想到吧？咱们董事长这么年轻，就管着这么大的怀氏。一般大公司的董事长都是六七十岁的老头子，啧啧。”

这些许星空倒不怎么在意，她想起昨晚怀荆说今天有事不能陪她练琴。这样看来，他应该是去参加怀昌朝的寿宴了。

怀荆父亲去世，怀氏现在在怀昌朝手里，怀昌朝有意栽培他儿子怀阳平，怀荆与二叔和堂哥之间的关系应该挺复杂吧。

许星空抿了抿唇，没有再想下去，不管怎么样，她和怀荆的关系还没到能让她瞎操心的地步。

下班之后，许星空买菜回了家，吃过饭后，她抱着咪咪看起了曲谱。她自己买了架电子琴，只是用来练手指熟练度的。电子琴声音脆，许星空的手指在上面来回翻动，咪咪在她怀里，小爪子也时不时压一下琴键，许星空被它逗得笑起来。

一人一猫正玩得不亦乐乎的时候，许星空的手机响了。听到铃声，许星空眉眼一柔，抱着咪咪去餐桌上拿了手机，看到上面显示的名字，笑着按了接听。

“姐。”许星远笑着叫了她一声。

“嗯。”许星空抱着咪咪，重新在沙发上盘腿坐好，问道，“家里现在怎么样？”

她和家里一周通两次电话，一般就是说说家常。

“挺好的。”许星远回答道，“咱妈的手腕也好多了，我让她请了一个阿姨帮忙，冬天家里生意好……”

在许星远絮絮叨叨的时候，旁边林美慧突然插了一句嘴，语气里带着无奈地说：“你老说我做什么？说你自己的事情。”

林美慧声音很低，许星空听到了，她心下先是一提，问道：“出什么事情了？”

“啊。”许星远声音一低，似乎有些不好意思，吞吞吐吐间又带着些害羞，“就是……就是我……”

“妈？”许星空叫了一声。

林美慧“哎呀”一声，将电话接了过去，边接还边笑着说：“跟你姐姐害羞什么？”

许星空听着母亲和弟弟说话的语气，似乎不是什么坏事，她的心放下来一些，抱着咪咪问道：“怎么了？”

林美慧比许星远要利落得多，她说：“童童家说是商量着要在腊月里订婚。”

“真的？”许星空笑起来，“这是好事，星远害羞什么？”

电话那端，许星远“嘿嘿”傻笑了一声。

第一次见周童童的家人时，许星空还没有这么强烈的感觉。现在，弟弟要订婚了，她才真的觉得星远长大了，成了顶天立地的男子汉了。

“什么时候？”许星空问道，她抬眼看了下日历，他们公司在腊月二十三放假，假期很长，说不定能赶上。

“腊月二十四，小年后。”林美慧说，“这是童童妈找先生算的日子，说是对两个孩子都好。”

“我能赶上。”许星空高兴地说，“我二十三晚上坐晚班车回去。”

“哎，那好，那好……”林美慧说了两句后，又没了声音。

“妈？”许星空叫了一声。

“嗯。”林美慧浅浅地应了一声，踌躇半天，这才小心翼翼地问了一句，“那……那你奶奶家那边的亲戚，还请吗？”

许星空唇上的笑意一顿。

订婚是大事，双方的亲戚要去个周全，淮城是老城，对这方面尤其看重。但许家那些亲戚，如果没有必要的话，许星空还真不想请。

她离婚的时候，他们都劝她别离。知道她离婚分了笔钱，又像做生意一样介绍相亲对象给她。她为了躲相亲离开淮城，那些亲戚还在背后嚼舌根。

不过，林美慧既然这样问，那她肯定是想让他们去。

林美慧是个很传统的女人，许星空的爸爸死得早，她一直没有改嫁，一来怕她死后许家不让她进许家的祖坟陪许星空的爸爸，二来是怕许星空和许星远既受许家排挤，又受她改嫁后的亲戚们排挤。

在她心里，他们只要不离开那个家族，他们就有根。

而且，他们如果不请许家人过去，到时周家浩浩荡荡全是亲戚，他们那边只有他们一家三口，那像什么样子。

“我都说不用请的……”许星远在那边又说了一句。

“请吧。”许星空说。

“好好，请。”林美慧有了许星空的支持，总算是松了口气，她听着许星远还在絮叨着不用请，便说了一句，“要是不请许家的亲戚，到时候童童面子上也不好看。”

许星远这才没了声音。

虽然要请许家人让人有些不愉快，但许星空更高兴许星远要订婚了。她抱着咪咪亲了两下，笑嘻嘻地说：“咪咪，咪咪，我马上就要做姑姑了！”

说起来，许星远结婚，她最高兴的竟然是这个。她不能生，那她若是有个侄子或者侄女，肯定要把他们当心尖肉来疼。

刚将咪咪放下，手机又响了，许星空拿起手机，揉着咪咪的头应了一声：“喂。”

女人声音里有因高兴而拉长的声调，她声音柔软，这声长腔也格外温柔。怀荆嘴角一扬，问道：“这么高兴？”

怀荆今晚参加怀昌朝的寿宴，竟然还有时间给她打电话，看来应该不是很忙。许星空心情好，捏着咪咪的肉垫，笑着说：“嗯。我弟弟刚刚打电话过来，说他要订婚了。”

许星空去过怀荆家，而怀荆对许星空家却一无所知。

被许星空的笑声传染，男人也笑了笑，问道：“你弟弟多大？”

他只是和许星空闲聊，怀莞和他差了十八岁，他们两兄妹的年龄差比较少见，他想看看许星空和她弟弟差了多少。

“二十三岁。”许星空说道，“过了年就二十四了，不过是虚岁。”

“二十三岁就订婚？”怀荆问道。

许星空听出他话里的惊讶，解释道：“我们那边结婚都早，有些人二十岁就结婚了，等到了法定年龄再去领结婚证。”

算起来，许星远结婚还算是晚的。

听着她细细地解释着，怀荆眼中的笑意越来越深：“你弟弟才二十三岁就订婚了，你好意思吗？”

男人语气里带着促狭，似乎在说她一把年纪了，竟然还不如她弟弟结婚早。许星空知道他是开玩笑，但还是被他堵到了。

她被堵得红了脸，捏着咪咪的爪子，急声嘟囔了一句：“你……你比我还大呢，你好意思吗？”

她怼人的时候，声音小而柔，语气急促，像一丝文文弱弱的风，一下掠过他的心口。

好软好软，软得他柔了眉眼。

“怀总。”电话那端有人叫了他一声。

“嗯。”怀荆抬眸淡淡地应了一声，指腹摩擦着高脚杯的杯沿。他对着电话里的女人笑了笑，似乎没听清，沉声问道，“你刚才说什么？”

“没说什么。”许星空嘟囔道，怕他真的听到，没有说第二遍。

怀昌朝的五十岁寿宴办得盛大隆重，银梓国际大酒店顶层宴会厅内，衣香鬓影，觥筹交错，热闹非凡。

宴会厅外的阳台上，怀荆拿着酒杯站在护栏边。大厦下，车水马龙，车灯如金银线穿梭交织，一派繁华。

怀荆拿着手机，神色淡淡，眉眼间却尽是笑意。在问完许星空后，他抬眼看了一下不远处正走过来的两个人，眸中笑意渐消，布上了一层清冷和慵懒。

“先挂了。”怀荆沉声说完，将手机挂断收起，冲着走过来的两个人一笑，“二叔，生日快乐。”

怀昌朝穿着西装，生日上收到的奉承和祝福让他看上去红润了许多，神色中带着些意气风发。怀阳平拿着酒杯，站在他偏后的位置，脸上挂着笑。

“谢谢。”怀昌朝先笑了笑，问道，“你在这里做什么？我和你哥找了你半天。”

“我看你出去了，以为你走了。”怀阳平笑着说。怀阳平的嘴巴长得像怀昌朝，嘴角是自然上扬的，平日里看着都是一脸笑模样。

怀荆看了一眼怀昌朝，说道：“二叔的生日，我怎么能走。过会儿还要吃碗长寿面，沾沾喜气呢。”

“沾我这个老头子什么喜气。”怀昌朝无奈一笑，感慨地说，“我老咯，以后怀氏就是你们年轻人的天下了。”

“哎，二叔。”怀荆语气里满是不同意，他笑着说，“您这样说就不对了。我爸那么短命都活到五十多岁，您随便活活也能到八九十啊。”

怀荆这话一出，怀昌朝脸上的笑容一顿。他抬眼看着怀荆，眸色沉沉。

看到他们变得肃然的神色，怀荆微摇头，食指屈起微微敲了一下头，抱歉地道：“我喝多了，说话没遮拦了些。”

怀昌朝的视线在他脸上移动了两下，最后才又笑起来，说：“喝多了也不能这么说，他毕竟是你爸。”

鼻间哼笑一声，怀荆抬眸对上怀昌朝，语气淡淡：“对啊，他不但是我爸，还是您哥。若是我儿子这样说我哥，我也不乐意。”

怀荆说完，看了一眼怀阳平，冲他笑了笑。

听了怀荆的话，怀昌朝脸上又有了些忧虑，他无奈道：“你啊，还儿子呢，女朋友都没影。打算什么时候……”

怀荆眉心微皱，眼睛一眯，打断道：“我哥没结婚的时候催我哥，现在我哥结婚了开始催我，等我结婚了，你们就该催小翰了。”

小翰是怀昌朝的二儿子怀阳翰，听怀荆提起他，怀昌朝目光变柔，这茬就没有继续往下说。他看了一眼宴会厅内，对怀荆说：“今天董事会来了不少人，你和我进去打个招呼。”

怀荆晃了晃手中的酒杯，扫了一眼宴会厅内的人，神色淡淡地说：“算了吧，我回国后就一直在IO，跟他们也不熟，让我哥陪你去吧。”

怀荆的漠然，让父子俩不着痕迹地对视了一眼。怀昌朝笑了笑，说：“行，但你也不能一直这样，毕竟以后还是你接手怀氏。”

眼睫微垂，杯中液体清澈鲜红，怀荆嘴角勾了笑，笑得如夜风般冰冷无痕。

既然怀荆无心去宴会厅内，怀昌朝也没有再邀他，临走时，说：“你今天喝多了，跟我们一起回大宅吧，免得你奶奶担心。”

“不了。”怀荆拒绝道，“我有司机。”

“行。”今天毕竟是他的寿宴，宴会厅内的人都在等他。怀昌朝说完后，就转身走进了宴会厅。

怀昌朝一进门，宾客就涌了过来，父子俩在人群中笑着，倒真像那么回事。

扫了一眼宴会厅内，怀荆将视线收回，双臂搭在木质栏杆上，抬头看向了夜空。

今天天气晴朗，漆黑的夜里，繁星点点，这样的星空真美。

被挂了电话，许星空将手机放在一边，心里盘算起许星远订婚的事情来。电话里，母亲说周童童家要十八万八千八的彩礼。

说实话，这些彩礼在淮城真不算多。

淮城是老城，重男轻女严重，嫁女儿就像卖女儿一样，收的彩礼多半被女方父母拿去贴补自己的儿子结婚用了。

许星空结婚那会儿都已经是十万起了，现在物价飞涨，更是高得没边。

周家人说这些彩礼会在童童出嫁的时候给她陪送回去，他们一分钱都不要。他们就这么一个女儿，而且大儿子已经结婚，不需要花钱，要彩礼也不过是想让小两口以后的生活宽裕些。

许星远真的是攀上了一个好人家。

许星空想着想着，思绪渐渐飘远，不知道怎么就想到她订婚的时候了。

那时候，王舜生创业没钱，他父亲王志维只给他们付了一套二手房的首付。至于彩礼，他们家给了八万。而那八万也是王舜生自己去银行贷的，等结婚后，许星空就把钱给了王舜生，给他做了投资。

许星空虽然上了大学，但在淮城长大，骨子里很保守，觉得婚后就应该无条件支持丈夫。而且说句现在听有些凉薄的话，那时候她对王舜生还是有爱情的。一旦有了爱情，那就注定了她的卑微和顺从。

现在想想，还真是挺傻的。

想到这里，许星空突然回过神来，刚才怀荆笑话她这么大年纪没有结婚笑话不着，因为她已经结婚了啊。那他为什么还笑话她？笑话她没二婚吗？

想到王舜生都没有那么气，许星空躺在沙发上，捏着咪咪的小爪子，鼓着腮帮子小声说："刚才应该说我都结过一次婚了，你比我大你还没结过，你好意思吗……"

嘟囔完之后，许星空又笑了出来。她额头碰着咪咪的额头，在软茸茸的毛上蹭了蹭。

她跟怀荆在一起久了，都变得幼稚了很多，结过婚是值得炫耀的事情吗？她不就在婚姻里吃过一次亏了吗？

许星空轻轻地叹了口气。

洗漱过后，许星空吹干了头发，抱着电子琴又在沙发上弹了一会儿。她身上盖着薄毯，咪咪就窝在她的颈间，家里开着地暖，暖烘烘的。弹了一会儿她就觉得眼皮有些累，最后竟然在沙发上睡着了。

许星空是被敲门声吵醒的，刚开始一下，她眉头一皱。不一会儿，敲门声像是鼓声，一点点氤氲了开来，渐渐地，将许星空的困意驱散了。

客厅里只开着夜灯，灯光温柔地弥漫在客厅，像决堤的水。许星空睁开眼睛，确认是有人在敲她家门后，神色警惕地从沙发上坐了起来。

抬头看一眼时间，现在已经快到十一点了。咪咪也是听到了敲门声，站在沙发边，歪着脑袋抬眼看着她。见她那么紧张，咪咪轻轻地"喵呜"了一声。

听到咪咪的叫声，许星空心下一颤，她小心地"嘘"了一声，拿着手机起身，轻手轻脚地走到了门前。

到了门口，许星空踮脚站在门口的地毯上。她将双手放在门上，趴在猫眼上往外面看去。

门外的男人似乎知道她会看他一般，他的头微微侧歪着，浅褐色的双眸看向猫眼，眼里染着冬日的风霜。

两人视线一对上，许星空双唇微张。她又确认一样看了一眼，窗外的男人眼角轻挑，嘴角已经带了一丝笑意。

看着他的笑，许星空双脚落地，将门打开了。

门一开，冷风悄然而入，吹在仅穿了一件睡衣的许星空身上，她冷得微微一抖。

“你怎么来了？”许星空闻到了一股淡淡的酒气。他去参加他二叔的生日宴会，这么晚了怎么还到她家里来了。

男人神色如常，肤色在楼道声控灯的照耀下透着冷冷的光，将他五官轮廓都照得看不真切了。

“喝醉了。”男人淡淡地回答了一声，然后看着她的眼睛，问，“我能进去吗？有点冷。”

男人的声音带着一丝疲劳的沙哑，许星空喉头一动，微眨了眨眼睫，起身让开门口：“进来吧。”

男人进了门。

“去卧室躺会儿吧。”既然让他进来了，就代表她今晚会负责到底。他喝醉了，现在身体应该不会太舒服。

许星空接了一杯温水，递给了他。

怀荆回头看了她一眼，夜灯将他冷白的皮肤照得温暖了些。他接过杯子放在唇边，将它喝掉了。

“好。”把水杯递给许星空，怀荆起身去了卧室。

许星空照顾过喝醉酒的男人，不管是许星远还是王舜生，她都照顾过。但喝醉酒后不吵不闹，这么安静的，还就只有怀荆一个。

平时那么能闹的人，喝醉酒后竟然这么乖，许星空觉得有些不可思议。

在她放下水杯的时候，卧室传来一声响。夜灯的灯光照进卧室内一半截，灯光后的男人，身体笔挺地倒在了床上。

许星空吓了一跳，赶紧走进卧室。

她先把卧室的灯打开，然后就看到了躺在床上的怀荆。他双手规规矩矩地放在身侧，双腿悬在床沿。

许星空走近了，又闻到了酒味，还有淡淡的葡萄香气。她看着男人紧抿的双唇和闭起的双眼，轻叹了口气。

喝了这么多酒，心情不好吗？

许星空将他的身体挪放摆正后，像他平时那样，将他的领带和领口解开了。他喝了那么多酒，领口处的皮肤竟然还是白的。许星空的指尖碰到了他颈间的皮肤，有些烫。

微烫的热度让许星空目光一动，她的手顺着他的脖子到了颊边。男人的皮肤细而紧致，也确实有点烫。

在许星空一只手摸着他的脸，一只手摸着自己的脸感受温度时，床上的男人似乎感受到了她的触摸，一下睁开了双眼。

他双眸一睁，浅褐色的眼睛里带着警惕。但这种警惕，在看清面前的人是许星空后，像棉花糖入了水，一点一点地消失了。

许星空刚被他突然睁眼吓了一跳，她手往回一缩，和怀荆说道："我去拿毛巾给你擦擦脸。"

家里的毛巾昨天洗了，都晾在阳台，许星空还没收。她家阳台就在卧室，许星空推开推拉门走了出去。

阳台不大，只有卧室的长短，宽度也只容得下两个人。半人高的墙壁上连接着推拉窗，窗台很宽，铺的是深褐色的方木，上面摆放着两盆绿植。

这个阳台虽小，但日照充足。许星空放了一把高脚椅在最左边的窗户边上，偶尔周末闲暇的时候，她会坐在这里晒着太阳看会儿书。

白天还算温暖，可到了夜间没有阳光，就有点冷了。

窗台上的推拉窗还开着，一出门，许星空就被吹得一抖，赶忙裹紧了身上的小毯子。

为了保证充足的日照，她家晾衣竿往上拉得很高。许星空踮起脚，伸手去够毛巾。还未够到，一只手越过她的手将毛巾拿了下来。

许星空喉间一颤，小腹上伸过一只手将她抱住，许星空踮起的双脚还未放下，就被抱到了窗边，双手扶住了窗台。

男人炙热的气息在她的脖颈间流转，许星空的手指微微蜷曲起来。

怀荆一只手将她提起，一只手按在她的手边，两人身体一接触，皆是一阵战栗。怀中女人柔软无骨，颈间透着淡淡的甜橙香气，是沐浴露的味道。

他闻着甜甜的香气，在她脖颈间逗留，双唇轻柔地擦过她的脸颊与耳边。男人气息微烫，声音沙哑，征询着她的意见："可以吗？"

窗外对面的那栋公寓楼，只有几户人家灯光微亮。

在这寒冷的天地间，似乎只有他们两个。

许星空双脚微悬，眼眸低垂，颤声应了一句："嗯。"

声音小而柔，像一丝电流触到了他的心底。

酒精能让人发狂。

她将脸颊贴在男人的耳边，双手放在了他的头发上。

望着客厅内还未关掉的灯盏，幽幽的光芒让许星空心间发软。

"今天不开心吗？"女人声音很轻，略带沙哑。

"嗯。"怀荆轻应了一声，将女人拢入怀中，温柔地吻了一下她光洁的肩头，"不过现在见到你，就开心了。"

许星空心头微动，双手回抱住了他。

许星空虽然报了名，但还是有些担心自己能不能被选上。毕竟公司人才这么多，她只是钢琴独奏，未免太普通了些。

直到放假前一天和陈婉婉在休息室谈工作，她收到一条消息，提示被拉进一个叫"10 年终尾牙表演群"的群里时，才放下心来。

被选中上去表演，许星空有些激动。一边的陈婉婉看着群里发的消息，乐道："看吧，我就说能选上。咱们可是搞大事的，不但表演节目要被选上，还要拿大奖呢。"

陈婉婉刚说完，身边突然响起一声冷笑。两人抬头一看，李妙雪拿着文件婀娜走过。

陈婉婉太阳穴一跳，拍了一下桌子起身："嗨，你个李妙雪……"

许星空赶紧拉住她，没让她继续说下去。

他们部门就只有她和李妙雪两个节目，且不说她们本来就有矛盾，李妙雪表演多年年年拿奖，自然看不上她的表演。

再说她的表演也不是为了让李妙雪看上的，她只是想突破一下自己而已。所以李妙雪对她的耻笑，许星空并不在意。

下午下班前，许星空接到群里的通知，要去就年会表演的事情开会，商议一下服装和表演所需的东西，要安排人员进行采购了。

IO 每年的年会都会交给年会策划公司承办，但 IO 人资部也有自己的公司文化组。年会的策划、导演、设备都是交给年会策划公司，但年会所需物资采购、服装，还有节目排练，都是由文化组来负责。最后，排练成型，人资部的栾部长会来看最终彩排。

关于节目安排，文化组已经内部商讨过了。许星空的节目不痛不痒，被安排在了中间。李妙雪则负责开场和压轴，她一共表演两个舞蹈。

文化组很多人都是多次参加年会的筹办，李妙雪又在年会上表演多次，所以大部分人和她熟。负责排练节目的文化组组长宋右伶在李妙雪刚来时，就和她凑在一起闲聊。

许星空没有关注太多，她正看着手机，上面有文化组负责服装的唐迪迪发过来的几张表演服装的图片。

这几套服装都是长裙礼服，镶着水钻金边，高贵典雅。但每套服装都有一个毛病，就是胸前袒露了一大片，让许星空有些接受不了。

在唐迪迪忙完的时候，许星空拉住她，问道："表演的服装就这几套吗？"

小姑娘点点头，说：“对啊，我挑的，都挺好看吧？”

听了她的话，许星空有些不好意思地道：“挺好看的，就是有没有上面稍微高一点的。我有点怕冷。”

许星空一说完，唐迪迪先是一愣，随后哈哈大笑起来。她长得不高，性格爽朗，这一笑引得好多人往这边看。她赶紧捂住嘴巴，干咳两声后说：“不会冷的，干吗要遮住啊，这样的才好看。”

宋右伶在听到唐迪迪的笑声后，走了过来，问道：“怎么了？”

唐迪迪快嘴，笑着说：“许小姐说穿这件礼服会冷。”

“我看看。”宋右伶拿着许星空的手机，划了两张照片，皱着眉头微微一叹，“这几款礼服都不错，挺好穿的。到时候礼堂开空调，不会冷。”

宋右伶一说，许星空就觉得是自己矫情了。她有些抱歉地说：“不好意思……”

在宋右伶过来时，李妙雪就跟着过来了，听了来龙去脉，她白眼一翻，说：“大家表演都这样穿，宋组长排了这么多年的节目，有自己的经验。你别搞什么特殊，让别人说咱们翻译部怎么怎么样。”

既然决定了表演，自然是别人怎么安排她都服从的。许星空并没有在意李妙雪的话，只是和宋右伶说：“不好意思，麻烦您了。”

“没事。”宋右伶将手机递给她，“你录制的钢琴独奏视频我看了，还有些不太熟练，到时候是在公司高层眼皮子底下演奏，你要练习好了，别出什么差错。”

许星空点点头说：“好。”

等散了会，许星空先回了家，给咪咪添好猫粮后又出了门。公寓门口旁边的路灯下，男人已经在车内等着了。许星空起身走过去，打开车门上了车。

路灯照透车前窗，将两个人的脸照亮了一半。

怀荆微扬着下巴扫了一眼女人怀中的东西，问道：“要包水饺？”

许星空将一小塑料袋面粉放在一边，点了点头。车窗外的风声中，夹杂着一些鞭炮响。

“今天是阳历年。”许星空对上男人的视线说。

女人一双圆眼微睁，红润的双唇抿成一条线，似乎有些期待，双眼中还跳跃着一丝光芒。

“这样啊。”怀荆点头一笑，发动车子，驶离了路灯。

淮城有庆祝阳历新年的传统，但阳历新年的庆祝，比春节要简单得多。只要挂两串鞭炮，包点水饺，然后和放假归来的亲人吃顿团圆饭就算过了。

今年发生了很多事情，先是前夫出轨，后是她离婚。离婚后她来到夏城，有了一份自己喜欢的工作，被上司赏识，而且还有了属于自己的一家小店铺。今天她虽然没有和家人团圆，但还是想庆祝一下自己的新生。

到了怀荆家，许星空拿着食材去了厨房。

女人连走路时都有些兴冲冲的。

有这么高兴？

怀荆眉眼笼上一层柔意，也走向厨房。

怀荆家的厨房是三面式，正面和左右两边都是厨台，除此之外，中间还有一个长五米、宽一米、高一点二米的厨台。

这个厨台本来是用来放东西的，但他家几乎不开火，所以上面空荡荡的，在橘色的灯光下发着冷冷的光。

许星空将带来的东西搁在厨台上，去旁边拿了一块面板冲洗了一下后，放平在厨台上。

做水饺是个繁杂的工作，她做起来倒是有条不紊的。将面板放下后，许星空把面粉倒在上面，呈一座小山状，然后在中间弄了一个小窝，将水倒进去后，开始一丝不苟地和起面来。

这个厨台对她来说有点高，和面时，她需要踮一下双脚，将身体抬起后，手才将面压下去。

她和了一会儿，抬手扫了一下颊边的碎发，动作微小而娴静，温柔动人。

怀荆目光一动，走了过去。

察觉到他走了过来，许星空抬头看了他一下，小声道：“和好面就可以了，馅儿我在家弄好了。”

女人脸颊边有一小片面粉，因为她刚才的动作被搓开，细小的面粉颗粒沾在她的皮肤上，俏丽可爱。

怀荆站在她身后，双手从后面抱住了她，俯身轻吻了一下她的脸颊。许星空踮着双脚，因为男人的贴靠，她的身体一下靠在了厨台上。

许星空身体前倾扶住了厨台，感受到了男人在她颈间的呼吸，心下一动，察觉到他想做什么，喉头一动，小声拒绝道：“不……不可以。”

怀荆双手一用力，让她回过身来面对着他。女人双手抓在他的双臂上，留下了两个淡淡的白色手印。

怀荆眸色沉沉，弯腰吻住了女人微动的双唇，吻得细密而缠绵。

“做这个太慢了，你先陪我，等下我帮你一起包。嗯？”

男人最后一句，尾音上扬，像一根细线将她的心拴住了。

许星空眼睫微颤，脸颊发烫，眼神疑惑地看着他：“真……真的？”

女人眉眼间全是如水的柔情，将他的欲火全部勾了出来。他吻向她的耳边，轻咬了一下她微烫的耳垂，承诺道：“真的。”

许星空的身体彻底放松了下来。她后背抵在凉凉的厨台上，感受着男人火热的唇齿朝着她颈边移动。牙齿摩挲皮肤的触感，让许星空微微一个激灵。

“这……不可以，表演礼服……”

她这几天确认了表演礼服，礼服大部分都会露出脖子，她不想让人看到牙齿印。

男人眼眸一顿，顺着她的脖颈来到了她的锁骨边，漂亮的锁骨温热，他还未张嘴，女人便扶住他的胸膛，小声道：“这……这也不行。”

礼服的话，露锁骨也算是正常的。

怀荆顺着锁骨，低头吻向了女人锁骨下方深处，刚要咬下去，女人双手护在了自己胸前。

他猛一抬头，怀中女人轻咬着下唇，颤声说：“这……”

男人目光一沉，问：“这里也会露出来？”

“嗯……”许星空小声地应道。

怀荆：“……”

IO集团年会举办场地，在IO大厦附近的圣仟酒店大礼堂。上次开会挑选好服装后，服装在一个星期之内采购完毕。下午一上班，唐迪迪就在群里通知各位表演人员去圣仟酒店三楼的礼堂试装。

圣仟酒店是五星级酒店，IO集团年会在它最大的礼堂内举办。整个礼堂大约一千平方米，装修奢华大气。虽然同为五星，但淮城最好的五星级酒店与圣仟酒店没法比。

举办年会的礼堂叫一清厅，最里侧是LED大屏幕和舞台。大屏幕后方是化妆室和准备室，一行人刚到就被领了进去。

唐迪迪站在一堆箱子前，对来人说：“写了你们名字的箱子里就是你们的服装，大家按照节目顺序换一下。宋组长在外面等着，大家穿着服装去舞台上走个过场。”

许星空走到箱子跟前，将写着她名字的箱子拆开后，把衣服拿了出来。表演礼服尽管只用一次，但为了表演效果，服装的质量都不差。

她站在更衣室门前排队，低头看着手里的衣服。

这件礼服已经是唐迪迪给她的所有礼服里最不暴露的了，是一条抹胸长裙。长裙前还有一个扇形的胸针，能遮挡住左边露出的胸，但右边就无能为力了。

许星空正看着礼服，面前的更衣室门开了。她一抬头，看到了已经换好演出服的李妙雪。

李妙雪负责开场舞的领舞，开场舞是一支火辣的热舞，相应的服装也比较火辣。下面是超短裙，上面是露着腹部的宽松连帽T恤。一举手一投足，都让人浮想联翩。

其实李妙雪这一身也没有那么暴露，只是因为她好像故意买小了一号，所以双手一抬时，T恤抬起，就露出了下面半截胸。

推门出来，看到外面站着的是许星空，李妙雪看着她观察自己时的神色，冷嗤一声后，走了出去。

唐迪迪昨天提前通知过今天来试服装，所以许星空备了胸贴。将冰凉的胸贴贴上，许星空脱掉衣服换上了长裙。

更衣室里没有镜子，但许星空一低头就能看到自己胸前的一大片春光。好在这几天怀荆要咬她都被她制止住了，裸露的地方没有咬痕。

许星空进行了一番心理建设后，出了更衣室。

门外唐迪迪正在安排其他人换装，看到许星空出来，眼睛一亮，“嚯”了一声，笑着说：“没想到许小姐身材这么好啊？这么好的身材穿礼服还要捂着，多浪费啊！”

她人小但嗓门大，这么一句话，让更衣室的人的视线都放在了她身上。许星空被看得脸一烫，有些不自然地用手遮住了胸前。

唐迪迪笑嘻嘻的，她知道许星空平时的穿衣风格，乍一这么暴露，她肯定不习惯。外面宋右伶叫了一声下一位，唐迪迪示意许星空出去，并笑着给她打气：“自信点，真的挺好看的。”

“谢谢。”许星空轻声道了谢。虽然唐迪迪这样说，但许星空还是觉得别扭和尴尬。她双手遮挡在胸前，待上台时，咬了咬牙，将手放了下来。

舞台上的灯光很亮，许星空一上去，心里就空了一大片。

台下，宋右伶正在和谁说着什么。

“今天只是试服装走过场，不是彩排，所以没有专门的表演……”她声音带笑地解释着。

听她说话的那人垂眸扫了一眼节目单，淡淡地问了一句：“这位小姐表演的是钢琴独奏曲？”

许星空一回神，转头看向台下。

台下，男人站在一堆人中间也抬头望着她，浅褐色的眸子中带着些不易察觉的笑意。

两人视线一对上，一个吃惊，一个镇定。

许星空眼睫微颤，将视线收回后，点了点头说："是的，怀总。"

宋右伶看了一眼许星空，回头和怀荆说："是这样的怀总，因为钢琴比较大，要等年会前一天，许小姐的节目才能彩排。"

"嗯。"怀荆的视线并没有离开台上的许星空，他微抬着下巴，淡淡地说，"排练就让她先在钢琴老师那儿练吧。"

许星空："……"

"但是这服装……"怀荆眉心一挑，微眯了双眼。

女人穿了一身香槟色的抹胸长裙，将她姣好的身段全部显露了出来。长裙拖地，下面倒是盖得严严实实，但上面，从尖尖的下巴开始，修长的脖颈、漂亮的锁骨，还有没有被水晶石装饰遮挡住的右边的春光……

男人喉结微动，视线渐渐放空，说："服装换一下。年会是个公共活动，不能穿得这么暴露。"

"好的，怀总。"宋右伶应承下来，看了一眼旁边的李妙雪，问道，"那舞蹈的服装也要换一下吗？"

怀荆将视线从许星空身上移开，扫了一眼旁边的李妙雪后，视线重新放在许星空身上，十分简练地说："不用。"

许星空回到更衣室换衣服时，听到外面的唐迪迪抱怨道："舞蹈演员的服装比这个还暴露都没事，怎么许小姐的就不行啊？她穿着这身衣服多好看啊。怀总从来不管年会的事情的，怎么今天就心血来潮地过来了呢？"

旁边有个文化组的人八卦了一句："听说是今天刚好在圣仟有应酬，然后就顺便过来看了一眼。"

"哎呀！"唐迪迪哀号。

许星空听到这里，将衣服穿好后，出了更衣室。

下午下班回家后，许星空喂完咪咪，出门上了怀荆的车。许星空将安全带系好，看着驾驶座上的男人，问道："你今天怎么去了礼堂？"

男人也刚下班，但领带已经扯下扔在了后面，路灯灯光下，解开的领口露出冷白的皮肤。

他侧眸看了许星空一眼，许星空穿着大衣和高领毛衣，头发散下来，将耳后的皮肤盖住了。

脑海中闪现出女人在舞台上的样子，怀荆眉梢微挑，勾了勾嘴角说："去给你加油打气。许星空加油，许星空加油……"

男人说着加油的时候，眉眼间全是笑意。许星空也被他说得笑了起来，她眼角弯弯，问道："那你觉得我的表演能成功吗？"

怀荆对上她的视线，微微侧头，点头说："当然，也不看看你钢琴老师是谁。"

她抿抿唇，眼睛里闪过一丝狡黠，笑着问道："那你觉得我能得第一吗？"

许星空平日是个很正经的人，偶尔这么狡黠，也让他完全捕捉到了。她就像是一只小狐狸，露着尾巴，还以为别人找不到她。

怀荆心下一痒，眸中笑意加深："那不一定，老师也不是万能的。"

许星空："……"

怀荆说今天是去给她加油的，许星空竟然天真地信了，真是条大尾巴狼。

漆黑的夜幕下，男人看着怀中的女人，嘴角噙着笑。他低头吻在她的发间，像是一阵风，拂过她的耳边。

待到了她耳边之后，他鼻间一声哼笑，哑声说："现在，我可以想咬哪儿就咬哪儿了。"

唐迪迪重新采购了许星空的表演礼服，因为是怀荆钦点要换，许星空试衣服时，宋右伶也在一旁把关。

唐迪迪这次选的是一套半高领藕荷色的紧身旗袍，裙摆开衩到膝盖处。紧身的旗袍既能展现出她玲珑有致的身段，也不会太过暴露。

许星空穿上这一身，娴静高贵，衬着她温和的气质，在灯光下格外温柔。

唐迪迪看着许星空，眼睛都在放光。

许星空平日穿的衣服太普通，以至于将她的气韵都掩盖住了。她甚至不需要化太过精致的妆，就能很好看了。

粉白的皮肤，柔美的五官，南方女人那种水灵灵的娇柔，像一幅青山远雾的水墨画，让人看着身心都很舒服。

唐迪迪张着嘴巴移不开眼，感叹地摇头说："姐，你换换平时穿衣服的风格吧，不然白瞎了你这么好的底子。"

唐迪迪是真心夸赞，许星空却觉得她有些夸张。她有些不好意思，红着脸摇了摇头："没有没有。"

宋右伶对她这身礼服也是满意的。

她穿上一身有上一身的性感，这一身又有这一身的知性，形象确实不错。

但宋右伶并没有表现出来，只是神色淡淡地说："形象都是其次，主要还是表演。你现在钢琴练得怎么样了？"

距离年会还有一周时间，许星空最近练琴练得挺顺手的。听宋右伶这么问，许星空仍有些不自信，只是说了一声："还行。"

宋右伶抬头看了看她，眉眼间全是严格，叹了口气说："只是还行可不行，必须非常熟练。在这么多公司领导面前，有半点马虎都是事故。你再录个现在练习的小视频传给我。"

许星空点点头，说："好的。"

宋右伶离开后，许星空便换下了礼服，唐迪迪边收拾着衣服边念叨："宋组长怎么这么凶啊。"

许星空只是笑了笑，没有说话。

试完衣服后，许星空回到了办公室。拿着文件准备去找黄千松的陈婉婉，拐了个弯坐在了她面前，问道："礼服怎么样？"

她去试礼服前跟陈婉婉说过。

仔细想了想礼服的样子，她没照着镜子看，但穿着挺舒服的，既不影响弹琴，又不影响美观。许星空点了点头，说道："挺好的。"

陈婉婉放下心来，看着许星空吐槽了一句："你怎么老是被钦点？我听说李妙雪的衣服都露成那样了都没事，怀总跟你八字不合吧？"

许星空抿了抿唇，点了点头说："或许吧。"

陈婉婉捏着下巴，一派大侦探的派头，推算道："也有可能是宋右伶故意不让你穿的。她和李妙雪是好朋友，李妙雪跟她说两句，她就能把你的礼服换了。李妙雪是只想自己露，不准你露，怕你抢了她的风头。"

许星空有些哭笑不得，露得多怎么就抢风头了。

"就算露，我也抢不了她的风头。"

"才怪。"陈婉婉眼皮一翻，"她动不动就冷嘲热讽你两句，还不是觉得你好看。要是你真盖不住她的风头，她都懒得理你。"

不知道陈婉婉这都是什么逻辑，许星空耸着肩膀摇了摇头。

陈婉婉又抓了她一把，问道："宋右伶没为难你吧？"

"没有。"许星空无奈地笑着说。

陈婉婉老怕她受欺负，跟老母鸡护小鸡仔似的护着她。

听她说没有，陈婉婉这才松了口气。

"那就好。那你好好表演就行了。对了，给你看个东西。"陈婉婉笑着将手机拿出来，给许星空发了一条微信过来，然后拍拍她肩膀说，"你慢慢看吧，我去给老黄送文件。"

"好。"许星空目送着她离开，然后将微信打开，陈婉婉刚才给她发了一个小视频。

视频的封面是康康，许星空温柔一笑，将视频点开了。

"星空阿姨，我想你！"康康站在玩具屋里，抱着大恐龙叫了一声。或许是面对镜头的缘故，小家伙有些腼腆。

镜头后的陈婉婉嘟囔了一句："说正事……"

"哦！"康康猛点头，然后对着镜头歪着小脑袋笑起来，"祝星空阿姨表演顺利，不要紧张呀，我和大恐龙都给你加油！"

说完，康康还让大恐龙朝着镜头鞠了个躬。

许星空一笑。

"来，亲阿姨一下。"陈婉婉说。

“我来啦！”康康撒丫子小跑着过来，噘着小嘴巴亲了一下镜头，陈婉婉看着他的模样，在后面傻乐。

许星空将手指放在屏幕上，看着康康的脸，听着康康的声音，心里像是山后的太阳冒了头，一下照亮了所有。

小孩子真好啊。

许星空笑着摸了摸屏幕里康康的小脸蛋，又看了两次后，将视频保存了下来。

第十章

补偿我就好了

临近年关，公司事情多，怀荆打完电话后，从阳台回了客厅。客厅里，许星空正挺直着后背在练琴。

她穿了一件紧身的浅杏色高领毛衣，将她的身段衬得窈窕修长，纤细的腰肢盈盈一握。双手弹钢琴的动作，让她后背的蝴蝶骨也在温柔地动着。

这首曲子她练习了快一个月，已经弹得十分熟练了。她确实喜欢钢琴，每天的练习足以让弹钢琴变得枯燥，她却乐此不疲。

在听到第二段的时候，“砰”的一声响，连着一串杂音，什么东西掉在了琴键上。

许星空赶紧停下，将琴键上的东西拿了起来。

怀荆看她手忙脚乱的样子，眉眼间浮了层笑意，走了过去。

刚掉在琴键上的是一部手机，屏幕上相机开着录像模式。许星空将手机收起，察觉到怀荆过来，抬头看了他一眼后，小声道歉：“对不起，砸到钢琴了。”

怀荆倒不在意这个，看她拿着手机，问道：“在录像？”

许星空点了点头，解释道：“嗯，宋组长让我录一段练琴的视频给她，她想看看我弹得怎么样了。”

她刚才是把手机放在琴谱上的，但是不小心掉下来了，砸了钢琴那一下，她既心疼手机，又心疼钢琴。

手机放在琴谱上确实不靠谱，可是钢琴上又没有其他地方可以放。

正当许星空一筹莫展的时候，面前伸过来一只手，手指修长，骨节分明。

“我帮你录。”

许星空抬头看着怀荆，眼睛里有光，她笑了笑说：“谢谢。”

将手机递给怀荆，怀荆拿着手机，看了她一眼，问道：“可以开始了吗？”

“好了。”许星空长舒一口气，将手指放在琴键上弹了起来。

她弹钢琴的时候，像个小学生，身体板板整整，后背挺直，修长挺拔。

她给人的感觉，永远是温婉大气，没有攻击性的。总感觉看着她，浮躁的心情都会得到缓解。

怀荆眸色沉沉，看着钢琴边的女人。她似乎有所察觉，抬头与他对视，目光澄澈，嘴角微微一弯。

许是他的眼神太过炙热，她眼睛里浮了一层羞赧，将头低下时，耳后那片白皙柔嫩已经染上了一层粉色。

这一个小动作，可真是勾人。

许星空这边弹奏完毕，怀荆停止了视频录制，他看着手上录好的视频，本想点开重放一遍，却不小心将前面的那个视频划了出来。

视频的封面是一个皮肤白白的双眼皮大眼睛小男孩，正冲着屏幕笑着。

怀荆嘴角微压，手指轻轻点了一下屏幕。

“星空阿姨，我想你……”视频一打开，康康甜甜的声音就传了出来。

许星空本想起身看视频的，听到康康的声音后，赶紧走了过来，看了一眼屏幕说：“这是我朋友家的孩子。”

怀荆垂眸看了许星空一眼，许星空抬眼和他对视，眼睛里是刚刚听到小男孩声音时还未退去的喜爱。

怀荆一直看着她，也不说话。许星空眼睫眨了眨，伸手去拿手机：“我看看刚才录的……”

她伸手去拿时，男人将手机一举，许星空拿了个空。

许星空有些不明白地看着怀荆，又看了一眼手机，知道他是在逗她后，有些急。她踮起双脚，伸手去够手机："给我……"

她身体一挑，往上一碰，一米九和一米六五的身高差显露无余，她身体一下失了平衡，手机没拿到，却一下趴在了男人的怀里。

许星空心下一动，挣扎着就要起来，男人双手将她圈在怀里，许星空便动弹不得了。

"干什么……"许星空急得脸通红，脸窝在他的怀里，轻声说了一句后，后半句被男人的吻堵在了嘴里。

心像是被火燎了一下，许星空睁眼，对上了男人浅褐色的双眼。男人眉眼间的温柔，让她的急和怒在一瞬间随着她的心跳骤然消失了。

男人双手环抱住她，唇微微离开，手臂一用力将她打横抱起，而后又亲吻了上去。

他的动作很软很柔，像是一根羽毛，一点点刺激着她的神经。待许星空反应过来时，她已经被男人压在了床上。

许星空心下一急，轻声道："现……现在……"

女人躺在床上，躺在他双臂支撑的空间内，乖巧得像一只小绵羊。怀荆低头吻上他的小绵羊，眉眼间皆是笑意："是你邀请我的。"

男人声音里带着沙哑的性感，像一层薄纱扫过她的耳膜，许星空浑身一颤，眉心一皱，反驳道："我……我没有。"

怀荆微微歪头，目光温柔如水，笑道："让我看到小男孩的视频，不就是暗示我，你想要孩子吗？"

他怎么能曲解成这个样子？

而且他曲解的只有前半部分是对的，她确实喜欢孩子。可后半部分，她和他就算每天这样也生不出孩子来。

她是不能发芽的土地，他们不会结果。

躺在男人怀里，听着他沉稳有力的心跳，许星空渐渐闭上了眼睛。

她有些庆幸怀荆和她不是夫妻关系，不然，他也该体会像她一样的绝望了。

给宋右伶传了视频后，宋右伶没挑出毛病来。

年会前一天晚上，许星空穿着礼服用酒店的钢琴在礼堂内表演了一遍。彩排现场的工作人员和演员，许星空都熟悉了。所以表演的时候，她并不紧张。

唐迪迪完全是个小迷妹，一脸迷醉地鼓掌说："太好看了！"

不光她，其他人也在鼓掌。因为许星空是第一次彩排，他们也是第一次看到。

"谢谢。"他们的鼓励，多多少少将许星空心里的紧张压下去了一些。

可到了年会当天，这些紧张就像是蛰伏多年的笋，突然窜上了天。

IO 集团的年会，向来是盛大而隆重的。年会当天，IO 集团的领导和员工都来到了圣仟酒店的一清厅内。

不同部门在不同的片区，安排在不同的桌子，整个大礼堂被排得满满当当。从台上往下看，乌泱泱一大片人。

陈婉婉下班后，就来到后台陪许星空，给她加油打气，而她老公詹良庭则时不时发来康康的鼓励视频。

这一家三口，在前线和后方如此卖力地激她，让许星空感动的同时又哭笑不得。

她看着陈婉婉紧绷的神色，伸手摸了摸她的脸："我不紧张。"

听许星空说不紧张，陈婉婉大眼一睁，问道："真的？"

当然是假的。

下面那么多人，许星空恨不得现在就逃跑，继续做她的缩头乌龟。

但为了不让陈婉婉担心，她点了点头，撒谎说："真的。"

"那就好那就好。"陈婉婉捏了一把汗，拍了拍自己的胸脯，放下心来。

"紧张就别参加啊，别上台的时候出了差错，到时候不光丢了翻译部的脸，还丢了 IO 的脸。"坐在后面的李妙雪冷嘲热讽道。

许星空心一提。

陈婉婉太阳穴一跳，眼睛一闭，指着李妙雪张口就要骂，被许星空拽住了。陈婉婉看着许星空，突然明白过来。

她要真和李妙雪闹起来，许星空肯定有心理负担。

陈婉婉龇牙咧嘴地看了李妙雪一眼后，咬咬牙忍了。

而李妙雪则翻了个白眼，继续粘她的假睫毛。

这个小贱人，就知道今天她不会和她杠起来，所以才时不时来撩这么一两下气人。

陈婉婉真恨不得抽她一个大嘴巴子。

年会马上开始，作为无关人员，陈婉婉被请离了后台。她临走时忧心忡忡的，许星空还笑着安慰她。而等陈婉婉一出门，许星空的心情就变得沉重又复杂起来。

她觉得更紧张了。

化妆间内大家都在忙碌着，许星空觉得有些压抑。她微微喘着气，调整着呼吸走出化妆间。

一清厅后方的化妆间和准备室外连着走廊，走廊里没有开灯，很窄，堆满了表演时用的东西。借着从大厅里映过来的一点点暗光，能看得清楚一些物件的影子。

许星空走到窗台边，将窗户开了一条小缝。小缝一开，窗外的冷风就挤了进来，卷起了旁边的窗帘。窗帘卷到了许星空身上，她虽穿着外套，还是被风吹得一个哆嗦。

被冷风一吹，她的心情倒平复了些。

礼堂内，公司的人正在准备入场，到处都是嘈杂的人声。许星空下意识听了一会儿，紧张的心情又浮了上来。

她紧咬住下唇闭上眼睛做着心理建设，这个时候，手机突然震动，吓得她一下睁开了双眼。

将手机拿出来，看到上面的来电显示，许星空手指冰凉，朝着礼堂看了一眼，人那么多，她也没看清楚。

许星空按了接听。

“喂。”许星空也不知是冻的还是紧张的，声音有点发抖。

电话那边也是嘈杂的，和许星空能听到的嘈杂汇聚在一起。他应该已经到礼堂内了，估计正坐着等着。

“怎么样？”男人语气平平，他周围还有人与他说话。不知他做了什么，那人在他说话后，就停止了说话。

听到他的声音，许星空像是漂泊了好多天的独木舟一下靠了岸。紧张像一层巨浪，一下将她拍在了岸边。在陈婉婉跟前的伪装全然不见，她想起了李妙雪的话。她声音小小的，透着些无助：“我紧张，怕出问题。”

怀荆坐在桌子前，修长的手指捏着丝质的手帕，他听着女人的声音，眉眼一柔。

许星空拿着手机，窗外的冷风吹得她身体更紧了。她听着电话那端嘈杂的人声，在这嘈杂的人声中，男人带着笑意的声音传了过来，低沉又温柔：“怕什么？这公司都是我的，不管出了什么问题，我都能给你兜着。”

怀荆的一句话，竟然压下了她的紧张，甚至直到上台前，她心里都是轻松平和的。许星空走上台，看了一眼大声给她加油的陈婉婉，微微一笑后扫了一眼礼堂的前方。

领导们参加年会，与其说是来放松庆祝的，不如说是来工作的。

怀荆坐在礼堂最中间视野最好的那桌，他身体斜靠在椅子上，手指捏着高脚杯的杯脚，一身西装仍阻挡不住慵懒散漫。

他旁边有个人正在和他说着什么，他一边听着，一边漫不经心地扫了台上一眼。

这一扫，迅速而浓烈，原本冷漠的眸中闪过一丝温柔，如飓风扫走了阴霾，如细雨扑灭了烈火。

许星空双唇微动，她回过神来，鞠了个躬后，走到了钢琴前。在琴凳上坐好后，许星空又有点紧张，放在琴键上的手略微发抖。

但这首曲子她练习了无数遍，就像是曲谱刻在了她的手指上，她的手指一碰到键盘，曲子就如行云流水般从琴键上流淌了出来。

台上只听得到泠泠的琴声，巴赫的古典乐，让整个舞台都安静下来。

女人坐在白色的琴凳上，身材纤细修长。旗袍将她身体的曲线完美地勾勒出来，仅仅是侧面，也已然销魂。

藕粉色是衬她的，灯光下的女人眉眼如水，鼻梁小巧挺立，微抿的双唇带着些艳色。

她的手指抚着琴键，琴键起伏间，音乐从她指尖流淌而出，带着女人特有的柔美和温和，悄无声息地将礼堂内的浮躁抚平了。

她坐在那里弹琴，温婉娴静，纯粹高洁，更像是在作画。

怀荆看着台上，眉眼间的冷淡渐渐淡去，眼底抑制不住的温柔像被琴声牵引，慢慢流淌了出来。

她本来是默默无闻的，是他将她一点点打磨出来，打磨得万众瞩目，璀璨耀眼。

怀荆细细听着的时候，台上钢琴突然跳出了一个杂音，他眼角微挑。

弹错了音后，台上女人的手指微停，她嘴角深抿了一下，似乎十分紧张。可紧张只持续了一瞬，她抬眼看了一眼琴谱，钢琴声再次响了起来。

他刚才竟然被她迷惑住了，她倒是越来越像小妖精，一点一点地把他拿捏住了。

怀荆眉梢微挑，身边刚才还跟他报告的部长看着台上，早已没了动静。男人眉心微皱，手指屈起，敲了一下桌子。

部长猛地回神，看向怀荆，察觉到了他神色中的不悦，小声说了声“抱歉”后，继续报告：“关于假后去淮城的事宜……”

许星空弹错了音。

她自信自己能背下琴谱，但刚才紧张作祟，还是弹错了。虽然事后她仔细调整，一般人听不出，可是……

许星空抬头看向台下，男人正微抬手给她鼓掌。他神色不明，许星空不知道他是什么情绪。

许星空心里闪过一丝愧疚，点头鞠躬后，走下了舞台。

刚到后台，工作人员就鼓掌欢迎。唐迪迪一双眼睛里写了两个大写加粗的“迷妹”，她对许星空说：“姐，我真被你迷死了，恨不得现在就娶了你。”

“啊？”许星空被吓了一跳，有些不好意思地笑了笑。

旁边有个男同事听了，笑了笑说：“可惜你也是个女的。”

唐迪迪有些不服气，回头怼了那个男人一句：“那你是男的，你喜欢姐姐，姐姐喜欢你吗？”

听出两人是在开玩笑，许星空道了声谢，微红着脸穿上外套，去了礼堂。

她刚到翻译部的桌子旁，所有人的视线就投了过来，不光翻译部，连其他部门的人也看了过来。许星空被看得有些不自在，好在陈婉婉一把将她拉着坐下了。

“没想到星空姐这么漂亮，真是人靠衣装啊。”有个年轻的男同事笑着说了一句。

许星空被夸得有些不好意思，更加不自在了。陈婉婉给她递了双筷子，笑着说：“现在才知道啊？晚了。”

大家都是一笑。

翻译部的人多，分了三张桌子。黄千松、陈婉婉还有颜嘉琳，三个负责人一个人负责一张桌子。

李妙雪开场舞跳完后就过来了，她身上的衣服都没换，外套也没有穿，和黄千松坐在许星空旁边的那张桌子上。

刚才许星空的表演李妙雪也看了，李妙雪的脸色不大好看，翻着白眼看着黄千松。

黄千松会意，敲了敲桌子，小范围地说：“咱们部门一共有两个节目，大家投票的时候注意投得均匀点。因为我们部门李妙雪是先表演的，那我先投她。后面陈婉婉部长，就投许星空，然后以此类推啊。大家不要跟风随大流，要注意内部和谐。”

原本和和乐乐的气氛，因为黄千松这一番话，悄然寂静了一瞬。

黄千松最擅长的就是道貌岸然的把戏，嘴上说着不要，身体却很诚实。他明明说了自己投李妙雪，那其他人肯定跟着他投李妙雪，可后面又说这些话恶心人。

“老黄！”陈婉婉一听黄千松的话，火气就上来了，“你可别偏向得太厉害。要不你投许星空，我和嘉琳姐投李妙雪，后面的人再以此类推呗。”

陈婉婉这话，明显让黄千松下不来台，他那么好面子的一个人，被怼得有些无言，只是冷冷看了陈婉婉一眼，说：“你是部长还是我是部长？”

陈婉婉刚要说话，被许星空拉住了。许星空不想受这么多人瞩目，她票多票少都没关系，不能因为这没什么关系的事让陈婉婉和黄千松伤了和气。

皱着眉头看了许星空一眼，陈婉婉一乐后，说：“您是您是。”

所有的表演结束，到了投票环节，结果自然是不用说，翻译部除了颜嘉琳和陈婉婉，都投了李妙雪。

“这些墙头草。”陈婉婉也懒得搭理了。

李妙雪得了票，神色又重新嚣张起来。而等着主持人宣布结果，她又是今年第一名时，那神情简直是上了天了。

上去领了奖品下来，一套公司合作款的珠宝足以吸引整个公司女同事的视线。

李妙雪拎着礼品盒，微微扬着下巴，在万众瞩目中坐下了。坐下之前，她冲着许星空冷笑了一声，翻个白眼后才回了头。

“这个狐狸精……”陈婉婉太阳穴一跳，骂了出来。

后面唱票，许星空得了第五名，中间靠前。而奖品刚好只有前四名有，她完美错过。

陈婉婉看着后面几个人上台领奖，看见她们的演出服，和许星空说：“你看吧，就是露得越多得票越多。你穿了那么多还能有这个票数，已经不错了。”

听着她的安慰，许星空真是哭笑不得，不过因为弹错音而有的遗憾，也稍微平复了些。

说起来，许星空今天是真有点背。不光表演没得奖，后面的抽奖环节，每一个奖项都完美地避开了她。

年会结束，陈婉婉拿着抽到的一副耳环，对许星空说："明年再战。你想想小李子陪跑奥斯卡这么多年，最终还是成功了。年会抽奖，就是一年又一年的陪跑过程。"

"这都是什么比喻啊？"许星空笑着站起来。

陈婉婉见她终于笑了，眼睛一弯，说："走吧，我送你回家。"

许星空刚要说"好"，手机响了。她拿出手机一看来电显示，神色一顿。

"怎么了？"陈婉婉看她也不接电话，便问了一句。

"没……"许星空将手机收起来，看了一眼舞台的方向，"你先回去吧，我们表演的人还要开会，开完会我自己打车回去。"

"开什么会？"陈婉婉说，"李妙雪都走了。"

"我第一次参加，还是去一下比较好。"许星空说。

许星空十分老实，也守规则。陈婉婉知道拧不过她，只好同意。她拿着包，临走时叮嘱了一句："那你回去了记得给我打电话啊。"

许星空点点头，笑着说："好。"

年会刚刚散场，她让怀荆在她家门口等她，是怕两人在一起被公司的人看见。

许星空背着一个米白色的大包，里面装着她的表演礼服。她一下出租车，就看到公寓门口的斜坡下，那辆已经停在那里等她的车。

许星空走了过去。

男人仍然穿着今晚那身西装，他的身材和气质都与西装很搭。他坐在车内，慵懒疏离，透着一丝丝禁欲的气息。

看许星空走过来，他手指曲起，扯开了藕粉色的领带。

许星空眼眸一动，在台上表演的时候没有仔细看，他的领带竟然和她的礼服挺搭的。

女人开门上了车，安安静静地将安全带系好了。

许星空的话本来就少，若是不开心，则会更沉默。

怀荆抬眼看着她，没有发动车子。他伸出手，手指在她尖尖的下巴上轻轻一捏。女人被捏得嘴巴微张，侧眸疑惑地看着他。

怀荆一笑，将手指拿开，视线落在许星空身前的储物盒上，说："打开看看。"

许星空眨了眨眼，伸手打开了储物盒。

储物盒一开，里面两侧的灯也开了，柔软的橘色灯光照在一个粉色的长方形盒子上。

许星空嘴唇微张，将盒子拿了出来。盒子上用粉色的丝带系了一个大大的蝴蝶结，长长的丝带散在双腿两边，满满的都是少女心。

许星空心下一动，将蝴蝶结打开。这个大盒子里面，共有五个大小不一的小盒子。许星空挑了一个盒子打开，里面的东西让她微微睁大了眼。

这是一整套 TIE 和 IO 合作款珠宝。

她手上的是一个吊坠，白金中间夹着一颗粉色的闪钻。

这个系列少女心满满，正是李妙雪今晚赢的那一套。

然而又与她那一套不太一样，因为她手上的这一条吊坠的钻石，明显比她那个大了一圈。

没有女人能拒绝珠宝。

许星空喉头一动，眼中闪烁着光芒，她回头看向怀荆，问道："这……这是给我的？"

见她比刚才活泼了些，怀荆舌尖轻舔下唇，微一点头，说："这是奖励给今晚最佳表演者的特别奖。"

许星空的心，像是在冰尖上走了一圈后，被包裹进热热的毛毯里。

"我弹跑了一个音。"许星空微微皱了皱眉，有些抱歉地说，"你那么认真地教我，我觉得有点对不起你。"

男人眉梢微挑，浅褐色的双眸深邃如水。他盯着她看了一眼，点头说：“觉得对不起我的话，就补偿我就好了。”

许星空抬眼看着他，圆圆的眼睛清澈透亮：“怎么补偿？”

她话音一落，男人的身体就倾斜了过来。巨大的身影像是要将她吞噬，许星空下意识后退间，唇上落了一个吻。

许星空双眸一睁。

男人后退开来，嘴角一扬，带着张扬和轻佻：“这样。”

唇上还残留着男人嘴角的温度和触感，许星空轻咬住下唇，将头转向了窗外。车内的灯光照着她小巧的耳垂，照得它渐渐变红。

这个补偿太过简单，简单得让人心动。

年会的结束，代表着年关将至，公司开始筹备放春节假了。IO集团福利好，也好在假期充足上。年前腊月二十四开始放假，年后初六才上班，算下来春节的假期足有十几天。

春节假许星空自然是回淮城，放假前，她先去了一趟吾饮，准备安排一下杜一哲的假期。

许星空是周日下午去的。下午三点的阳光，明亮又温暖。这个时间的和平街人流量不大，阳光从西穿透和平街到了东。

许星空刚走进街口，就看到皇甫壹朵在逗阿金，而杜一哲则坐在店铺门口，笑着看他们两个。

皇甫壹朵今天穿了一套粉色的灯芯绒长裙，外面套着一件有着大大的毛领的粉色棉服。与她的穿搭相配，妆容也是粉粉嫩嫩的，少女气息展露无遗。

皇甫壹朵似乎在教导阿金坐下，阿金好像在逗她，故意不坐。

教导了两遍，阿金都没有坐下，皇甫壹朵气得跺脚，小跑着走到了杜一哲身边告状。

杜一哲仰头温柔地看着她，似乎在劝说着什么。不一会儿，杜一哲起身，将手放在她头上揉了两下。

许星空走近，听到皇甫壹朵说了一句“坐下”。而站在她面前的杜一哲，立马就坐下了。坐下后，杜一哲仰头笑看着她说：“看，我还是听你的话的。”

少女脸上愁云不见，笑出两个小梨涡，又变得开心起来。

两人甜甜蜜蜜的时候，阿金已经跑到了许星空身边。许星空看着杜一哲和皇甫壹朵，完全被刚才的互动温暖到了，嘴角不自觉地勾了起来。

阿金一到她身边，许星空就伸手拍了拍它的脑袋，而阿金则吐着舌头，一下坐了下来。

看到它这样，皇甫壹朵笑起来，说：“姐姐，你把阿金领走吧，我要去找其他的狗子了。”

似乎听明白了皇甫壹朵的话，阿金踱着步子小跑到皇甫壹朵身边，轻轻蹭了一下她的手。皇甫壹朵转身，轻轻地哼了一声，以示自己还在生气。

阿金赶紧又转到她的面前，小心地蹭了蹭她。皇甫壹朵低头看着它，嘴巴噘起来，说：“那你现在坐下。”

阿金乖巧地坐下了。

皇甫壹朵瞬间被哄开心了，蹲下身体将阿金抱在怀里，笑嘻嘻地说：“真乖呀。”

旁边看着一人一狗的杜一哲无奈地说：“你这身衣服容易粘毛。”

“啊？”皇甫壹朵赶紧站起来。

许星空笑起来，皇甫壹朵有些不好意思地揉了揉鼻子。

皇甫壹朵虽然被宠成小公主，但一点也不作，知道杜一哲清理衣服麻烦，所以格外听话。

杜一哲心里应该很喜欢宠她吧。

“姐，有什么事吗？”杜一哲回过神来后，问了许星空一句。

皇甫壹朵也到了许星空身边，抱住了许星空。她平时都在家里写剧本，她的朋友也只有杜一哲认识的那些，杜一哲的朋友里，她最喜欢许星空。

许星空任凭皇甫壹朵抱着，看了她一眼后，问道：“你们春节回家吗？”

吾饮是连锁品牌，有自己的放假制度，腊月二十九到明年的大年初二。

许星空不想按照那个来，这么短的假期，都没办法和家人团聚。

听了许星空的话，杜一哲点点头，看着皇甫壹朵说："我还想跟你谈这事呢。我和朵朵都是夏城的，回家很容易。春节那天流量大，我们可以开店半天，然后再回家吃年夜饭。"

许星空微微一愣，没想到还有主动要求加班的。

"你们不趁春节假期出去玩吗？"许星空问道。

"不用呀。"皇甫壹朵说，"我们在这里就玩得很好。阿哲、阿金和我在一起，在哪儿玩都挺开心。"

说完，皇甫壹朵冲着杜一哲笑了起来。

许星空看着他们，心里不禁有些羡慕。

杜一哲和皇甫壹朵的要求似乎不多，物质上能满足个人所需就行，精神上两人一宠物只要在一起就行。

知足常乐。

许星空笑了笑说："行，那你们在这里玩。春节我给你俩发个大红包。"

"真的？"皇甫壹朵眼睛一亮，笑眯眯地说，"谢谢姐姐。"

许星空带着一堆食材上了车，虽然南区那边的超市也有卖，但许星空怕去采购耽搁时间，而且卖鱼大哥都帮忙把鱼清理好了。

怀荆看着满满一袋子食材，眼中闪过一丝笑，说："你要搬家吗？"

系上安全带，许星空摇摇头说："不是。搬家的话，我就把咪咪也带着了。"

听到"咪咪"二字，怀荆眉心一皱，发动了车子。

真是到哪儿都忘不了咪咪。

到家之后，许星空拎着一袋子食材就进了厨房。怀荆看着她兴冲冲的劲，大有上次过元旦的架势。

他跟着一起进了厨房。

厨房里，许星空正在收拾食材，她动作虽小，却很快，忙忙碌碌地在大大的厨房里来回走动，灯光下女人的背影温暖又温柔。

许星空已经把鱼收拾好放进了锅里，怀荆看着锅里的鱼，眉眼一挑，问道："今天是什么节日？"

将切好的姜片放入鱼中去腥，许星空说："不是。明天放假后我就坐当晚的火车回淮城，所以明晚我就不过来了。"

这算是今年两人最后一次一起吃饭，许星空想多做点。

许星空说完后，男人那边就没有了动静。她抬头看过去，见怀荆站在厨房门口看着她。男人眸色沉沉，浅褐色的眸子里，酝着许星空看不透的情绪。

怀荆沉默半晌，听着锅里鱼汤翻滚的声音，问道："明天一放假就走？"

"嗯。"许星空听出他声音有些冷，她抿了抿唇，解释道，"我弟弟后天订婚，我得回去帮忙。"

男人的神色这才渐渐缓和了些。

他没有说话，许星空也就没有继续说，她将视线收回，继续忙自己的了。

大大的厨房里，锅碗瓢盆响着撞不碎的离别。

许星空的话带给怀荆的影响，在夜晚最深处的时候才显现出来。他显然是不开心的，想要一次把这十几天的都要了去。

但在结束后，卧室灯光柔软，照得男人的眉眼都温柔许多。他俯身吻在她的耳畔，声音沙哑性感："这些天，先把咪咪放在我家吧。"

提到咪咪，许星空涣散的意识重新聚拢。

回老家过春节的这些天，肯定不能带着咪咪。她想着这几天先把咪咪放在寄养中心。但春节一到，寄养中心也是最繁忙的时候，照顾上，许星空怕不如以往用心。

说起来，许星空还真有些不放心。

怀荆的提议，让许星空有些心动。将咪咪放在怀荆家里，就算他不帮忙照看，家里的保姆也会帮忙照看的。毕竟，以前咪咪在这里待了大半年，除了过得孤独了点，其他倒没什么。

想到这里，许星空眨了眨眼，疑惑地看了一眼身边的男人，声音小小地问道："你不是不喜欢猫吗？"

"嗯。"怀荆眼尾一挑，淡淡地承认了。他侧眸看了许星空一眼，沉声道，"放它在这儿，你晚回来一天，我就饿它一天。"

许星空惊得眉头一跳，急道："不可以饿着它。"

她着急的时候，会从眼眶红到脸颊，从脸颊红到耳垂。这么一急，现在连下巴都带了些娇俏的红意。

怀荆看着她，脸上表情淡淡，声音像薄纱穿透了她的耳膜："那你早点回来吗？"

男人的气息，像触手一样悄无声息地钻入了心底。许星空声音一颤，低声应了一句："好。"

不管是学生时代还是现在上班，放假永远是让人们开心的一件事。

临放假前几分钟，办公室一片寂静，待时间一到，整个办公室瞬间喧闹起来。大家收拾着东西告着别，打卡后从办公室内鱼贯而出。

和陈婉婉分开后，许星空打车回了家。咪咪听到她回来，挠了两下门。许星空一开门，咪咪仰头看着她喵地叫了一声，蔚蓝色的眼睛里闪着喜悦。

许星空一笑，柔声说了一句"我回来了"，然后将它抱了起来。

昨天怀荆说她回家的这段时间帮她照顾咪咪，但他下班时间不定，现在没时间过来接。许星空准备先把咪咪放在公寓对面的宠物店，等他有时间了，再把它从宠物店接走。

许星空抱着咪咪给它收拾东西，它来她家后，许星空又给添置了不少。从怀荆家抱回来时，只需要一个袋子就能装完，现在则大包小包装了三袋子。

许星空装好东西后，抱着咪咪出了门。临出门时，突然想起什么来，她又折回家里，多拿了两袋猫粮。

这些猫粮应该够咪咪吃到她回夏城，如果他不是故意不喂它的话，咪咪应该不会挨饿。

许星空抱着咪咪等电梯，她用那种背带将咪咪像背宝宝一样背在了身前。

低头看着咪咪，许星空眉眼一柔，叮嘱道：“你不要和他吵架，不然他不给你吃饭怎么办？”

咪咪显然还不知道自己未来的命运，亲昵地用鼻头去碰许星空。许星空笑起来，伸手摸了摸它的脑袋。

将咪咪顺利送到宠物店，临走时，咪咪显然知道了离别，在猫笼里可怜巴巴地看着她。许星空看得有些不忍，走回去伸手又摸了摸它的爪子，这才依依不舍地走了。

回到家后，许星空将阳台上的衣服收好，再将被褥折叠起来。行李箱就摊在一边，前几天已经慢慢收拾齐整了。她行李不多，箱子里大多是给母亲和星远还有童童买的东西。

这都是些小东西，春节她打算碰到合适的就买点，看不到合适的就直接给钱，给母亲五万，给星远十万。

她不在淮城，母亲都是星远小两口照顾，再加上他订婚，这些钱是应该给的。

将家里收拾利落后，已经过去了半个小时。夕阳被远山吞了大半，余晖洒满了卧室。许星空将行李箱拉到门口，断水断电后出了门。

火车是七点开，九点到淮城。

淮城前两天刚下了雨，空气中都是湿漉漉的味道。一出高铁站，内外温差让许星空冻得抖了一下。许星远站在门口，看到她后，小跑着过来接过她手里的行李箱，笑着叫了一声姐。

许星远新理了头发，干净清爽，露在外面的耳朵冻得通红。这么冷的天，他只穿了一件黑色的羽绒服和一条牛仔裤，估计冻坏了。

见到弟弟，许星空心中一软，但看到他冻成这样，心里又闪过一丝心疼。她将围巾摘下来给他系上，说：“你在车里等我不就行了。”

许星远拉着行李箱，边走边笑着说：“我不是怕你找不着车嘛。”

许星空笑了笑，看着走在她前面已经比她高了半个头的许星远，心里有些感慨。

以前只知道追在她身后叫她姐姐的弟弟，现在马上就是要成家的一家之主了，时间过得真快。

两人开车回到家时，已经晚上十点多了，简陋的小区几乎家家户户灭了灯。许星空和许星远下车后，一前一后进入了狭窄的楼道，待快到家里那层时，家门突然打开，一点灯光从门口漏出来，照亮了连声控灯都没有的楼道。

林美慧站在门口，笑眯眯地看着姐弟两人上来。

“妈。”许星空心中一暖，笑着走了两步到了家门前，问道，“你怎么还没睡？”

“不放心呗。”许星远笑着说，“以前不也这样，每次等着咱们回来了，她才去睡。”

许星远的话，让三个人都是一笑。

林美慧将姐弟俩迎进门，室内的温暖一下包裹了三人，林美慧问道：“饿不饿？”

“我在车上吃过了。”许星空摘下手套说道。

她一说完，就看到了客厅里摆放的一些东西，有鱼有奶，还有粉条，被不同的红色包袱包着，足足有十二样。在这十二样礼旁边，则放着一个红色的行李箱，里面应该是明天给周童童的聘礼。

许星远有着自己的脾气，他娶妻子，聘礼上许星空没有帮忙。至于以后她给的，就与这些无关了。

许星空虽说吃了饭，但林美慧还是给她盛了一碗鱼汤。本来从外面回来也有些冷，许星空和许星远一人喝了一碗。

小小的客厅灯下，一家三口坐着，桌上是三碗热腾腾的鱼汤，这种温馨的感觉，许星空好久没有体会到了。

喝了口鱼汤，许星空问许星远：“明天是怎么安排的？”

和姐姐慢条斯理地喝汤不同，许星远早就呼啦啦两口把鱼汤喝完了，他将碗放下，说：“明天我开车去接童童和她家人，咱妈、你，还有许家的人在一海阁先等着。”

一海阁是淮城唯一的五星级酒店，这不是周家要求的，是许星空让订的。人家女儿订一次婚，在他们有能力的情况下，肯定什么都要按照最好的标准来。

“许家都有谁来？”许星空问道。

提到这个，许星远眉头一皱，说：“咱姑，姑父，二叔，二婶，还有……许明怡。”

订婚的时候，双方都是请长辈过来商议，许明怡过来掺和什么？

“她来干什么？”许星空问道。

“本来是没有她的，但你奶奶说订婚要去的人数必须是双数，就把她也叫上了。”林美慧说道。

“奶奶怎么不过来？”许星空问。

林美慧抿了抿唇，看了许星空一眼，轻叹了一口气。

“她先前给你介绍了人相亲，你不是不去吗？她还在生气拿着架子呢。”许星远生气地说道。

喝了最后一口鱼汤，搪瓷勺子碰到了碗底，许星空低着头没有说话。

要不是现在提起这件事情来，许星空都快忘了，因为她拒绝和他们介绍的对象相亲，现在许家人都对她颇有怨愤。

“姐，你别多想，她爱来不来，我还不想让她来呢。”许星远见许星空低着头不说话，赶紧说了一句。

那个奶奶，他们有钱了就往前凑，没钱了就离他们远远的。父亲死后，他妈一人把他们姐弟拉扯大，她一点忙都不帮。

许星远对她一点都不亲，甚至如果可以，一辈子不见她都行。

许星空抬头看了他一眼，笑了笑说：“嗯。”

第二天一大早，许星远就开车去周家接人了。许星空开车载着林美慧，带着东西先去了一海阁。

等到了一海阁，负责他们的酒店经理就走了过来。酒店经理姓吴，是个三十多岁的女人，穿着一板一眼的套装，微微有点胖，画着精致的妆，笑起来十分和气。

“订婚是在二楼的恭欣厅，你们现在要上去吗？”

酒店里已经挂起了指示牌，指示牌上写着：许星远和周童童订婚宴请去二楼，预祝二位新人百年好合。

牌子就在大厅靠近电梯的柱子边上，挺显眼的。许星空看了一眼时间，对吴经理说：“我们还要在这里迎接，这些东西能找人帮忙先拿上去吗？”

“可以。”吴经理爽快地答应了。

林美慧拿着装着聘礼的箱子，其他东西先让人拿去了恭欣厅。许星空在大厅里找了个沙发让林美慧坐下，正准备出门去看看周家人有没有来时，听到一个人叫了她一声：“星空。”

熟悉的声音让许星空一笑，她抬头看了一眼，见几个人从酒店门口走了过来。

为首的那个女人看上去四十多岁，短发，长得瘦瘦的，穿着一件红色的羽绒服，脸上带着笑。

这是许星空的小姑许世婷，在她旁边站着的头发花白的那个老实巴交的男人，则是她的丈夫。

许家的亲戚也并不全是让人一言难尽的，小姑一家人跟他们家关系很不错。

“小姑，姑父。”许星空笑着叫了一声，握住了许世婷的手，安排着说，“先坐下吧，童童家的人还没来。”

“好长时间不见你了。”许世婷笑着抓着许星空的手，眼里满是喜爱。

其实说是很长时间没见，国庆的时候许星空去过许世婷的家，就只去过她家，其他家没去。

“可不是好久不见嘛，看看我姐去大城市闯荡，有没有挣了大钱回来啊？”

在几个人说话的时候，一个少女的声音传了进来。许星空抬眼一看，许明怡与脸色不太好看的二叔许世凡和二婶侯京芳走了过来。

许世凡家开了一家废品处理厂，说是废品处理厂，其实就是个收废品的摊子。赶着前几年生意好的时候，挣了些钱，一直把自己当有钱人，身上穿的全是名牌。虽然说自己是有钱人，可实际上很吝啬，平日出门见到矿泉水瓶子都要捡回家。

他今年五十岁了，但平日风吹日晒，看着像六十多岁的干瘦小老头。

与他相比，侯京芳则显得年轻很多，脸上抹的粉太厚，看上去有些油腻，眉毛是新纹的，现在看着还有些不自然。侯京芳是个能说会道的人，一张嘴在淮城这个小城市里十分出名。许星空和王舜生在一起的时候，侯京芳恨不得让全淮城知道许星空是她的侄女。而刚离婚那会儿，连许星空的名字都不提一下。

后来知道许星空手上有房有车有钱，她又和许星空的奶奶一起，介绍了一大票的人来和她相亲。每个人她都说跟他熟，然而实际上怎么样，许星空不得而知。

两人育有一子一女，儿子许明辉是个小混混，后来好歹在王舜生的公司做了个小主管，现在不知道怎么样；女儿许明怡，今年十九岁，在五年制的那种护理学校读中专。

因为家里有点钱，许世凡比较宠许明怡，许明怡跟她哥哥其实差不多，是个小太妹，整天化着浓妆，跟着一群不知道是什么的人鬼混。

今天她依然穿得夸张，超短裙，长筒袜，上面是粉色羽绒服和泡泡领的毛衣。她年纪比皇甫壹朵要小，穿着打扮也是少女风，可皇甫壹朵就少女感十足很可爱，她却透着些风尘。

这倒不是说她长得不漂亮，其实她长得还算可以，皮肤白，身材好，五官也端正。看着有那种感觉，也许是因为她假睫毛下那双眼，透着些不正经的感觉。

“挣了钱算什么？挣个老公回来才行。”侯京芳阴阳怪气地说，“不过我介绍的那些都看不上的话，估计很少有人能入你姐法眼了。”

许明怡一乐，拿出手机来边玩边说：“妈，你别这样说我姐。肯定有我姐能看上的，只是有没有人看得上她就不知道了。”

“明怡！”许世婷听不下去了，呵斥了一句。

许世凡看了自己妹妹一眼，说：“我们这么说都是为了星空好。我哥去世了，我作为二叔就得帮他管着他一双儿女。你看看，她现在算怎么样？准备一个老姑娘过一辈子？”

许世婷是在淮城耳濡目染着传统长大的，听着哥哥的话，虽然觉得气愤，但也觉得担心。她是不想让许世凡他们这样说许星空，可他们说的，确实是对的。

对于二叔家这些话，许星空听得多了，已经不在意了。在他们的价值观里，女人一定要和男人结婚才会幸福。这个价值观，许星空以前认同，现在却并不认同。她现在过得挺好的，不需要为了他们的价值观而感到焦虑或者担忧。他们说他们的，她过她自己的就行。

今天是许星远订婚，她不会和许家的人闹翻，否则肯定会让许星远和周童童丢脸。许星空只是笑了笑，拍了拍林美慧的肩膀，说：“妈，我去门口看看他们来了没有。”说完，起身走了。

现在是上午十一点，太阳已经完全升起来了，阳光透过旋转门照进了大厅，照得大厅暖洋洋的。

许星空走出旋转门，站在一海阁门前最高的台阶上。她往公路边扫了一眼，来来往往的车辆里没有朝着这里走的。

不想进里面继续听许世凡他们说教，许星空索性就站在了那里。此时阳光正好，晒得她微微眯了眯眼。

不知道夏城今天的天气怎么样，咪咪有没有去怀荆家的阳台上晒太阳？

许星空正想着，扫到一排车涌入了一海阁大门前的停车场。看到第一辆车的车牌号时，许星空微眯的眼睛睁开了。

她又扫了一眼后，转身进了大厅。

进入大厅后，许星空走到前台，问道：“你们酒店的其他宴厅都包出去了吗？”

以为许星空是要换宴厅，前台的人将宴厅名单调出来，回答道：“最大的明君厅包出去了……”

许星空问道：“包给了谁？”

前台小姐抬头看了一眼许星空，笑着说：“是舜星公司的王总，他家的女儿今天办满月宴。”

“舜星公司”四个字，让许星空的眼神微微一颤。这个名字是王舜生取的，那时候刚刚创业，想名字的时候，将她名字里的“星”字和他名字里的“舜”字相结合了。

他女儿满月了？

许星空抿了抿唇，看来王舜生出轨的时间，比她想象的要早得多。

门外走进来一大拨人，许星空微微一回头，看到了为首的那个。

那人穿着黑色的夹克和西裤，里面则是白色的衬衫，头发用发蜡抹到后面，看起来意气风发。

他虽然一身商务装，但看起来斯斯文文的，很有书卷气。进门时，他脸上带着笑意，和前面的人点头道着谢。

前面的人多是淮城的名流，都是赶来给他贺喜的。

但王舜生的父母走在他身后，并不是多么喜，毕竟淮城重男轻女的思想严重，可能生了个女儿无法继承他们家的“皇位”。

在王舜生父母身后，则站着一个留着长发的女人。她没有化妆，脸上有些倦色，怀孕让她失了以前的姿色。她只穿了一件大羽绒服，露出了有些粗壮的小腿，在一群人中，丝毫不惹眼。

王舜生正说话间，抬头看了一眼前台。只是这么一眼，他自如的神色全然不见，也忘记了说话，盯着站着的那个女人，微微张了张嘴。

女人穿了一件千鸟格子的大衣，里面是浅杏色的高领毛衣，下面则是黑色的阔腿裤和黑色的高跟鞋。她头发简单地编了一下，扎成了低马尾垂在脑后。白皙的皮肤在大理石地面反射的阳光下，像是白到透明。她化了淡妆，眉毛长而好看，鼻梁微翘，双唇小巧，整个人透着一种让人难以移开视线的明艳俏丽。

她挺直地站在前台边，修身的毛衣让她的身材展露无遗。她虽然纤细，却不干瘪，身材玲珑有致，修长柔美。

王舜生停下来后，他旁边的人也看到了许星空。

既然认识王舜生，那也多是认识许星空的，原本熙熙攘攘的一群人，霎时间安静下来。

许星空接受着他们的注视，神色平和。她微微转了一下视线，冲着门口的人一笑，叫了一声："星远。"

许星远他们到了。

许星远一进门，就看到了王舜生，他牙根动了动，被许星空的一句话喊住了。许星空走到他身边，拉着童童的手说："走吧，上楼吧。"

两拨人，分道上了楼。

上了电梯，侯京芳后知后觉地问了一句："刚刚那一拨人是不是王舜生他们？"

刚才几个人在宾客区，根本看不到前台那边。许明怡全程玩手机，一下错过了八卦，睁大眼睛说："不是吧？我姐夫……"

"想叫姐夫重新去认个姐。"许星远瞪着许明怡说。

许明怡和许星远年纪差不多，她从小就有点怕许星远，因为许星远读书的时候，在学校里挺能打架的。她现在跟着的那些人，还有些认识许星远的。

被许星远怼了一句，许明怡提了一口气，翻了个白眼没有说话。

周家人一开始都接触过，今天来的几个亲戚也是和乐融融的。看着他们一帮人笑着闲聊，再看着许世凡他们一家各自吃着各自的，许星空真想让许星远直接入赘算了。

一顿饭吃得平平常常，大家互相认识后，许星空分了礼盒跟着许星远还有林美慧他们下楼去送周童童一家。

一起下楼送周童童的，还有小姑和姑父，二叔他们一家还没吃饱，还在楼上呢。许星远开车送周家人，许星空让林美慧他们在楼下等着，她上楼去叫许世凡一家，顺便看看有没有什么东西落下了。

电梯下行后，门打开，许星空一抬头，看到电梯内的人，微微抿了抿唇。

电梯里有两个人，一个是王舜生的司机，另一个是王舜生。

第十一章

前夫的出现

王舜生看到许星空，眼中的光芒微微一闪。王舜生长得斯文，一身书卷气，不说话时没人会认为他是生意人。

司机看了一眼许星空，又看了一眼王舜生后，先行出了电梯。

许星空站着不动，王舜生按着电梯的开门键说：“进来吧。”

没想到王舜生竟然不出电梯，许星空也没再等，直接进了电梯。进电梯后，王舜生看了一眼许星空，心里五味杂陈。

许星空和以前完全不一样了。

她以前就和万千的淮城女性一样，隐忍、无条件服从、保守封建，甚至没有原则，低到尘埃里，让人完全看不见。

而现在，她比以前好看了，气质也完全变了，变得知性娴静、洒脱明艳。王舜生根本无法把现在的她和以前的她联系在一起。

他心里说不上是什么滋味，但只有一味他分辨得清，那就是后悔。

“你怎么不给我打电话？”王舜生先开了口。

许星空只到二楼，王舜生一说完，电梯门就开了，许星空出了电梯，王舜生一下追了出去。

许星空不想跟他多作纠缠，她回过头，想处理完后再去恭欣厅。

“打过。我的律师帮我要离婚费的时候打的，停机了。”许星空淡淡地说。

王舜生瞬间尴尬了，他微低了低头，抿唇说：“那时候欠费了，现在我充上了，号码没变，你随时可以联系我。”

“我不打算上诉了。”许星空说，“虽然离婚费我不是很满意，但上诉时间太长，我不愿意把我的时间浪费在你身上了。”

许星空的意思是，她只会在上诉的时候打他的电话。而她不愿意上诉了，他们以后也不会再有联系了。

王舜生看着面前的许星空，实在想象不出，有朝一日，她能面色平静地和他说出这样的话来。

他半晌无言，许星空还有事情，没再说话，转身就走了。

碰到王舜生，许星空心里并没有什么感觉。她全程只是想她想的，做她做的，也不知道他怎么突然来跟她说什么电话号码的事。

一开始是他犯了错，他还想让她把他追回来吗？

看来他现在睡眠质量不错，大白天都会做梦了。

恭欣厅是个套厢，外面连接着玄关，里面才是宴会厅。宴会厅很大，人少的时候，回声很响。上一次，许星空就是在这里听到许明怡说她保守得不如跳广场舞的老太太。

显然，许明怡背后说人坏话的毛病并没有改，而这次不光说了她，还说了她的弟弟。

“许星远这个独眼龙都能娶到老婆，那个周童童为了一套房子也真是下得去口啊。”许明怡嗤笑一声后，继续说道，“他们姐弟俩也不嫌丢人，一个残废，一个碰到前夫和小三办孩子的满月宴。她因为什么被人挖了墙脚？还不是因为她生不出来。”

“生不出来孩子，就让男人找小三呗。小三生了孩子，她养着不是一样吗！男人出轨多正常啊，就因为她离婚，你哥现在在舜星公司都快被人欺负死了。”侯京芳愤愤地说。

“对啊，她不要王舜生，那给我啊，这样大家都好。现在倒好，便宜那个女人了。”许明怡嘟囔道。

“你胡说什么呢！王舜生有钱归有钱，但你降不住他。再说他都二婚了，不可能离婚再娶你，你别给我犯傻。”侯京芳赶紧制止住了许明怡的想法。

手扶着门把，手指指节渐渐泛白，许星空双眸微动，低头看到了手边的备忘簿。

她轻轻呼吸了一声，垂眸看着备忘簿，将旁边的笔拿了过来，先写了“王舜生”三个字，然后又写了一串数字。

许星空神色平静地走进包厢，和里面的人说：“该走了。”

许星空突然出现，吓了里面的人一跳。许明怡和侯京芳对视了一眼，赶紧起了身。

“你什么时候过来的？”侯京芳和许世凡先出了门，许明怡看着许星空问了一句。

“刚才。”许星空淡淡地应了一声，低头看着她的口袋说，“这里钻毛了。”

她不动声色地将写好的字条塞进许明怡的口袋里，扯了一根羽绒服的羽绒出来。而许明怡没有低头看，说了句没事后就走了。

送走了许家人，许星空开车载着林美慧回了家。

到家的时候刚好两点，许星空将窗帘拉开，随着窗帘一动，阳光照透玻璃窗，铺满了整个小小的客厅，照得人心情都明媚了。

“你碰到王舜生了？”许星空拉开窗帘时，林美慧小声问了一句。许星空动作一顿，回头看她。

林美慧眼睛里带着些哀切和心疼，许星空咬了咬下唇，说：“碰到了，说了几句话。”

“这个畜生。”一向软弱的林美慧，突然骂了一声，“他自己结了婚，生了孩子，这个畜生……”

许星空看着微微握着拳头低头看着桌子的母亲，心里涌上了一层酸意。

林美慧向来是不管许星空的，可是不管并不代表不关心。或许正是因为太过关心，反而让她从来没有开口问过许星空关于她的事情。

“您还是想让我结婚，对吗？”许星空看着母亲，低声问了一句。

林美慧下颌微颤，她抬头看了一眼自己的女儿，眼睛里满满都是化不开的爱和心疼。

“你不想结婚，我也同意的。但我只是想告诉你，并不是所有的婚姻里，男人都和王舜生一样。你不过是运气不好，碰到了而已。你别因为这个，就不敢结婚了。”

许星空喉头微动，眼眶微热。

母亲担心的并不是她孤独终老，她担心的是她因为被王舜生伤害后，变得惧怕婚姻，从而孤独终老。

那会是多大的遗憾。

母亲是软弱的，但也是细腻和包容的。许星空的心像是被盖上了一层羽绒被，柔软温暖得让她嘴角微微扬了起来。

她走到林美慧身边，小心地将她圈在怀里，将脸贴在她的脸上：“我没有不敢结婚，我也相信婚姻，因为有你和爸爸做我的榜样啊。”

林美慧身体一抖，伸手抓住了女儿的胳膊，轻声哭了起来。

忙了一天，许星空和母亲都睡了个午觉。母亲因为许星远的事连续忙了几天，身体彻底松下来后，睡的时间有点长。

许星空看了一眼时间，已经是下午四点了。拿了家里的菜篮子，许星空去了菜市场。

他们小区很老，菜市场在新的商业楼房开盘后，迁移到了新的小区那边。现在他们买菜需要走两个路口，路过一个小广场，然后才到达菜市场。

中午许星远紧张，林美慧操心，两个人都没吃多少。许星空在菜市场挑了两人喜欢的蔬菜后，又买了些肉。将菜和肉放进菜篮子里，许星空拎着往家里走。

四点的时候，太阳还在西边的天上悬着。前几天下雨，让天空晴朗了很多，空气呼吸着也很舒服。

许星空迎着夕阳，在路上慢慢地走着。不一会儿，走到小广场边，听到了一些小孩子的吵闹声。

学校里孩子们都已经放假了，小广场上大的小的玩成一片又一片。

许星空走到马路边，双脚踩着马路牙子，双手将菜篮拎在身前，看着夕阳下的小孩子们一起玩耍。

小孩子大多是周围小区里的，今天天气好，不光他们，大人也陪在一边看着他们笑着。陪着孩子的大多是老人，看着孩子们打闹，笑盈盈地提醒着他们不要摔倒。

林美慧在她刚结婚时，就说过以后要带着外孙来这里找小朋友玩。但这个想法，一直没有实现。

许星空没有放弃过婚姻，现在不想结婚，不过是没有找到合适的人罢了。

在她看着小孩玩耍发呆时，身后突然响起了车笛声。

看着孩子时的笑意还没有消失，许星空下意识地回头看了一眼。待看到那辆波尔多红的玛莎拉蒂时，她瞳孔微微一缩。

怀荆坐在车内，手搭在车窗外，骨节分明的手指在车身上轻轻一敲。白皙的手与红色的车身交叠，让这只手显得更加修长。

许星空眨了眨眼，恍然间想起两人第一次见面，也是在这个路口，也是在这个红灯前。

“上车。”怀荆将手收回，眸色慵懒地看了一眼红绿灯，沉声说，“送你回家。”

车子在许星空家前面的那个路口停下了，跑车太过扎眼，她不想让人看到。解了安全带，许星空拎着菜篮子，仍然有些蒙。

怀荆垂眸看了一眼菜篮子里的菜，上面放了一条处理干净的鱼，她倒是在哪儿都喜欢做鱼吃。

“你来……”许星空看着怀荆，问了半句。

怀荆收回目光，对上她的双眼，说：“来出差，今天中午刚到。”

女人圆圆的眼睛里光芒一闪，她动了动双唇，似乎没话说了，说了声谢谢后，准备下车。她刚要走，怀荆就拉住了她的胳膊。

胳膊被拉住，许星空身体一顿，转过头疑惑地看着他。

男人舔了舔下唇，眉心微皱，问道："你这就走了？"

"啊？"许星空一愣，眨眨眼，轻声说，"怎……怎么了？"

对于怀荆说来出差，许星空是信的。毕竟两人第一次碰到，也是在淮城的这个地方。她家门前这条路虽然老旧，但确实是通往新城最近的一条路。

松开手，怀荆抬头对上她的视线，浅褐色的眸子深沉如水："没怎么。只是我在这里人生地不熟的，好不容易碰到个熟人，还没聊两句你就要走了。"

许星空："……"

她相信他是来出差，但这句就有些胡扯了。许星空拎着菜篮子，有些无语，因为急于戳穿他，脸都急红了。

"你都熟的，那次，还是你找的地方……"

女人话未说完，圆眼微睁，脸"唰"地一下红了。

心中像是被她悄悄挠了一下，怀荆的嘴角渐渐勾起。他垂眸看着她，眉眼染了一层轻佻的笑意："哪次？"

许星空心下一动，双唇微张，一下被堵住了。

她急得眼眶都红了，圆圆的眼睛里全是被欺负后的无措，软得像一块小猫爪子的棉花糖，被他这个大尾巴狼咬了一口。

距离第一次已经那么久了，她怎么还是那么害羞，还害羞得那么可爱。

许星空拎着菜回了家，她刚一进门，卧室里的林美慧就走了出来。许星空刚才在想事情，看到林美慧后才回了神："妈，你起来了？"

林美慧休息了一下午，气色看上去好了不少。她看到许星空手上的菜篮，说："我睡了这么长时间？"

许星空笑着换了鞋，说："估计这几天累的，你再睡会儿，我做好晚饭后叫你。"

林美慧睡了一个大下午，也已经休息得差不多，摇摇头后对许星空说：

“我跟你一块做吧。”

林美慧有一手好厨艺，她做饭的时候，许星空基本上只打打下手。

许星空收拾着菜，林美慧看了一眼，说：“这冬笋挺嫩的，是在东门口第一家买的吗？”

许星空低头剥着笋，睫毛一眨，似乎没有听到。

“星空？”林美慧叫了一声。

“啊？”许星空回神。

林美慧看着她的神色，问道：“想什么呢？跟你说话都听不见了。”

眼神一闪，许星空笑了笑，将笋子剥好，说：“没想什么。”

林美慧没有在意，又问了一遍。许星空低头看着嫩笋，嘴上应了一声，心里却不知想到了哪里。

她下车前，男人问她今晚要不要来接她，晚上七点他就开完会了。

将剥好的冬笋放进盆里，许星空轻叹了一口气。他不是来淮城出差的吗？怎么出差还净想着那些事情。

许星远下班回来，家里已经备好了饭菜，姐姐和母亲都在厨房，他心里暖烘烘的。

许星远先洗了把手，然后进了厨房。他拿了碗筷后站在电饭煲前盛饭，边盛边问道：“姐，你吃多少？”

许星空的饮食习惯很好，几乎是吃饱就不吃了，所以饭量不定，每次盛饭都要问她吃多少。

许星远叫了一声，但半晌没有听到动静。他戳了一下在他旁边盛鱼汤的许星空，问道：“姐？”

许星空回神，看了一眼许星远后，说：“一勺就行。”

“想什么呢？丢魂了？”许星远问道。

旁边端着青菜的林美慧笑着说：“不知道在想什么，做饭的时候就丢魂了。”

一家人和乐融融地吃过晚饭，许星空收拾桌子，许星远去厨房刷碗。林美慧开了电视，准备看新闻联播。

这是许星空父亲还在的时候就留下的传统，她爸爸是警察，每天必看新闻联播。尽管后来她爸去世了，他们家每天还是会看。

将桌子收拾好，茶几上的电视传来了新闻联播开播前的报时声。

三声秒针响起，新闻联播开始。许星空看了一眼电视机右上角显示的时间，已经七点了，他散会了。

许星远刷完碗，甩了甩手上的水珠后，就坐在林美慧身边陪着她一起看电视。

身边是一双儿女，林美慧显然很开心，边剥着橘子边聊着新闻联播里播放的新闻。

许星远吃了一口刚剥的橘子后，将手上的橘子掰成两半，给了林美慧和许星空一人一半。手上带着些橘子的凉意，许星远和看过来的许星空解释了一句："这个很甜。"

许星空接过橘子，放了一瓣在嘴里。凉凉的橘子瓣压在舌尖上，许星空微微一咬，橘子汁和橘子的香气充斥了口腔，柔嫩的橘肉在舌头一侧轻动。许星空看了一眼时间，将橘子放进林美慧的手里说："我去打个电话。"

许星空起身回了卧室，她开了灯，灯光很快洒满了小小的房间。许星空站在窗前，拿着手机拨了个电话号码过去。

窗内灯亮窗外暗，漆黑的夜里星空闪烁。

电话响了两声后，男人的声音从那边传来，开门见山："我去接你。"

许星空喉头一动，抬头看了看窗外的天空，眼里装满了星光："我自己打车过去。在哪里？"

男人没有坚持，听了她的话后，沉声说了一句："第一次那个房间。"

耳畔微微一红，许星空轻轻应了一声，将电话挂断了。

许星空穿上大衣去了客厅，许星远见她收拾齐整，问道："姐，这么晚了，你还要出去啊？"

“嗯。”许星空有些心虚，她看了一眼林美慧，“公司一位关系跟我不错的同事来淮城出差，领导让我过去帮帮他。”

“你们公司不是都放假了吗？”许星远吃着橘子问道。

被弟弟问得心下一提，许星空解释道：“有些部门没放假。”

“工作上的事情还是别耽误了。”林美慧说完，安排许星远道，“你送你姐过去，等她忙完再接她一块回来。”

许星远刚放下橘子站起来，就被许星空制止了。

“不用了。”许星空拒绝道，她硬着头皮看着一脸疑惑不解的弟弟，和林美慧说，“公司给我安排了房间，我今晚就在那里住下。至于过去，外面挺冷的，我自己开车过去就行。”

既然许星空这样说，林美慧也没有坚持，她点点头说：“那行，路上注意安全。你明天要在那边继续帮忙吗？”

提到这个，许星空倒是不确定，但她摇了摇头，模棱两可地说了一句：“应该不会吧。”

听到这里，林美慧笑了笑，说：“那好，我明天给你留早饭。”

许星空点点头，转身出了门。

刚一出门，许星空的心脏就像挣脱了牢笼一般加速跳动，她站在黑漆漆的楼道里，想着自己为了见怀荆竟然第一次撒谎骗了母亲。

许星空，你真是疯了。

许星空出门后并没有开车，她打了一辆出租车，上车关门后，对师傅说：“师傅，麻烦去一下嘉如酒店。”

和怀荆的第一次，许星空一直觉得是耻辱的，所以她总是下意识地想忘掉它，恨不得用橡皮擦将那一次从她脑海里擦掉。而当她站在2024房间门前时，看着灯光下用黑金镀了一层的房间号，她知道自己根本就忘不掉。

以前是想忘忘不掉，现在则只是把它当成了一段回忆。

许星空按了门铃，不一会儿门打开，怀荆站在门内看她。他穿着衬衫西裤，似乎刚刚忙完，领带都还没解开，站在玄关处的灯光下，清冷深沉。

见到许星空，怀荆眉眼间染上一层笑，修长的手指勾开领带，身体让开了一点点，声音低沉地说了一声："进来。"

这是一间套房，玄关正对着客厅。客厅里只开了小夜灯和沙发跟前的高脚台灯，灯光将整个客厅照得温馨了许多。

许星空明明来过一次，但这个房间她好像是第一次见到一样。第一次她紧张得什么都不知道了，现在想想，她紧张什么？

这是酒店最高层的套房，从大大的落地窗看出去，几乎能看到整片夜空。落地窗帘微开，纱质的窗帘在灯光下变成了藕色。

落地窗前是一套亚麻色的布艺沙发，布艺沙发的边角十分工整，贴着落地窗摆放着。沙发面很宽，沙发前什么都没有，只在地上铺了一层地毯。

许星空没穿鞋，她赤脚走到地毯上，柔软的触感让她弯了弯眼角。靠近落地窗，窗外的景色便越发真切了。她往前走了走，俯身向下看，然而看不到楼底。她索性屈起膝盖，跪在了沙发上。

膝盖往前挪动两下，许星空双手抓住两边的窗帘，往下一看，原本黑漆漆的眼睛被楼下车水马龙的灯光占据了。

许星空的眼睛微微闪了闪。

这是她第一次俯视她从小生活的城市，新城区的发展十分迅速，现在的基础设施建设已经有了些大城市的模样。

嘉如酒店在市中心，放眼望去能看到楼下未关门的商厦，人来人往，热闹非凡。许星空看得出了神。

怀荆洗完澡后，见卧室里并没有人，他抬眸扫了一眼客厅。

刚洗完澡，女人只穿了一件白色的浴袍。长发柔顺地垂在挺直的脊背上，在灯光下泛着温婉的光。

她双手拉着纱帘，跪在落地窗前的沙发上。白色的浴袍有些短，露出了两条光洁的小腿，白皙修长。

沙发很宽，她的整只脚背都贴在了沙发上，短短的脚趾微微舒展，乖巧可爱。

怀荆目光微动，走了过去。

许星空腰上多了一只手，让她眼中的星光散开了。男人的身体从后方贴靠上来，气息刹那间将她笼罩。

许星空心下一提，刚要转身，身后男人的唇落在了她的耳后。

许星空醒来时，怀荆已经在穿衬衫了。他站在床前，整理着领口，衣服敞开，还未扣衬衫的扣子。

许星空缩在被子里，眼睛微微一眯，有些小心地看着男人。

男人似乎没有察觉，从下面开始，白皙修长的手指捏着扣子开始扣，他动作很慢，带着些还未睡醒的慵懒。

一粒一粒的扣子将人鱼线盖住，将腹肌盖住，将胸肌盖住，将锁骨盖住，在最后一粒扣子扣上时，男人手指动作一顿，沉声一笑："要不要解开再给你看一遍？"

偷看被抓个正着，许星空心下一虚，将视线转向了一边。被角边未盖住的脖颈，红了半圈。

她没有说话，床边却传来男人低低的笑声："起来吧，我送你回家。"

两人乘坐电梯下了楼，车子停在 VIP 区，两人一前一后走到车前，怀荆给许星空开了门。许星空刚要上车，抬眼一扫时，动作一顿。

一个熟悉的人从一辆熟悉的车上走了下来。

许星空动作停住，怀荆的视线也转了过去。一辆奔驰车上，一个穿着夹克的男人正在下车。男人长相一般，气质斯斯文文的。

怀荆看着怀中仍未上车的许星空，将手放在了许星空的眼前。

视线受阻，许星空愣了一下，看着眼前的大手，她回过头，男人正垂眸看她，神色略有不悦。

许星空抿抿唇，解释了一句："那是我前夫。"

许星空一说完，眼前的大手直接盖到了她的眼睛上："都是前夫了还看什么看，多往近处看看。"

在这儿看到王舜生，许星空只是有些疑惑罢了，被盖住眼睛，她有些哭笑不得。她的脸很小，几乎被怀荆的手盖了个结实。她微微抬头，问怀荆："近处看什么？"

她话音一落，眼睛上的手拿开了，光亮刺得她微微眯了眯眼，男人帅气的脸庞进入她的视线。他眉梢微挑，沉声说："你说看什么？"

许星空眼睫轻颤，抿唇笑了笑。

王舜生坐上电梯后到了十六楼的某个房间门前，他看了一眼四周后，抬手敲门。门几乎在他刚敲的瞬间就打开了，里面站着一个笑容明艳的少女。

少女看到他，眼中满是惊喜，娇声叫了一声："姐夫。"

王舜生眉梢微挑，看着面前的少女，眯了眯眼后，嘴角一勾。他笑着走了进去，伸手关上了门。

王舜生离开嘉如酒店后，开车去了淮城远郊的文隆商务会所，今天晚上他和淮城电视台的人约了采访。

王舜生一进门，助理李俊就迎了过来，他身边还站着一个女人。见王舜生抬头看他，李俊介绍了一句："这是淮城电视台肖航记者的助理赵怡。"

肖航是淮城电视台的台柱子，能被她采访，就是晋升淮城名流的标志，这样的记者一般都会配一两个助理。

这个赵怡看着年纪不大，短发，长得白白净净的，有些紧张地看着王舜生。

王舜生了解后，冲着她斯文一笑，说："你好。"

"肖航姐已经在十楼宴会厅等着了。"赵怡说。

"好。"王舜生点头后，说了一句，"走吧。"

在王舜生说完后，赵怡的视线突然越过他看向了他的身后。王舜生顺着她的视线看过去，看到了门口的一行人。

门口一共进来了六个人，个个西装革履。为首的那个五官深邃精致，气质清冷，一双桃花眼上挑，浅褐色的眸子深沉如水。他的长相太过出色，甚至比一些电影明星还要好看些，刚一进门，就吸引了大部分人的注意。

而他却恍然未见，薄唇微抿，眉眼上挑着听着身边一个人说着什么。他身边跟着的人，有两个是王舜生认识的，都是在淮城商界内算得上一二的人物。那两个人也只是跟着他，可见那人有多厉害。

王舜生心里疑惑着为首那人的身份，那人似乎看到他在看他，在听着别人讲话的时候，眼睛微微往这边一扫，目光冰凉。

王舜生被看得心下一怵，他站在那里还在回味那个眼神时，一行人先他们一步进了电梯。

虽然电梯能装十二个人，但他们六个人进去后，王舜生也就没再往里凑。他走到电梯门口时，电梯刚好快要关上了，在那一瞬间，一只手放在了电梯门中间。

骨节分明的大手修长白皙，从电梯门中间伸出，将即将关闭的电梯门挡住了。

电梯门缓缓打开，男人的脸渐渐露了出来。他抬头看着门外，神色慵懒，淡淡地问了一句："进来吗？"

"谢谢。"王舜生看着他，不进显得不礼貌，便和李俊他们两个一起进去了。

电梯门很快关上，李俊按了"10"，除了"10"以外，还有"8"的数字按钮亮着。文隆商务会所八楼是会议室，淮城政府或者商圈有重大会议都在那里召开。

赵怡进了电梯，想着过会儿王舜生就要接受采访，又将几个关键性的问题问了一遍。

"我先和王先生对一对问题，过会儿肖航姐会问。"赵怡小声说道。

电梯里有人也不能耽误他的采访，王舜生朝着一行人点点头后，答应了："可以。"

"舜星有限公司名字的由来是？"赵怡问道。

"我妻子的名字和我的名字结合在一起的。"王舜生回答道。

显然这个问题让赵怡感动了一下，但翻看了一下笔记本后，她神色一顿，问："王先生，您妻子不是叫赖舒馨吗？"

这个问题，让王舜生脸色稍微一僵。

旁边李俊有些烦，不知道电视台怎么派了这么个新手来做助手。他不耐烦地对赵怡说："我们王总和前妻离婚了，因为前妻无法生育，两人感情不和。"

"对。"王舜生笑着点了点头。

"抱歉。"赵怡赶紧道歉，记下了。

"感情不和？"

三个人说话的时候，旁边为首的那人突然开了口。四个字，像冰块一样砸得王舜生有些晕，他抬头看着那人，那人对上他的视线，神色淡淡。

"我怎么听说是王先生出轨导致你们离婚的？"

王舜生心下一提，没料到这人竟然认识自己。当着这么多人的面，他顿时觉得尴尬不已，嗓子一涩后，神色不悦道："这位先生，听说的事您还是不要信了，毕竟当事人才最清楚。"

王舜生说完，那人神色一松，鼻间溢出一丝哼笑："离婚是两个人的事，当事人也不止你自己吧。"

一句话，将王舜生堵得眉头微皱。他心中虽然不信，但还是问了一句："您认识我的前妻？"

"叮"的一声，电梯门打开，八楼到了。

垂眸看了一眼王舜生，怀荆眸色沉沉，神色不明。

"我这么厉害，谁不认识？"说完，男人带着一帮人出了电梯。

进会议室前，Leo挂了电话走了过来，神色微沉道："夏城那边的事情有眉目了，何总让我们今晚回夏城。"

怀荆抬眸看了他一眼，问："今晚回夏城的最后一班飞机是几点？"

Leo已经将机票看了一遍，他回答道："八点半。"

怀荆微一抿唇，起身走进会议室，淡淡地说了一句："知道了。"

虽然是假期，但临近年关，许星空每天要做的事情也不少。她上午陪着林美慧卖早点，下午则打扫家里的卫生。每年过年，家里都要进行一次大扫除。

忙活了一下午，许星空陪着林美慧看完新闻联播后，都没有接到怀荆的电话。她低头看着手机，陈婉婉刚发了小视频过来。

他们一家三口去了欢乐谷，康康玩得很开心，凑到镜头前叫许星空，还把手上的棉花糖给她吃。

许星空看着视频笑了一会儿。

手机始终没响，抬头看看时间已经晚上七点半，估计他忙，今晚应该不会约她了。

许星空看手机的时候，林美慧问道："你还要去陪你同事吗？"

"不用了。"许星空将手机收起来，看了一眼林美慧，她换了一身轻便的衣服，许星空一笑，问道，"你要出去？"

林美慧点点头，腼腆一笑，说："小广场上有人跳广场舞，我也去活动活动。"

林美慧向来喜静不喜动，没想到现在竟然也跳上了广场舞。多活动活动是好事，许星空一笑，说："我陪你。"

听许星空说陪她，林美慧高兴地点点头："好啊。"

母女俩说着话，步行到了小广场。

夜晚的小广场上只有正中央的雕塑和喷泉有些灯光，微弱的灯光刚好能照亮人影。小小的广场上，大冬天也凑了一堆人。

林美慧他们跳广场舞的地方，在广场的东北角上。这里因为靠着马路，有路灯照着，所以比其他地方亮堂。

东北角这里，本来是留着休息的，角落里还放置了两张长椅。长椅并排着卧在那里，上面落了几片树叶，在广场舞的音乐中，默默散发着小文艺的气息。

林美慧其实也刚来跳不久，有些舞步还不是很熟，许星空跟她一起站在队伍最后面，跟着排椅前面的领舞跳着。

许星空正跳着的时候，突然看到前面的马路上驶过去一辆波尔多红的玛莎拉蒂。波尔多红虽然低调，但玛莎拉蒂的车型实在是扎眼。

她看到的时候，刚巧转了身，跟着跳了两个八拍后，又觉得刚才八成是自己眼花了。怀荆如果来的话，肯定会先给她打电话的。

在她走神的时候，领舞一声令下，整个队伍转身做动作。许星空转过身去，让自己集中精力，跟着领舞的指令，认认真真地跳着。

广场舞舞步清奇，虽然看着简单，但还是挺难学的。

许星空完全是在照着葫芦画瓢,她觉得自己现在看上去应该又僵硬又丑。

两个八拍跳完，领舞一声令下，许星空跟着一群小老太太扭着麻花手转过了身。在转身的一瞬间，许星空看到了马路边停着的那辆玛莎拉蒂，还有靠在玛莎拉蒂上正往这边看着的男人。

因为距离较远,许星空看不清男人的神色,但想都不用想,他肯定在笑她。

这边全是人，当着林美慧的面，她又不能跑过去让怀荆别看。许星空硬着头皮，将后面一首歌跳完，而男人竟然一直站在那里看完了。

广场舞的小队伍在跳完这首歌后便解散了，许星空看了一眼马路边后，跟着林美慧往家里走。待将林美慧送出小广场，许星空停下说：“妈，你先回家，我去买点橘子。”

家里的橘子刚好没有了，林美慧没有多想，点点头后叮嘱道：“好，路上小心点啊。”

“嗯。”许星空应了一声，转身回了广场。

小跑着回到广场的马路边，怀荆似乎知道她会回来，仍站在路灯边等她。这个地方就只有这一盏路灯，高高直直地矗立在那里，散发着孤独的光芒。

男人穿了一件黑色大衣，里面是一身深色西装，他身材高大颀长，站在路灯下，与高挺的路灯杆比对着，更衬得他身形修长。

他原本低着头，在地上投下一个黑色的影子，在许星空跑过来时，男人抬起头，视线与她对上了。

男人本就长得白，黑色的大衣衬得他白到透明。灯影下，深邃的五官轮廓更加精致，像是博物馆中被灯光照耀着的雕塑。

许星空跑得急，有些微喘，脸颊也微微泛了红。耳边的一绺碎发，因为刚刚跳舞，沾了些汗，乖巧地贴在她脸上。

“你……你怎么来了？”许星空站在台阶上仰头看着男人。她本就比他矮了一个头，现在这样站着，显得她更矮了。

女人仰头看着他，圆圆的眼睛透着清澈的光，柔润的双唇微张着喘着气。

冬日的夜晚是冷的，但在这路灯下，小小的一圈光晕似乎在发热，将光晕内的男女都暖得有些朦胧。

“来看看你。”怀荆低头看着她，眉梢微挑着，“我今晚要回夏城。”

“啊？”许星空眼睛微睁，似乎吃了一惊，但随即她微微舔了舔下唇，说，“嗯。”

马上就到春节了，这次回去后，他应该不会来淮城出差了吧。这样，两个人就真正要分开十多天了。

许星空在吃惊过后，神色恢复了平淡，似乎对于他回夏城这件事，内心没有起什么波澜。

相比在夏城只有一只咪咪，在老家和亲人在一起的生活要丰富多彩得多。

“自己过来的？”怀荆看着她问道。

“不是，还有我妈。”许星空回答道。

“你旁边那个穿浅灰色衣服的？”怀荆问道。

“嗯？”许星空微微抿了抿唇，并没有回答。其实他猜对了，但是许星空并不想让他知道太多她家里的事情。

男人眉眼微垂，看透了她的想法。他微扬了扬下巴，嘴角一扬，似乎毫不在意：“老巢都被我找着了，还藏着掖着。”

被怀荆这么一说，许星空猛然回过味来，她心下一急，有些语无伦次：“你不要去我家。”

男人轻笑一声，抬头扫了扫她家的方向，不置可否。在许星空要继续说话时，他收回视线，换了个话题："经常来跳舞？"

话被他打断，许星空想起自己刚才跳广场舞的样子，脸微微一红，说："不常。随便跳跳，你没看到我跳的动作都不对吗？"

"没看到。"他垂眸看着许星空，笑着说，"你跳舞的时候，我眼里只有两个字。"

许星空抬眼看他。

男人对上她的视线，神色轻佻却眉眼温柔："好看。"

怀荆下飞机时已经九点半了，他和何遇约在上次一起吃饭的湘竹轩。怀荆穿过长廊，脱鞋进入包厢。何遇刚煮好一壶茉莉花茶，透明的茶台上，紫砂壶内水汽袅袅。

茉莉花香味浓郁，泡开后，整个别厅都充满了香气。

这座别厅立于半山间，抬头是天，低头是崖。即使是夜晚冬风凉，景色依然纯净怡人。

怀荆走进去时，带了一层凉气。别厅里靠窗户边有一方矮桌，何遇就坐在矮桌旁边，怀荆走过来后，他将手边的文件袋递了过去，顺手给他倒了一杯花茶："你要的东西我拿到了。"

怀荆目光一动，手越过茶杯将资料袋拿了过来。拆开袋上的线，怀荆垂眸看了一眼里面的东西，眼梢轻挑。

将文件袋封好放在一边，怀荆拿起手边的紫砂杯，望着窗外的星空，淡淡地说："就等着那边的动作了。"

将杯中的茶水满上，一朵茉莉花在紫砂杯中轻游了一圈，何遇抬眼看着怀荆，问道："那边万一不动作呢？"

怀荆回神，侧眸看了何遇一眼，他嘴角微挑，将手上的茶杯放下，问道："你看看我，你觉得怀家有良善的人吗？"

何遇看着他唇间的笑和眸中的清冷，没再说话。

许星空买了橘子后回了家，一开门，家里黑漆漆一片，只有厨房的方向有一束灯光。听到开门声，灯光照过来，许星空微微眯了眯眼。

灯光在看清楚是她后又收回去了，林美慧和她说道："家里又断电了。"

了解了情况，许星空关上门，将橘子放在客厅的茶几上，走过去接了手电筒说："你去休息一会儿吧，我来照着。"

手电筒光芒照着的地方，许星远正戴着绝缘手套弄着电线。

林美慧没有拒绝，将手电筒递给了许星空，又叮嘱许星远："星远，注意安全啊。"

许星远接着线，手上用力，嗓音都在用力，他边修边说："这破电路都修了多少次了，放心吧。"

在许星远修电路的时候，许星空也看了一眼家里的电线板。这套房子太老了，这套电路也老，老这样修不是办法，而且还会有危险。

许星空有两套房子，一套给了许星远，还有一套距离林美慧的早餐铺很远。因为来回不方便，所以没有搬去那里。

许星空想事情的时候，许星远将线接上了，家里的灯一下全亮了。许星远眉头一挑，将手套摘掉后说："修好了。这万一要是过年的时候坏了可怎么办？今年去新房子过年吧？"

许星远所说的新房子，是许星空送他的那一套。国庆节办完过户手续后，许星远就开始装修了。现在已经装修了个七七八八，周童童的陪嫁家具和家电也已经搬过去了。

"童童今年在我们家过年吗？"这事许星远还一直没说。

将工具箱收起来，许星远洗了把手，说："童童爸爸说让在咱家。"

淮城这边的风俗确实是订婚后，女方要去男方家里过年。如果周童童来他们家过年，住还是个问题，毕竟许星远一直是睡沙发的，总不能让人家小姑娘和他一起睡沙发。

回头看了林美慧一眼，许星空想让林美慧拿主意。对于这方面，林美慧觉得怎么样都行。看许星空看自己，她点点头说："那行吧，童童第一年在咱们家过年，也不能太寒酸。"

"行。"许星空说。

这事就这么定下来了。

新房子装修好后，还一直没有做最后的清理工作，只是把家具和家电搬过去摆上了。要想去住的话，还得先打扫一下。

腊月二十七那天，林美慧在家准备过年的东西，许星远开车载着许星空和周童童一起去了新家。

新家在丽婉小区，位于新城旧城的交界处。当年政府有消息说要建新城，但是选址未定，只是传言在这边。

新城的开建定然会带动房地产发展，王舜生不会错过这次投资机会，可他又不确定新城的选址，所以就选了一个中间的位置买了。

从买房子可以看得出，王舜生很会投机，但缺乏前瞻性和果断性，这也注定了舜星有限公司在运输业迅速崛起的大好时机下，最终也不过只发展成了现在这个样子。

开车进了丽婉小区的地下停车场，许星空下车拿东西。停车场内只停了百分之七十左右的车，这个新小区现在还没有住满。

"姐，我帮你。"周童童下车后，赶紧接过许星空手里的水桶。

周童童昨天才放假，听说今天要来打扫，立马说也要过来帮忙。小家小户娶媳妇，不需要娶多么厉害的，周童童这种善良勤劳又性格开朗的就挺好。

许星空笑了笑，将手上的水桶递给了她。

三个人上了电梯，按了十六楼。丽婉小区全是高层，最高是二十三层，但其实只有二十二层。淮城传统封建，认为十八层不好听，所以直接越过十八层叫了十九层。

从电梯上下来，许星远拿了钥匙去开门。

这一层一共有三户，三户的面积分别是一百平方米、一百二十平方米，还有一百五十平方米，许星远家是中间那一套。

许星空看着两侧的家门前都挺干净的，还有一家门口摆放了绿植，便问许星远："你们邻居都住上人了？"

当时房子装修，周童童和许星远一起来过。听许星空问了一句，周童童点头说："对，都住上了，见过面，两家人都挺好的。"

听了这话，许星空放下心来，远亲不如近邻，在这种高楼生活，有个好邻居很重要。

许星远开了门，先将堵在门口的一个大箱子抱走了。

许星空走进去，房间里已经没有刺鼻的味道了，客厅的装修已经完成。豪华大吊灯下面，摆放着一整套欧式的沙发和桌椅茶几。

看到这个，周童童有些不好意思地说："我爸喜欢这种，说看起来贵气。"

新家的家具和家电都是周童童父亲买的，看家具的风格，就知道是老年人的审美。不过好在房子大，这种家具摆在里面并不是很突兀，倒还算好看。

许星空想起怀荆的房子来，他房子的装修简约抽象，也挺好看的。现在真正有钱的人，很少把家装成中世纪欧式这种富丽堂皇的风格了。

三室两厅收拾起来并不算容易，三个人从小房间开始打扫，最后汇聚到了客厅。新家具刚搬进来一直没动，现在落了一层灰尘。

许星空负责收拾沙发和桌椅，许星远负责电视机下的茶几，而周童童则负责挂件、摆件一类的小物件，三个人分工明确，干起活来也快，今天加把劲的话，估计能忙完。

周童童正擦着一幅仿制的郁金香油画，突然来了电话。小姑娘将手机夹在耳边，歪着脑袋边干活边甜甜地叫了一声"奶奶"。

听她叫奶奶，许星远也抬起头，两人相视一笑。

"我和星远在家里打扫卫生呢。啊？你做了藕荷啊？那我们今晚如果有时间的话就过去拿。我想吃什么？我想吃辣椒夹肉的那种，嗯，谢谢奶奶。好的，奶奶再见。"

说完之后，周童童将手机拿在手上，按了挂断。

许星远见她挂了电话，赶紧问道："奶奶说什么了？"

笑嘻嘻地看了许星远一眼，周童童说："奶奶说看你上次在我家吃饭喜欢吃藕荷，她趁着过年多炸了一些，让我们有时间过去拿。"

那次的藕荷看来真的好吃，平时吃东西只管吃饱不管味道的许星远眼睛都亮了。

嘿嘿一笑后，许星远像是有点小骄傲地对许星空说："这才是真奶奶，咱们那奶奶是假的。"

许星空无奈一笑。

周童童多少听说过他们家里的事情，也随着笑了笑。

"对了，你们准备什么时候去奶奶家？"许星空看着小两口，问道。

订婚算成了一半家，过年过节都要去长辈家里孝敬一下。

"明天吧。"许星远看着周童童，说道，"明天上午去童童奶奶家，吃过饭后先回家，晚上的时候带点东西去咱奶奶家坐一坐就走。"

两个奶奶家同城，相距也不远，所以就安排在了一天。

其实许星远一点也不想去他奶奶家，许星远说："那算什么奶奶，要不是因为咱妈，我才懒得去。"

许星空看着他，抿抿唇说："随便拿点东西去看看就行。至于童童奶奶家，要多买点东西，好好陪陪她。"

周童童听着这差别对待，有些不好意思，说："我奶奶说不用带东西。"

看着周童童，许星空一笑，说："你奶奶对你们这么好，肯定要多带点东西孝敬她。好都是相互的。"

许星远笑嘻嘻地说："没想到我二十三岁还多了个奶奶。"

"我还多了个姐。"周童童不甘示弱，"还多了个妈妈。"

三个人又是一笑。

看着两人和和美美，许星空心里很欣慰。父亲去世的时候，许星远年纪也不大，他们常年被许家那边无视和欺负，造成他性格有些乖刺。现在有这么温暖的一家陪着他，许星空也替他感到开心。

许星远把茶几擦好后，将插座插上了，准备打开电视机看看。周童童看到了，说：“对，试试电视机，如果不行的话，让我爸再去换一台。”

“得令。”许星远应了一声，将电视打开了。

这台电视是大屏电视，打开后，整个屏幕亮起来特别漂亮，而刚一打开，就在播放一条娱乐圈的新闻。

“女星林玮瑜于今日十四点三十六分，被警方查获在家中聚众吸毒，在其家中还搜出大量毒品。因藏毒数量大，已构成犯罪，林玮瑜于当日被警方批捕。林玮瑜当年参加选秀出身，如今仍活跃在娱乐圈。这次批捕，将对其参与的活动造成一定影响。其中影响最大的是IO集团，据悉因林玮瑜为IO集团与德国TIE集团合作款珠宝代言人，这次丑闻将对IO集团造成巨大的损失，甚至会波及怀氏集团……”

许星空动作一顿，盯着电视屏幕一动不动。

许星远听完新闻，回头看了她一眼，小心地问了一句：“姐，这不是你们公司吗？”

“嗯。”许星空扫了他一眼，重新将视线放到了电视上。

怀氏集团大楼会议室里，正在召开怀氏集团董事会议。

梅老太太坐在长桌最上方，她左侧坐着怀昌朝，怀昌朝旁边则是怀阳平。她看着手里的报告单，嘴角微压，抬眸看着会议桌最下方的怀荆，冷声说：“今天召开的董事会议，是因为IO代言人吸毒的事。当着这么多董事的面，你给大家个交代吧。”

怀荆坐在会议桌的最下方，一身西装得体工整。听了梅老太太的话，他神色未变，双眸低垂看着手上的报告，白皙的手指几乎与白色的纸张融为一体。

将报告放下，怀荆微一抬眸，目光清冷。他起身，双手放在西装第二颗纽扣上，慢条斯理地将纽扣扣上了。

站在会议桌前，怀荆淡淡地扫了一眼在座的人，沉声说了一句：“各位董事都是与我父亲共事多年的同事，我父亲现在已经不在了，我怀荆在这里，借着各位对我父亲的情义，请求大家帮我讨个公道。”

事情的发展一下偏离了方向，董事会的人面面相觑。怀昌朝神色未变，怀阳平眼神略微一动，看了一眼梅老太太。

梅老太太听了怀荆的话，目光一沉，冷声道：“怀荆……”

会议桌最下方的男人听她叫了自己一声，只将视线淡淡往上一扫，继续说道：“若其他原因造成集团损失，我怀荆作为IO负责人难辞其咎。但这次的事故，其实是集团内部的人故意陷害我。”

看怀荆的神色不像狡辩，一时间董事们的神色凝重起来。

怀昌朝抬眼看着怀荆，叹了口气说：“怀荆，你这个理由太蹩脚了。集团内部的人怎么会去损害IO甚至怀氏的利益？董事会的人都是共进退的。”

听了怀昌朝的话，怀荆鼻间溢出一声哼笑，他眸色淡淡，抬眼对上怀昌朝，最后略过他，落在了怀阳平的身上：“对啊，为什么呢，哥？”

“怎么回事？”现场的人的视线都随着怀荆投到了怀阳平身上。

众人的视线齐刷刷聚集过来，怀阳平神色一紧，他看了一眼怀昌朝后，镇定下来对怀荆说：“怀荆，话不能乱说。”

“林玮瑜一开始是你推荐给我的。”浅褐色的眸子盯着怀阳平，怀荆语气沉沉。

听到这里，董事会的人又是一阵哗然。

怀阳平抬头看着怀荆，原本温和的眼里闪过一丝凶狠，他牙根紧咬，平复下怒气，承认道：“是，她和我爱人是同一家高尔夫球俱乐部的会员，一开始是我爱人向我举荐的她。我与她的关系也仅仅于此，我不知道她吸毒。”

怀阳平回答得滴水不漏，怀荆眉梢微挑，尾音一扬：“那你为什么会报警举报她吸毒？”

知道林玮瑜吸毒并推荐给怀荆做代言人，事后又举报林玮瑜吸毒，对IO造成巨大的打击……这一连串计划，真是不漏痕迹。

董事会的人听到这里，都听懂了怀荆话里的意思，纷纷看向怀阳平。怀阳平被这么一说，当下一急，就要站起来，却被旁边的怀昌朝压住了。

与怀阳平的恼羞成怒不同，怀昌朝的神色一直很平和，现在更是多了些长辈的慈祥。他看着怀荆，说道："如果这是真的，那我不会放过他。但事实不是光凭一张嘴胡诌，你说的这些有证据吗？"

怀荆眼睫一眨，看着怀昌朝，叫了一声："Leo！"

站在门外的 Leo 听到怀荆的声音，拿着一个黑色的文件包走了进来。他站在怀荆身边，先对在座的各位董事鞠了一躬，然后打开文件包，将里面的资料拿出来并分发了下去。

等最后梅老太太拿到文件，Leo 神色一顿，看着怀阳平说："这是林小姐与怀阳……怀总交往的各项证据，包括两人的开房记录、在一起的照片，以及怀总给林小姐购买的各项物品支出……去年十一月份，林小姐与怀总在法茵酒吧相识，有林小姐的朋友拍摄了林小姐当时吸毒的照片，怀总就在照片中。并且就在当晚，两人在法茵酒吧开了房间。也就是说，您在知道林小姐吸毒的情况下，推荐她做了 IO 与 TIE 集团合作款珠宝的代言人。

"林小姐这次吸毒被抓的房子，也是怀总赠予林小姐的。那是林小姐和朋友聚众吸毒的地方，怀总也曾出入过那里，至于怀总有没有沾，我们不得而知。据林小姐助理供述，今晚本来怀总也要去的，不知为什么临时改变了主意。而就在他改变主意的时候，警方出动，将他们抓获。

"另外，警方行动时，外面已经围了不少记者。林小姐这套房子比较隐蔽，没有记者在这里蹲点。事发时记者当即出动，很有可能是有人提前通知了记者。林小姐被抓的整个过程，也在网络上全程播报并大肆传播。"

Leo 说完，将资料收起，站在了怀荆身边。

在 Leo 说话的时候，怀荆已经坐在了座位上，他微靠着椅背，姿态慵懒。待 Leo 说完，他神色淡淡地看着众位董事说："怀阳平利用林玮瑜吸毒这一点与她交好，后来推荐给 IO 做代言人，同时在 IO 新款推出后举报她吸毒。这些行为看起来，明显是冲着 IO 来的，又或者说是冲着我来的。但到底是他冲着我来的，还是他背后另有其人，这其中有太多的事情可以遐想……"

当着这么多董事的面被揭了老底，怀阳平早已气得面色铁青，他平日的温良恭谦也不过是装出来的，此时已顾不得这些，拍着桌子站起来，指着怀荆大叫了一声："怀荆你……"

"啪"的一记耳光，将他剩下的话堵了回去。

怀阳平大吃一惊，回头看向怀昌朝，双目圆睁。

怀昌朝怒视着他，一脸的怒其不争，说："你这个不孝子，为了自己的一己私欲，明明知道她吸毒，还推荐她做 IO 的代言人。让 IO 和怀氏遭受这么大的损失，你还有什么可以狡辩的？"

怀昌朝一个动作一段话，就将怀荆所表述的重点扭转了。他将这一切归咎到了怀阳平的好色上，而非对怀荆的陷害上。

"二叔……"怀荆双唇微张。

"行了。"为首的梅老太太将手上的文件往桌子上一摔，大声说了一句。

怀荆目光一沉。

"怀氏虽然叫怀氏，但并不是我们自己家的企业，还是各位董事的。怀阳平以权谋私铸成这次的大错，明天过后你就别来公司了，先在家给我反省反省。"梅老太太神色肃然地说道。

梅老太太默认了怀昌朝的说法，怀昌朝心下一松，点头说："知道了。"

处置完怀阳平，梅老太太将视线转向怀荆。怀荆抬头看着她，目光冰冷刺骨。

"至于怀荆，作为一个子集团的领导者，没做好分内工作，启用了有污点的女明星做代言人，你也逃脱不了责任，限你今晚之前拿出应急方案。好了，今天的董事会到此为止吧。"

梅老太太将事情交代完，董事会的人显然不是那么好糊弄的，有些人看看怀荆，再看看梅老太太，最终却没有再说什么，起身离开了会议室。

会议室内的人三三两两地走了，最后只剩下了坐在会议桌下首的怀荆和梅老太太。梅老太太看着怀荆，起身走了过来。

他一开始就知道林玮瑜吸毒，也看透了怀阳平这样做的目的，所以才让林玮瑜做了代言人。他比怀阳平更加希望曝出林玮瑜的丑闻，因为只有这样，才能召开这次董事会，他才能让董事会的人知道怀阳平陷害他的事情。

他在装可怜，以博取董事会的同情，让董事会看清陷害他的人的目的和丑陋面目。他一手将 IO 壮大，而 IO 不过是他实现最终目的的棋子，为了实现那个目的，IO 可以随意糟践。

这些，梅老太太都知道。

“以后不要把心思放在这上面了。”梅老太太站在办公桌旁，垂眸看着怀荆，轻叹了一口气，“大家都是一家人，家和万事兴。”

坐在座位上的男人听到这句话后，鼻间溢出了一丝哼笑。修长的手指随意翻阅着手上的文件，纸张落下时，扫起了一阵凉风。

怀荆抬头，对上梅老太太的视线，眸色清冷：“我爸去世的时候，您也是这么对我说的。”

端庄的老太太在听到他这句话时，眼底浮上一丝悲恸。她垂眸看了一眼怀荆，转身离开了。

第十二章

星空入我怀

从怀氏集团大楼出来，怀荆开车回了家。密码锁一开，窝在沙发上的咪咪微微抬了抬头，蔚蓝色的眸子里装着冷漠。

现在已是傍晚，阳光都变凉了，和海风掺杂在一起，让整个客厅变得更为冷清空旷。

怀荆抬眸看了看自己的家，视线落到阳台边的钢琴上时，眉梢微微一挑。他走到沙发边坐了下去。

将后背靠在沙发上，怀荆双臂抬起搭在了沙发背上，头往下卧着，闭上了眼睛。

窝在他旁边的咪咪抬头看了他一眼后，纵身一跃跳上了沙发背，迈着小巧的猫步，走到他的肩头边坐下。

它毛发浓密，一坐下后，身上的毛就蹭到了男人的脸。男人睁开眼，扭头看了看旁边，见咪咪正低头看着他。

这是一人一猫第一次这么近距离地接触。

许星空走后，他没有找别人，一直亲力亲为地照顾着它。

这是养出感情来了？

如果咪咪在她身边的话，她会怎么做？

目光微动，怀荆刚要抬手，电话就响了。

他收回手，低头看了一眼手机，嘴角一抿，将电话接了起来。

“喂。”怀荆先说了话。

“是我。”电话那端，女人柔软的声音像一根羽毛一样透过手机传到了他的耳边。她说了这一句后，似乎犹豫了一下，最后声音变轻，更加温柔地问了一句，“没事吧？”

许星空站在阳台上，看着窗外红彤彤的夕阳，咬住了下唇。

其实她看了新闻后有点担心，毕竟这次因为林玮瑜，合作款肯定是砸了，和 TIE 的合作说不定也砸了。这次之后，IO 有可能会陷入低迷，这应该是 IO 史上最大的一次事故了。许星空犹豫再三，还是决定打电话问问。

尽管极力掩饰了，怀荆还是能从她微颤的嗓音里听出担心和关心来。他仰头看着天花板，眼睛微微一眨，眉眼中的苦涩和清冷被温暖与温柔取代。

“有事。”他转头看着一边的咪咪，将手放在了它的头顶，学着她的样子轻轻一揉后，沉声说，“咪咪想你了，我……也有点想你了。”

腊月二十八一大早，许星远就开车载着周童童去了她奶奶家。许星空和林美慧也早早起来，早上摆了早点摊，收摊后便回家收拾去新家过年的东西。

只是去新家过年，并不在那里常住，主要带的还是年夜饭的食材之类。

这些昨天林美慧都收拾得差不多了，将食材放入大包装箱后，许星空去了林美慧的卧室帮忙整理被褥。

淮城比较传统，不结婚不能同房。除夕那晚，许星空和林美慧一个房间，许星远和周童童一人一个房间，新人新房要盖新被铺新褥。

林美慧的房间虽然是家里的主卧，但实际面积也不大。一张床，一个衣橱，就占去了大半的面积。

许星远和周童童的事情定下来后，闲不住的林美慧就买了棉花裁了新布把新被褥做好了，现在都用厚厚的塑料薄膜袋装在一起，塞在了衣橱最上面。

许星空进去时，林美慧正准备踩在椅子上去够棉被，许星空看着母亲伸手的样子，心下一惊，赶紧过去扶住她说：“妈，我来吧。”

年轻人总归敏捷些，而且椅子不高也不危险。林美慧听话地从椅子上下来，对许星空说：“拿那床蓝色的和黄色的。”

“好。”仰头看了一眼，许星空上了椅子，将那两床被子抓住了。

抓住之后，她手臂一用力，将两床被子从衣橱里揪了出来。棉被还有一小半压在衣橱里，许星空低头看了一眼地面，说：“妈，你让开点。”

林美慧躲到门口，许星空抓着被子用力一抽，被子便从衣橱里出来了。

两床大被子也不轻，被许星空拽下来的时候，有个什么东西随着一起下来了。

“什么啊？”许星空怕是什么怕摔的东西，赶紧往地面上一看。地上有一个小棉被裹成一团，刚刚掉下来的时候摔开了一半。那一半里，露出了一只巴掌大小的小鞋子，还有一条小棉裤的裤腿。

许星空目光一动，抬头看了林美慧一眼，将被子放下后，便把小被子和被子里包着的东西捡了起来。

小被子内裹的东西不少，除了棉裤、鞋子，还有小棉袄和其他的小衣服。每一件小衣服和小鞋子，花色都不一样。看着花色，许星空认了出来。

这是当年她出嫁时，陪送的那几床棉被的花色。

淮城的传统风俗是，家里不管儿娶女嫁，父母都要准备新被褥。当年给许星空做被褥剩下的一些边角料，林美慧都没舍得扔，拿回家后做了这些东西准备给许星空的孩子用的，但没想到许星空一直没有怀孕，后来还离了婚。

虽然这样，林美慧也没有将这些东西扔掉。她心里隐隐还期盼着，许星空能够生个孩子。但她不想让许星空知道自己盼着，怕给她压力。

谁承想，这些东西塞在被子后面那么多年，被许星空抽被子的时候一块抽了出来。

林美慧看着许星空来回翻看小鞋子和小棉裤，神色并没有什么变化。她动了动唇，对许星空说：“没来得及扔……我自己都忘了。”

许星空低头看着小鞋子上细密的针脚，这都是林美慧一针一线缝出来的。她将小鞋子收好，抬头看着林美慧，笑着说：“扔了多可惜，留给星远和童童的孩子用吧。”

说完，许星空起身，将打包好的小被子放进装新被的塑料袋里。

林美慧看着女儿单薄的背影，心里涌上一层心酸。

许星空整理好后，回头看了一眼林美慧，她抿抿唇，说：“我好朋友陈婉婉带我去看了一个很有名的老中医，我现在每天喝的中药就是调理身体用的。”

她一直没和林美慧说这件事，她怕最后不成功，自己失望，也惹得林美慧空欢喜一场。但没想到林美慧心里一直挂念着，索性这次就跟她说了。

她平时什么也不问，但心里担心的倒是一点都没有少。

听到她说这个，林美慧眼睛一亮，问道：“有用吗？”

这个问题，许星空自己也答不上来，她对林美慧说：“最近气色确实好了，应该有用。”

“那你……”林美慧双唇微动，抬眼看着她，话只说了一半。

许星空明白她的意思，接过话：“我现在还是单身，以后也不一定会结婚。但如果有机会，孩子我一定会生，我自己养。”

说到这里，许星空一笑，继续道：“您看您自己，不也把我和星远养得挺好的吗？”

这应该是许星空的真实想法，这种想法在淮城人的眼里简直是大逆不道。但林美慧已经想开了，她对许星空最大的担心就是她没人陪，老了以后没人陪伴。

她现在开始调理身体，能生个孩子陪陪她，能在她老的时候帮扶她一把，那她这个做母亲的也就放心了。

将东西收拾好后，许星空去小区外面的小市场找了辆小货车将东西拉去了新家。

到新家的时候，已经是下午了。外面阳光照着大阳台，将家里照得格外亮堂。林美慧在收拾厨房，许星空也帮忙收拾床铺。

许星远和周童童的床铺好后，许星空把她和林美慧的房间也一起收拾了。

她和林美慧住的房间虽然是次卧，但带了一个小阳台。许星空将床铺好后，拉开窗帘，阳光照进来，刚好能晒到被褥。

许星空坐在床上，眯着眼睛晒了一会儿太阳。

晒了一会儿后，许星空起身去厨房帮忙，路过门口，外面传来了一声“喵呜”和一个小奶音学着猫咪叫的喵呜声。

许星空心下一痒，脚步一转，走到门口开了门。

许星远一共有两户邻居，刚才的声音就是从他家左边邻居家门前发出来的。那家门口十分讲究，还摆了两盆绿植。

绿植旁边站着一个穿着白色FILA羽绒服的男人。在他的腿边，一个穿着白色樱桃花纹羽绒服的小姑娘正蹲在一盆绿植前。而绿植盆内，一只橘色的小猫正抬头看着绿植的树枝，时不时伸手抓两把叶子。它抓一次，小姑娘就跟着笑一次。小姑娘笑一次，站着的男人就笑一次。

察觉到了许星空开门，男人抬头看了过来。他长得很俊朗，一双大眼睛还有非常明显的双眼皮，看着十分精神，看年纪约莫三十岁。

他抬眼看过来时，眼里还有未退去的笑意，待看到许星空后，笑意加深，他先打了一声招呼：“搬过来了？”

邻居间虽不怎么深入接触，但搬家还是能知道的。许星空冲他礼貌一笑，说：“只是过年这两天住在这儿。”

两人说话的时候，蹲在地上的小姑娘也抬起了头。她遗传了父亲的眼睛和双眼皮，脸蛋圆圆的。这样蹲着的姿势，显得她像是没了脖子，小脸蛋直接压在了她的羽绒服衣领上，让人特别想捏一把。

小姑娘看着许星空，眨眨眼，睫毛长而浓密，眼睛黑如夜空，漂亮迷人。

“这是我女儿。”男人见许星空低头看她，笑了笑说，“糊糊，叫阿姨好。”

“阿姨好！”小姑娘听话地跟着叫了一声。她看着也就两三岁，话还说不利索，最后一个“好”字没有压住，成了二声，小声音奶萌奶萌的。

“你好呀。”许星空被这声“阿姨好”叫得心都化了。她眉眼间全是温柔，小心地蹲在她的身边看着她。

糊糊说完阿姨好后，“嗯”了两声，指了指小猫咪，叫了一声：“喵呜！”

叫完之后，她收回胖乎乎的小手，回过头去继续看小猫。她一回头，只留了一个侧脸给许星空，那侧脸的轮廓和可爱版的动漫人物一模一样。

许星空现在的心情有些复杂。刚结婚那会儿，她特别想要个女儿。面前这个糊糊，简直满足了她所有的幻想。

许星空目光一动，她抬头看了一眼男人，问道：“我能拍个小视频吗？”

她以后可能很少来许星远这里，也很少会碰到糊糊，她想拍个小视频，到时候还能拿出来看看。

看得出许星空是真喜欢小孩，自己的女儿被人喜欢，他心里也是开心的。男人点了点头，爽快地答应了：“当然可以。”

许星空道了谢，将手机拿了出来，调到了录像模式。

糊糊的镜头感很强，在许星空拿出手机后，她就回过头看了过来。她先是一笑，然后将胖乎乎的小手伸了出来，比了一个不大标准的剪刀手，张开嘴，拖着长音，奶声奶气地喊了一句：“耶！”

差点把许星空萌窒息。

看许星空明显呆愣了一下，男人低低一笑，说：“我是摄影师，平时也会给她拍点照片，她都会摆姿势了。”

“也是她聪明。”小小年纪就会找镜头，看来也算是遗传了她父亲。

毕竟第一次见面，许星空不好太冒失，拍了一小段后就将手机收了起来。

见她收起手机，男人便开始与她闲聊。

“准备什么时候搬过来？”说完后，男人笑着自我介绍了一句，“我叫聂耿清。”

“我叫许星空。”许星空笑着回答道，“这是我弟弟的婚房，估计明年结婚后就能搬过来了。搬过来后，你们就是邻居了。”

“对啊。”聂耿清笑起来，“我见过他们夫妻，很般配。”

许星远是残疾，能被聂耿清这样说，说明聂耿清还是挺有修养的。闲聊两句后，许星空觉得聂耿清这个人性格挺开朗乐观的，很会说话，跟他在一起应该会挺轻松。

不过两人聊天的时候，一直没有见他的妻子出来。聊了一会儿后，小橘猫玩够了，从绿植上跳下来进了家，糊糊一边叫着小猫咪一边跟着进去了。聂耿清和许星空点点头后，也回了家。

许星空刚开门进去，林美慧就问了一句："干什么去了？"

"碰到邻居聊了两句。"许星空说着，抬头看了一眼厨房，问道，"忙完了吗？"

"都收拾好了。"林美慧点头说道。

"那你先去休息一会儿吧。"过年虽然是休息日，但忙前忙后的也挺累人的。

林美慧点头同意，转身进了卧室。许星空刚要随着一起进去，手机突然收到了一条微信。她将微信打开，目光一动。

是怀荆。

IO 这次的事故，最后处理得十分成功。IO 像是早已料到一般，在出事后迅速启动了补救方案。

先致歉，再撤掉代言，同时对已购买的顾客提供补偿，并且换了品牌代言人，由娱乐圈人气和口碑极佳的女星舒妩代言。

在采取了这一系列措施以后，社交媒体的风向像被控制了一样，清一色地刷 IO 也是受害者，并且对 IO 表示了支持。

这次的事件，像是一个很大的浪拍在礁岩上，打碎了一些边边角角，最终归于无声。

怀荆发了一张图片过来，许星空坐在沙发上，将他的对话框打开了。在打开的一瞬间，许星空嘴角就勾起了一个笑。

这是一张咪咪的照片。

咪咪蹲在落地窗前，阳光下，布偶猫的毛发色泽漂亮而高贵。而这般高贵的咪咪，却正抬着爪子龇牙咧嘴地去抓它上方的逗猫棒。

这逗猫棒，想也不用想都知道是怀荆拿着的。

他们俩的关系现在这么好了？许星空有点吃惊。毕竟咪咪曾在怀荆家半年多，一人一猫几乎都没有过接触。

怀荆发来咪咪的照片，让她想到了刚刚看到的萝莉和橘猫。她点开微信的相册，将刚刚录制的小视频发了过去。

在发过去的同时，许星空将小视频点开，自己又看了一遍。

“耶！”糊糊对着镜头比剪刀手的镜头被她拍了下来，许星空真是看一次心肝软一次。

可爱的女儿和可爱的猫在一起，真是令人向往的生活啊！

许星空看完一遍，退出视频时，看到了怀荆给她发来的回复。

怀：想要？

许星空眉心一皱，不明白他是什么意思，她敲了两个字发过去。

星空：什么？

不一会儿，就收到了男人的回复。

怀：你想要什么我都给你。

指腹触摸着屏幕，十指连心，屏幕上的温度像是一丝电触到了许星空的心底。她喉头一动，手指轻轻敲了几个字，敲完之后，又按着删除键全部删掉了，没再回复。

她想要孩子，但他给不了。

女人没再回复消息，怀荆将手机放在一边，拿着逗猫棒继续逗咪咪。正当咪咪恼羞成怒准备扑上来时，密码锁突然响起解锁的声音，怀荆抬头看向门外。

门打开了，怀莞背着包走了进来。

小姑娘穿了一件浅粉色的短款羽绒服，衬着一条黑裤包裹的双腿又长又直。外面很冷，她脸颊都冻得红红的，眼角微微上挑，看到怀荆后，笑着叫了一声：“哥！”

怀荆眸色一沉，起身走到了怀莞面前。怀莞见他拿着逗猫棒，神色有些古怪地问道：“你不是最讨厌猫吗？”

没有回答她的话，怀荆神色未变，垂眸看着她问道："你回来干什么？"

春节只是国内的节日，国外学校不放假，怀莞是逃学回来的。

从坐上飞机的那一刻起，怀莞就知道自己回来肯定会被骂，但她一点也不后悔。将脸上的笑意收了收，怀莞抬眼看着怀荆，说："我听说董事会上你和二叔……"

怀荆目光微沉，听怀莞说话的时候，已经将手机拿了出来。怀莞一看他拿手机，就知道他要干什么。

怀莞眉头一皱，眼眶一红，说："你别给 Leo 打电话，我不走。我要在家里陪你。我要让奶奶他们都知道，怀昌卓不止有你一个儿子，还有我这个女儿。他们别想着你是一个人就欺负你。"

兄妹俩四目相对，一个眼含泪光和怒气，一个依然沉静如水。

怀荆手上没了动作，怀莞眨眨眼将眼泪憋回去，她低头看着怀荆手上的逗猫棒，小声说："我知道你把妈妈送去卿平寺，把我送出国，是想保护我们俩。可是，我们俩也想保护你。"

看着面前这个年仅十五岁就大言不惭要保护他的怀莞，怀荆抿了抿唇，说："先把今天的作业做了。"

怀莞去卧室将作业做完的时候，天已经黑了。她从楼上下来，看到怀荆站在落地窗前，正看着窗外不知道在想什么。

客厅里开着灯，窗外黑漆漆一片看不到一点星亮，灯光将他的影子拉向一边，又长又孤独。

她这个哥哥表面上会开玩笑会闲聊，其实骨子里特别清冷。而清冷的人，注定是会孤独的。

听到下楼的声音，怀荆转身看了一眼正在下楼的怀莞。

"要不要吃点东西？"怀荆问。

现在已经七点多了，怀莞还真的饿了。

听怀荆这么问了一句，怀莞眼睛一亮，惊讶道："哥，你会做饭啊？"

怀荆眉眼一挑，诚实地说："我只会烧姜糖水。"

姜糖水显然是不能作为晚饭吃的，在这个时候，怀莞并没有继续想晚饭该怎么做，反而脑筋一转，问了一句："哥，姜糖水用德语怎么说？"

怀荆嘴角一压，回头看向窗外，淡淡地说了一句："自己查。"

听到预料中的回答，怀莞翻了个白眼，撇了撇嘴，嘟囔了一句："就不能直接告诉我吗？"

抱怨归抱怨，怀莞还是转身上楼，去了怀荆的书房查资料。

怀荆的书房也是复式，从一楼有另外一个旋转扶梯可以上去，旋转扶梯四周皆是书架，书架上摆满了书。从扶梯上来后，则是更为宽阔的空间。墙壁高约四米，上面都是书架和密密麻麻的书籍。

书架下面则比较简约，只有一张沙发和一张书桌。书桌下垫着浅色抽象图案的白色地毯，书桌上放着几张白纸和一支铅笔，在台灯下安安静静的。

怀莞看到书桌，一时好奇，走到了桌子跟前。在看到白纸上画的东西时，她眼睛微微一睁，拿起白纸跑下了楼。

虽然不是除夕，但渐渐也有了些节日的气氛，落地窗外不远处，不知谁家放起了烟火。五颜六色的烟花将黑漆漆的天空炸裂开来，映照着人的脸都变了颜色。

"哥！"怀莞拿着纸跑到了怀荆的面前，她看着纸，又看看怀荆，问道，"这是你设计的吗？"

纸上是一幅珠宝的素描图，铅笔勾勒出来的模样，像是一条手链。手链设计得很别致，细细的手链穿过两个"H"状的勾环，勾环中间是一颗星状的钻石卡扣。

怀荆学习珠宝设计，一开始是父亲带着他入的门。自从父亲去世后，他就再也没有画过这些东西。怀莞小时候还戴过他设计的小皇冠。

垂眸看了一眼怀莞手上的设计图纸，怀荆眸色沉沉，淡淡地应了一声："嗯。"

"好漂亮啊。"怀莞笑着说道，窗外的烟花将她的脸映得发红，她低头看着手链，问道，"有名字吗？"

一般这种私人的珠宝设计，都会给取名字，怀莞还记得怀荆给她那个小皇冠取名叫“莞尔有何愁”。

五个字，寓意她开心快乐，没有忧愁。

“有。”怀荆将视线放在设计图纸上。

“叫什么？”怀莞问道。

落地窗外，最大的一朵烟花在夜空中绽开，男人站在光影之中，清冷俊逸的眉眼染上了一层温柔。

“星空入我怀。”

除夕那天天气很好，早上帮林美慧准备年夜饭的菜品，简单吃过午饭后，许星空和许星远便开始贴春联。

父亲去世后，家里虽然没了顶梁柱，外人看着可怜些，但许星空家里并没有敷衍度日，反而将日子过得比其他人家都讲究。

新家第一个新年，不光买了福字和春联，林美慧还买了五颜六色的门帘贴。门帘贴下面剪了穗头，红红火火的，格外喜庆。

以前家里的春联，都是许星空和许星远贴的，一个往门上放，一个指挥高低粘胶带。今年多了周童童，在旁边端着装春联的笸箩。

春联从家里面往外面贴，很快就贴到了大门那里。许星空拿着胶带刚出门，就听到了聂耿清笑着打招呼的声音：“许小姐，你们也贴春联啊？”

许星空听到声音，抬头看了过去，只见聂耿清穿着一件白色的冲锋衣，将领口拉到了最上面，黑色的拉链随着他说话不断晃动。摄影师应该经常在户外，聂耿清的衣服都是干净清爽的运动休闲系列。他长得精神，衣服穿得也好看。

他手里拿着春联，腿边站着糊糊，糊糊今天穿了一件墨绿色的小棉服，下面搭了棕色的小裙子，脚上则是白色的小短靴。现在，她正抱着一只四肢修长的粉色顽皮豹布偶抬头看着聂耿清贴春联。

小姑娘正仰头看着爸爸，听到爸爸说话，扭头过来看了一眼，圆圆嫩嫩的脸蛋放在米色的围巾上，特别可爱。

许星空的视线落在糊糊身上后，眼神一柔，抬头笑着说：“对，快贴完了。”

聂耿清很开朗，与许星远和周童童也碰到过几次，闲聊后算是认识了。

许星远在两人说话时，抬头看到聂耿清一只手拿着春联，一只手拿着胶带，便对许星空说：“姐，聂先生一个人贴春联不方便，你过去帮帮他吧。”

聂耿清自己贴春联，许星空也看到了。听了许星远的话后，许星空把手里的胶带递给周童童，应了一声“好”。

说完，许星空朝着聂耿清走了过去，笑着说：“我来帮你。”

聂耿清本想说不用，但女人已经笑着过来，他也笑了笑，点头说：“好，那谢谢你了。”

门上两边的春联是比较好贴的，就是横批需要贴在门梁上。许星空个子矮，够不着。她拿着胶带踮了踮脚，也没有够到聂耿清压住的横批。

她出门贴春联没有穿外套，白色的高领羊绒衫和米粉色的百褶长裙衬出女人玲珑的身段和温婉的气质。长裙下，女人小腿笔直修长，她双脚踮起，莫名有些可爱。

聂耿清看她够了两下没有够着，笑了一声，说：“我来吧。”

刚刚踮脚有些累，许星空脸色微红，她放下双脚，将胶带递了过来，说：“还是个子高好。”

聂耿清三下五除二将胶带粘好，笑着看了她一眼，大眼睛里闪着真诚的光：“你现在就挺好的。”

许星空笑了笑。

聂耿清说完后，视线越过她，看着糊糊，问道：“糊糊，刚刚阿姨帮爸爸贴春联了，你该怎么做？”

糊糊仰头看着爸爸，和聂耿清同款的大眼睛眨了眨后，想起什么来，她低下头，从棉服的口袋里掏出一个东西递给了许星空。

许星空低头一看，是一支草莓味的棒棒糖。

“谢谢阿姨。”

这一声，像一个拨片，拨动了许星空心里那根弦。

许星空笑着接过，蹲下身温柔地看着小姑娘说：“不客气。阿姨可以抱抱你吗？”

糊糊笑起来，张开手臂扑到了许星空的怀里。

许星空没想到她会直接扑过来，小姑娘软软的身体和身上浓浓的奶香味让她一愣，她像是抱住了世界上最美好的东西，满足地笑了起来。双臂一用力，她将小姑娘从地上抱了起来。

抱起来后，许星空笑着看了看糊糊的小脸蛋，说：“看着胖乎乎的，但挺轻的。”

旁边聂耿清笑着点头说：“她随她妈，脸大，但是身上的肉少。”

“脸大可爱啊。”许星空用脸颊轻轻碰了一下糊糊的脸蛋，那触感又软又柔，简直让人上瘾。

说起来，两次碰到聂耿清，都没有见到他的爱人。这次他贴春联贴不好，家里都没有人出来帮忙。

聂耿清是离婚了吗？

许星空觉得有些诧异，但没有问。毕竟如果真是离婚了，当着孩子的面问出来，会让他有点尴尬。

许星空抱了一会儿糊糊，待许星远和周童童贴完春联后，才依依不舍地将糊糊放下，拿着棒棒糖和父女俩道别后回了家。

刚进家门，许星空将纸撕开，把棒棒糖放进了嘴里。草莓味的棒棒糖酸酸甜甜，在味蕾上晕开了。

许星远看她吃着糖，笑道：“聂先生人挺好的，特别随和。”

旁边周童童点了点头说：“对啊，一看就是个很靠谱的男人，一个人也能把糊糊照顾得那么好。”

许星空眉眼一抬，嘴巴里的棒棒糖换了一个位置：“一个人？离婚了？”

“他爱人去世了，生糊糊的时候难产。”周童童叹了口气，“他现在一直是一个人，和糊糊一起生活。”

许星空听到这里，心疼了一下糊糊。

怪不得一直没见糊糊妈妈，原来已经过世了。聂耿清现在看着这么像妻子的女儿，心里的思念肯定更深沉吧？

能自己把女儿教得这么好，聂耿清也是个温柔的人啊。

想到这里，许星空笑了笑，这世上还是有好男人的。

今年是许星空时隔三年后又一次在家里过春节，除了多了周童童，似乎与以前没有差别。桌上是林美慧做的拿手菜，电视里的春节联欢晚会正在开场，窗外礼花绽放映红了天，鞭炮声此起彼伏，将这一年一度的团圆节日映衬得隆重而温馨。

“新年快乐！”许星远笑嘻嘻地举起了酒杯。

许星空和周童童还有林美慧三个人也说了一声后，笑着与他碰杯。一家人相视一笑，和乐融融。

春节的气氛虽然一年比一年淡了，但和家人在一起的温情是永远不会变的。

“奶奶！”怀莞叫了一声后，小跑着上了台阶。

门内的梅老太太听到她的叫声，赶紧应了一声，出来开了门。

门一开，老太太笑着看了过来，在看到怀莞身后的怀荆时，老太太笑容一顿，复而笑意更深，赶紧让兄妹两个进来。

梅老太太对传统节日很是看重，自然不会错过春节。大宅里里外外已经布置好了，红灯笼、红串联，喜气洋洋，红红火火，将这冷清空旷的宅子衬托得有人情味了些。

“以后可不准再逃学了啊。”梅老太太知道怀莞这次是逃课回来的，心里不忍责怪她，但嘴上还是要教育两句。

怀莞挽着老太太的手臂，笑嘻嘻地撒娇道：“哎呀，奶奶，我这不是想您嘛。”

梅老太太被哄得开心了，又笑起来。笑起来的时候她抬头看了旁边的怀荆一眼，说："还是孙女好，有这个孝心回来看看奶奶。你哥是没有这份心的。"

正走着路呢，被点了名，怀荆抬眸，脸上带着笑意说："奶奶，小翰不也没回来吗，您别光说我啊。"

梅老太太见他脸上带了笑，刚刚一直绷着的心松快了些，她瞥了怀荆一眼，嗔道："小翰在国外读书，你就在国内，你能跟他比啊？"

听了梅老太太的话，怀莞哈哈笑了起来。

看着孙女笑得开心，梅老太太心里也高兴了，说了他们一句："你们两个一个个都不让人省心。"

三个人说说笑笑地走到了客厅，客厅里怀昌朝正坐在沙发上看报。听着外面的人进来，怀昌朝往这边一看，看到怀荆时，神色肃然了些。

而怀荆则神色未变，笑着叫了一声："二叔。"

听了这声二叔，怀昌朝的神色微微一缓，他点点头，笑着说："奶奶又说你们不回来陪她了吧？"

怀荆有些苦恼地说："可不是，说了一路。"

看着二人和颜悦色，梅老太太"哎哟"了一声，笑着说："你们还合起伙来说我这个老婆子了。我这么大年纪，就想着儿孙和谐，平平安安，平时多来看看我这个老婆子，都不行吗？"

听到"儿孙和谐"四个字，怀昌朝抬头看了怀荆一眼。怀荆神色未变，笑着安慰梅老太太："行行行，以后不说您了。"

客厅里的气氛正温馨时，突然有人叫了一声："奶奶、爸……"

几个人的视线随着这一声，汇聚到了客厅门口，看到了站在那里的怀阳平。怀荆看到怀阳平，笑着叫了一声："哥，你回来了。"

怀阳平刚从家里过来，他妻子因为他和林玮瑜的丑闻回了娘家，他如今被梅老太太革职，天天窝在家里混吃等死。而把他害到这般田地的怀荆，竟然没事人似的坐在那里笑着看他，还叫他哥。

他越是表现得平常，越能表现出他的讽刺。

怀阳平在看到怀荆的一瞬间，脸色就变了。他眉头一皱，冷眼看着怀荆，冷笑道：“别这样叫我，我可担不起这一声哥。”

怀荆似乎没有被他这句话冷到，微微一笑，说：“哥，大过年的你火气这么大干什么？”

怀荆像是挑衅一样又叫了一声，怀阳平的情绪瞬间被点燃了。他眼中全是怒火，指着怀荆一字一顿地说：“我说了，不要叫我哥，你要真把我当哥，就不会那样害我。”

“阳平！”怀昌朝叫了怀阳平一声，怀阳平并没有在意，还是死死盯着怀荆。

怀荆承受着他的注视，冷哼了一声，看着他说：“我叫你哥，不过是给二叔个面子。不然你一个私生子，还真把自己当怀家长子了？”

怀阳平的脸色骤然一变。

怀荆的话，让客厅的气氛瞬间凝固。怀昌朝脸色一沉，对怀荆说：“怀荆，你这是说的什么话，赶紧给你哥道歉！”

原本和乐融融的气氛，在一瞬间变了样子，梅老太太站在那里看着两个人，气得发抖：“你们两个非要在过年的时候吵，就不能让我临死前好好过个年吗？”

看着客厅里站着的七零八落的亲人，怀荆微舔下唇，知道今天这年夜饭是吃不成了。他从沙发上起身，临走前看了怀昌朝一眼：“二叔，我知道您护犊心切，但事情一开始是他先挑起来的，您让我道歉？我爸去世的时候，您说会视我如己出。这就是您说的视如己出啊？”

说完，怀荆满不在乎地一笑，信步走出了客厅。

怀莞叫着哥狂奔着追了出来。

兄妹俩一前一后上了车，怀荆握着方向盘，看着被装饰得红红火火的大宅，问道：“年夜饭想吃什么？”

将安全带系好，怀莞看着怀荆的侧脸，他从刚才开始就没什么情绪变化，这让她心里更加没底。怀莞连忙笑了笑，说道："红烧肉！咱们去湘竹轩，表哥说那里的红烧肉比何妈烧的还好吃。"

"嗯。"怀荆应了一声，发动车子驶离了大宅。

怀莞看着车窗外的礼炮炸满天，到处都是热热闹闹的，只有他们两个人孤孤单单的。心里有些难受，她犹豫了一下，说："哥，咱们去找咱妈一起吃年夜饭吧？"

怀荆转头看了她一眼，说："她在清修，只吃素，你还吃不吃红烧肉了？"

怀莞低了低头，没说话。

微舔了舔下唇，怀荆打着方向盘转了个方向，问道："想她了？"

怀莞点了点头，说："想，哥，你也想她了吧？"

车子换了个方向后，朝着卿平寺的方向驶去，怀荆望着黑漆漆的夜路被大灯照开，脸上也笼了一层灯影。

许家因为许星空不去相亲的事，没给她好脸，许星空也没热脸贴冷屁股，索性直接没去。

大年初一，许星远和周童童去了周童童家，林美慧和许星空在家休息了一天。等大年初二的时候，许星空他们一家去了小姑许世婷家。

许星空的小姑许世婷是工厂工人，姑父杨丹胜是卡车司机，他们两人育有一子，叫杨志豪。杨志豪大专毕业后没出去找工作，自己在城郊租了一块地搞养殖创业。

许星空家和姑姑家的关系最好，主要是因为两家人差不多，没什么大本事，但都勤勤恳恳，性格也老实。

因为表弟在养殖场离不开，小姑和姑父索性也把家搬到了养殖场。许星空他们去的时候，姑父正在和儿子喂鸡。

养殖场也是雇了几个人的，但过年都回去了，现在就杨丹胜父子俩干活。

见许星空他们来，杨志豪笑起来，叫了一声："妈，大舅妈他们来了。"

除了养殖大棚，旁边还盖了两间平房，用来自己住。杨志豪他们活也干得差不多了，跟许星空他们打了招呼后，就一起招呼着进了门。

因为不算是常住的地方，所以有些简陋，尽管简陋，却干干净净的。大家进去落了座，杨志豪拿了茶叶开始泡茶。

杨志豪和许星远年纪一般大，两人上学时就同级。杨志豪长着一张娃娃脸，白白净净的，人又老实，上学的时候经常受欺负，而每次他受欺负，都是许星远帮他摆平。所以，哥俩关系挺不错的。

既然年纪差不多，亲戚们在一起的时候，就免不了被比较。想想同样的年纪，许星远都已经订婚了，许世婷看着林美慧，笑着说："星远这订婚后马上就成家立业了，我们家这个连个对象都没有，整天就窝在大棚里，也不出去交交朋友，真是愁。"

被母亲这么一说，杨志豪脸一红，不好意思地说："妈，别说这事了。"

许世婷看着儿子，笑着说："我这不是着急吗？"

杨志豪有些无奈，看了一眼许世婷说："这有什么着急的？我去喂鸡了。"

说完，逃跑一样出了门，留下一屋子的长辈在笑。

杨志豪逃跑了，大家的话题很快就转到了许星远身上，许星空听着的时候，手机突然一震，她低头看了一眼屏幕，是条微信。

她坐在沙发最外侧，看了一眼说着话的人后，将微信打开了。微信是怀荆发来的，还是一张图片，是他拍的咪咪。

图片上，咪咪懒洋洋地趴在钢琴上，怀荆拍照的时候，将他放在琴键上的手也拍进去了一截。

拍进去的那一截，手指修长白皙，骨节分明。

今天是新年初二，正是走亲访友的时候，他一个人在家弹琴看猫吗？

星空：在家？

怀荆的回复立马就发了过来。

怀：嗯。

许星空眼睑微垂，又看了一眼图片。也对，他不在家，能去哪里？怀家气氛古怪，和他最亲的母亲和妹妹也不在身边……那他春节怎么过的？只有咪咪陪着他在大房子里过吗？

许星空心里凉了一下，微微皱了皱眉。

在她心情复杂地不知道回复什么的时候，怀荆发了一条信息过来。

怀：怀莞逃学回来陪我过的春节，今早刚走。

逃学？许星空敲了一串字回了过去。

星空：逃学回来的？

怀荆那边很快回复。

怀：嗯，知道我自己在家孤单，有良心的回来陪我过节，没良心的还不知道什么时候回来。

隐隐觉得这句话话里有话，许星空眨了眨眼。

他自己在家真的孤单吗？

细想一下，这还是他第一次说。母亲在卿平寺，妹妹在国外，外面热热闹闹走亲访友，他一个人在大房子里，陪着他的只有一只猫……

他是真的孤单吧。

许星空的心像是滴进了一滴凉水，有点冰。

在她看着屏幕思索的时候，家长们关于许星远的话题聊完了，许世婷看着她问了一句："星空，什么时候回夏城？"

抬眸看了一眼许世婷，许星空将手机放在了腿上，她想着刚刚和怀荆的对话，犹豫了一下，说："初四吧。"

听了她的话，许星远看了过来，疑惑地说："你不是初六才上班吗？"

许星远说话的时候，林美慧也在看她。两个人的视线一起投过来，将她看得心下一空。她微低了低头，手指摩挲了一下冰凉的手机屏幕，淡淡地说："想先回去看看朋友。"

"看看朋友是应该的。"许世婷笑着说，"你一个人在夏城，我们都在淮城，有些事情上也照顾不了你，平时还是朋友帮忙的多。"

听了许世婷的话，许星空笑了笑，没有说话。

许星空初四回夏城，初三的时候，林美慧哪儿也没去，在家忙前忙后地给许星空准备带回夏城的特产什么的。

“这些不用带了。”林美慧恨不得什么都给她带上，许星空看着满满的行李箱，劝了一句。

“带着吧，在那边吃不着这个。”林美慧笑着说道，又塞了一袋自己做的年糕进来。

看着林美慧的笑，许星空心里有些酸。

她也不知道为什么提前了回夏城的时间，只是当时看着咪咪的照片，想着怀荆孤独地坐在钢琴边看着外面热闹的过节气氛，她就觉得怀荆可怜得让人心疼。

看着林美慧忙忙碌碌，许星空仔细想了想，她春节放假时间虽长，但平日放长假的次数不多，所以真正陪林美慧的时间还是很少。

想到这里，许星空对林美慧说：“妈，你别忙活了，我初五再走吧。”

听了她的话，林美慧又塞了一袋笋干在她行李箱里，然后抬头看着许星空，笑着说：“早走晚走都是要走的。再说了，你小姑说的也对，回去和朋友多走动走动，我们在这里也帮不上你什么忙，还是要多靠朋友。咱们不吃亏，但咱们也不占人家的便宜。”

她孤身一人在夏城，作为母亲不可能不担心，但林美慧很少将这些情绪表达出来，只是偶尔许星空能从她说的话里感受到。

林美慧用一天的时间，将许星空空荡荡的行李箱塞得满满当当。大年初四她走那天，许星远开车送她去的火车站。

拎起行李下车的时候，许星远眉头一皱，担心地说：“咱妈也太能塞了，你拿得动吗？”

“拿得动。”许星空拿起行李箱来给许星远看了一眼，“我上学的时候，行李比这个重多了，我都拿得动。”

许星远一乐，说：“咱妈就差把自己塞行李箱里让你带走了。”

话一说完，姐弟俩皆是一阵沉默。

许星空这次走了，下次回来就是清明假期了。

“咱妈手腕不好，你平时多帮着她。”许星空叮嘱了一句。

“放心吧。”许星远说。

“你和童童结婚的日子定下来后，先跟我说一声，我好请假。”许星空说。

“知道了。”许星远回答。

许星空觉得有一肚子的话想对许星远说，却又说不出来。

倒是许星远，看着许星空低着头的样子，说：“姐，你在夏城也要好好照顾自己，行就在那儿好好生活，不行就回来，我跟妈都在呢。”

听了这话，许星空的心像是浸入凉凉的糖水之中，又冰又甜。她抬手，揉了揉弟弟的头发，说：“知道了，回去吧。”

和许星远告别后，许星空检票上了高铁。林美慧这一箱子塞得确实满，许星空费了好大的劲才将行李箱放入了行李槽。

行李箱放好之后，许星空坐到了自己的位置上。她的位置靠窗，窗外阳光明媚，一列绿皮火车正在缓慢地行驶着。

她以前上学的时候，高铁还没修过来，那时候就是坐绿皮火车去夏城。那时候，绿皮火车开五六个小时才能到夏城，因为不想离开家，每次她都觉得列车跑得太快了。

现在从淮城到夏城坐高铁不过两个小时，她竟然觉得慢。

许星空收回视线，将手机解锁，看了一眼相册里怀荆拍的咪咪。

她这么想回去，应该是想咪咪了吧。

高铁行驶两个小时后抵达了夏城，许星空拿着行李从车上下来，走到出租车等候区等车。这个时间段，出租车还挺难打的。许星空站在一排人后面排队，看着夏城高铁站上面的牌子，心里有些别样的感觉。

她又回来了。

回来之后，她先去哪里？

轮到许星空，司机师傅下来帮忙将她的行李箱放到了后备车厢。许星空道了声谢后，上了车。

司机师傅从前车镜看了她一眼，问道：“小姐，去哪里？”

许星空看着车子前方，抿了抿唇说：“去南区西海别墅区。”

许星空从出租车上下来后，拖着行李箱走了一会儿，便到了怀荆家的门前。门上镶着密码锁，上面的触摸屏干干净净的。

自从许星空跟着怀荆学弹钢琴后，怀荆就把他家的密码告诉了她。但她每次来，都是和怀荆一起，倒从没有自己开过门。

许星空将行李箱放在一边，伸手按了密码。将一串数字按完，密码锁响了一声，许星空拎着行李箱，将手放在门把上，打开了门。

现在是上午，阳光从落地窗外照射进来，将整个房间都照亮了。落地窗开着，纱质的窗帘随着海风，轻轻地在地面上飘拂，带了些咸湿的味道进来。

落地窗外，男人穿着白色的卫衣，坐在泳池边，在他的身边，蹲坐着一只毛发漂亮的布偶猫。

门一开，声音似乎惊动了他们，男人和猫一起回过头。

许星空很少看怀荆穿白色的卫衣，他皮肤白，在阳光下，像是与卫衣融为了一体。清新俊逸的五官，将阳光都晕染开来，只有浅褐色的瞳仁还有殷红的双唇看得真切。

看到许星空，他眉梢一挑，似乎有些不相信。

身边的咪咪已经站起来，朝着许星空跑了过来。待跑到许星空身边，咪咪仰头，“喵呜”叫了一声。

许星空眉眼一动，温柔一笑，低头看着咪咪，蹲下身将它抱了起来。

刚刚晒完太阳的咪咪，身上还有太阳的味道，清新好闻，许星空微眯了眯眼。

在她抱起咪咪的时候，男人也从外面走到了她身边。他不知在外面坐了多久，身上还有海风的味道，过来的时候，有些凉凉的。

许星空抱着咪咪站了起来，她抬眼看着怀荆，男人也看着她。在没有太阳的房间内，男人的眉眼十分真切。

他长长的眉，上挑的眼，高挺的鼻梁，微翘的嘴角，一切的一切，都将许星空的身心唤醒了。

男人看着她，眉眼也变得温柔起来，他将手臂张开，声音低沉地对许星空说：“我也要抱。”

男人背着光，阳光在他身上镀了一层金边，他浅褐色的眸中带着浅淡的笑意。许星空眉眼一动，抚摸了一下咪咪，低下头小声说了一句：“你都多大了……”

她声音很小，语气依然温柔，手机里经过处理的声音，远远抵不上现在她站在他身边说出来的万分之一的柔软。心像被小猫挠了一爪子，怀荆沉声一笑，说：“行，那我抱你，我不嫌你大。”

女人还没反应过来，怀荆已经伸开双臂将她和咪咪抱了个满怀。在将她抱入怀中的一瞬间，怀荆觉得空荡荡了几天的心终于被塞满了。

她身上有一股好闻的甜橙味，像小太阳一样，能驱散他心中的寒凉。

将女人抱在怀中，怀荆抬眸望着门外。他本以为见到她时，最为躁动的是他的身体，可现在仅仅是抱着她，他就已经心满意足了。

许星空的个头只到他的肩边，她侧着脸，耳朵贴在他胸口。隔着薄薄的卫衣，许星空能听到他沉稳有力的心跳声，还能感受到他身体的温度。

他的体温不高，许星空的脸却在微微发烫。

怀里的咪咪安安静静的，许星空听着窗外海风的声音，心也渐渐安定了。

就这样抱了一会儿，许星空捏了捏咪咪的爪子，小声问道：“饿了吗？我去做饭。”

男人似乎没有听到，半晌后才松开双臂，垂眸看了她一眼说：“好。”

林美慧塞进行李箱的东西，足够应付今天的午饭。许星空拉着行李箱到了落地窗边，蹲下身将行李箱打开，咪咪似乎嗅到了什么味道，迈着轻巧的步子走了过来。

抬头见咪咪蹲在那里看她，阳光将它的毛发晒得更有光泽，一双蓝色的眼睛澄澈透亮，许星空心下一柔，将一袋小鱼干拿了出来，笑着说：“就你鼻子灵。”

说着，许星空把小鱼干拆开，从里面拿了一小条出来，递到了咪咪的嘴边。咪咪先是用鼻子嗅了一下，而后张开嘴巴，将鱼干咬住了。

这种鱼干不是那种油炸的脆鱼干，而是林美慧晒的，所以很有嚼劲。咪咪一口咬下去，小小的牙齿并没有把鱼干咬开。它仰头往后面一拽，拽得许星空的胳膊都过去了些。看着咪咪吃不到后委屈的模样，许星空轻轻笑出了声。

女人蹲在阳光下，低马尾因为歪着头，垂到了一边。她笑眯眯地看着咪咪吃着鱼干，一人一猫的互动很是甜蜜。

在许星空喂给咪咪一条鱼干后，怀荆突然走了过来，他把手伸到许星空面前，说："我来喂。"

脸上的笑意还未消散，许星空抬眼看着怀荆，想着让他们俩的关系好些，就将鱼干递给了他。

男人接过鱼干时，咪咪刚好将上一条吃完，小舌头舔了舔嘴边，冲着怀荆"喵呜"了一声。经过一段时间的接触，咪咪对怀荆还是有些好感的。

怀荆蹲在咪咪身边，将手上的小鱼干递了过去。咪咪"喵呜"一声，张嘴就要去咬，但在它舌头刚舔到鱼干的时候，男人的手轻轻一抬。

咪咪咬了个空，前爪都抬了起来，再往上一跳，又是一咬，男人的手又是一提。

两次咬空，咪咪也知道了怀荆在逗它，气得"呜"了一声后，抬起爪子打在了男人修长的小腿上。

许星空看着咪咪气急败坏，着急地说："你快给它吃。"

男人抬眸看了她一眼，听话地将手上的鱼干放到了咪咪嘴边。咪咪先是看了许星空一眼，又看了怀荆一眼，然后张嘴咬了上去。

然而这一咬，又咬空了。

咪咪生气地将两只前爪对着怀荆的腿拍了两三下，男人却笑了起来。

看着一人一猫幼稚地你来我去，许星空有些摸不着头脑。

他们两个前几天在家的时候不是关系蛮好的吗？

吃完午饭，许星空将碗筷收拾干净。现在已经是下午一点多了，太阳晒得人懒洋洋的。

许星空拿了两袋中药站在厨房中间的厨台边，用剪刀剪开了一个小口，浓郁的苦味扑面而来，许星空皱了皱眉。

看了一眼旁边备好的水和糖，许星空一咬牙，将中药一口气咽了下去。一袋药的苦味在嘴里散开，许星空苦得睁不开眼，闭着眼睛去摸水。

手边的水杯没有摸着，许星空刚要睁开眼，唇便碰到了一个凉凉的杯沿。许星空隔着一只手抱住杯子喝了两口，将苦味咽下去些后，睁开了眼。

男人站在她身边，手里拿着水杯，待她喝完后，将一颗硬硬的东西塞进了她的嘴。硬硬凉凉的东西很快散发了它的味道，是一块水蜜桃味的硬糖。

像是打了胜仗一样，中药带来的恐怖被糖镇压了下去，许星空身上出了一层细汗，说了一声："谢谢。"

苦得她眼圈都红了。

自从上次看过中医后，这些苦得要命的中药她就没有断过。

她很受不了苦味，但仍然一天不落地坚持喝，她心底对孩子有多渴望，从这里就能看得出。

怀荆看着她拿了另外一袋药的一角，准备去拿剪刀剪口，在她手指碰到剪刀的时候，男人伸手，将她的手压在了剪刀上面。

手心里是凉凉的剪刀，手背上是男人温热的手心，两边的温差让许星空微微一怔。她抬眸看着男人，男人也看着她。

厨房的窗户都是透亮的，下午太阳的倾斜让更多的阳光照耀了进来，把两个人的身影拉得长长的，纠缠在一起。

许星空动了动手，想要抽出手来。在她动手的时候，男人的手掌轻轻一压，将她的身体扶正后，双臂撑在了她的身侧，把她圈在了厨台和他的手臂撑起来的空间内。

男人的侧脸被太阳照得白皙剔透，他睫毛浓密，微卷着光，微扬的下巴下，脖颈修长。

他的身体被太阳打了个光圈，像是被过度曝光了一样，许星空看得有些恍惚。就在这恍惚间，许星空看着男人白皙修长的脖颈上喉结微动，男人低沉的声音响了起来：“生孩子的准备工作做完了，现在要进行最关键的一步了。”

说完这句话后，男人的唇轻轻落在了她的唇上，柔软的唇瓣一碰，熟悉的感觉像电流一样迅速唤醒了她的全身。

许星空微睁着眼，对上男人浅褐色的眸子，陷入他双眸里那令人沉溺的温柔之中。

他倾尽他的温柔。

“还记得我的身体吗？”他沉声问道。

“嗯……”许星空低低应了一声。

听到这个回答，男人鼻间一声哼笑，沉声说：“我也记得你的。”

后来，她又想起了这个问题。

怀荆已经将他刻在了她的心里，就算以后两人无缘，她也会记得他给她带来的欢愉。

而且，会记一辈子。

（未完待续）

下册预告：

在和许星空的接触中，怀荆越来越喜欢这个容易害羞的女人，但因家族企业被二叔霸占，他心中想夺回家族企业，不能与许星空在一起。

而此时，大学期间暗恋许星空的学长横空出现……

许星空回家后，三句话不离学长。

怀荆垂眸看着身下的女人，眼神发紧，声音也带了些疏离：“你像是在介绍你男朋友，让我不太舒服。”